Rhea Hill

# Das Lied der Grille

Social Fiction Roman

# Impressum

Bibliografische Information der Deutschen
Nationalbibliothek:
Die Deutsche Nationalbibliothek verzeichnet diese
Publikation in der Deutschen Nationalbibliografie;
detaillierte bibliografische Daten sind im Internet über
http://dnb.dnb.de abrufbar.

© 2021 Rhea Hill

Herstellung und Verlag: BoD – Books on Demand,
Norderstedt

ISBN: 978-3-75432-634-3

# Kapitel 1

Es ist erst sechs Jahre her, dass sich die Welt veränderte. Damals war ich dreizehn und begriff von den politischen Dingen nichts. Das einzige, was mich bestürzte, war, dass meine Eltern Hals über Kopf ihre Sachen packten und verschwanden. Sie erklärten mir nichts. Aber das wunderte mich nicht. Für Erklärungen war schon immer meine Großmutter Henriette zuständig; denn meine Eltern arbeiteten den ganzen Tag, ich bekam sie kaum zu sehen. Sie hatten eine Firma aufgebaut, die Software entwickelte, komplizierte Programme für Industrieanwendungen und auch für militärische Zwecke. Mama und Papa lebten nur für ihre Arbeit. Ihr Laden hatte mehr als hundert Angestellte. Sie waren wohl beide workoholics. Morgens waren sie oft schon aus dem Haus, bevor ich zur Schule musste, und abends kamen sie selten vor acht Uhr zurück. Von klein auf hatte mich Oma betreut. Meine Eltern hatten ihr in einem Flügel unserer riesigen Vorstadtvilla eine Wohnung eingerichtet. Von ihrem Mann hatte sie sich schon bald nach der Geburt meines Vaters scheiden lassen. Danach ging es ihr ein paar Jahre lang gar nicht gut. Zumindest finanziell. Es war die Zeit, als die Regierung die Arbeit künstlich verknappte, um die Löhne zu drücken. Oma musste mit ihrem Kind von der mickrigen Sozialhilfe leben. Eine bezahlte Arbeit zu finden war für eine alleinstehende Mutter mit Kleinkind schlichtweg unmöglich. Als Papa sieben Jahre alt war, wagte Henriette einen verzweifelten Schritt. Sie gründete eine Reiseagentur. Wenn Papa vormittags in der Schule war, fuhr sie mit dem Fahrrad in der Umgebung herum und fragte eine Familie nach der anderen, ob sie nicht Zimmer an Touristen vermieten wollten. Später kaufte sie sich ein gebrauchtes, ziemlich klappriges Auto. Unsere Landschaft ist wunderschön, war aber damals touristisch überhaupt nicht erschlossen. Henriette zog nicht nur eine Menge Ferienunterkünfte an Land, sondern sprach auch mit den Bürgermeistern der Ortschaften und bewegte sie dazu, zum Beispiel die Öffnungszeiten für Freibäder zu verlängern. Sie schlug den Besitzern von Reitställen vor, Angebote für Feriengäste zu machen. Sie überredete Autoverleiher und Fahrradhändler, ihre Fahrzeuge zu Sonderpreisen an Feriengäste zu verleihen. Ich glaube, sie suchte auch jedes einzelne Gasthaus auf und brachte die Wirte dazu, heimische Spezialitäten zu erfinden und auf ihre Speisekarten zu setzen. Ihr Ideenvorrat war unerschöpflich. Da sie ja immer noch kein Geld hatte, bot sie ihre Ferienunterkünfte anfangs nur im Internet an. Ferien auf dem Bauernhof und botanische Exkursionen unter sachkundiger Führung wurden ihre ersten Renner. Es dauerte keine drei Jahre und ihr Geschäft fing an zu brummen. Anfangs wurde jeder einzelne Gast von Henriette persönlich betreut. Später, als ihr Unternehmen sich ausweitete, ging das natürlich nicht mehr. Sie musste Mitarbeiter einstellen, wobei sie darauf achtete, dass diese genau so drauf waren wie sie selbst. Und Oma ist von einer fröhlichen Herzlichkeit und hat einen umwerfenden Charme. Wenn ein Mitarbeiter unfreundlich zu den Kunden war, warf sie ihn hinaus. Dafür zahlte sie ihren Angestellten aber auch überdurchschnittliche Gehälter. Und ihre Firmenpolitik machte sich bezahlt.

Oma war schon immer gerne verreist. Als sie sicher war, dass sie ihre Mitarbeiter ein paar Wochen mit der Firma allein lassen konnte, fuhr sie in den Sommerferien ins Ausland. Ihr Kind nahm sie mit. Sie suchte sich unbekannte Gegenden aus, wo sie wieder von Haus zu Haus ging und Ferienunterkünfte fand. Mit zwölf Jahren kam Papa in ein Internat. Er fühlte sich überhaupt nicht abgeschoben, sondern fand es ausgesprochen aufregend. Oft schwärmte er regelrecht von seiner Internatszeit. In den Sommerferien fuhr er dann wieder mit seiner Mutter durch die Welt. Ich glaube, die beiden hatten eine Menge Spaß. Weil Oma nun unabhängig war und genug Geld hatte, baute sie im Laufe von knapp zehn Jahren ihre Reiseagentur zu einem weithin bekannten Unternehmen aus, das überwiegend Spezialreisen in exotische Gegenden anbot, Abenteuerurlaub, aber auch Reisen mit Rundumbetreuung für Alte und Behinderte. Das Geschäft florierte und Oma schwamm im Geld. Sie kaufte ein großes altes Fachwerkhaus und ließ es von Grund auf restaurieren. Darin brachte sie ihre Firma unter. Sie selbst wohnte im wunderschön ausgebauten Dachgeschoss mit Balken und Schrägen, großen Atelierfenstern und Fußböden aus dicken Buchendielen. Oma mag kein Parkett. Ich weiß nicht, ob Oma schon immer ein Faible für Malerei hatte oder ob das Licht, das durch die großen Fenster fiel, sie dazu animierte. Jedenfalls fing sie eines Tages an, Ölbilder zu malen. Ihre Firma lief reibungslos. Nicht zuletzt deshalb, weil sie ihre Angestellten am Gewinn beteiligte.

Georg, mein Vater, bestand sein Abi mit Bravour und studierte dann Informatik. Danach machte er sich mit Omas Geld selbstständig und gründete eine Softwarefirma. Während die Zustände in Deutschland immer schlimmer wurden – die Zahl der Arbeitslosen lag bei zwölf Millionen, die Lohnnebenkosten waren höher als die Nettolöhne, die Regierung war nicht nur pleite, sondern hoch verschuldet – hatte Papa Erfolg mit seiner Firma. Nach kürzester Zeit war die Firma auf fünfzig Mitarbeiter angewachsen und er konnte Omas Darlehen zurückzahlen. Geld kommt zu Geld, der Spruch ist schon wahr. Ohne Omas Geld hätte Papa nie eine Chance gehabt. In Deutschland nagten zwölf Millionen Menschen am Hungertuch und wurden zu allem Überfluss auch noch von der Bürokratie schikaniert, bespitzelt, zu unbezahlter Arbeit zwangsverpflichtet, aber Oma und Papa lebten wie die Maden im Speck.

Oma hatte sich mit Fantasie, Mut und unermüdlichem Schaffen hochgearbeitet, wovon Papa profitierte und einen leichten Start hatte. Als Omas Geschäft lief, fing sie an, mit Aktien zu spekulieren. Viel Ahnung hatte sie davon nicht. Sie fing mit einem Betrag an, den sie verschmerzen konnte, wenn es schief ging. Aber so, wie sie ihre Reiseagentur mit Geschick und Ausdauer zum Erfolg gebracht hatte, schien sie auch ein gutes Gespür für den Aktienmarkt zu haben. Im Laufe der Zeit entwickelte sie sich zu einer risikofreudigen Spekulantin und machte große Gewinne. Die wenigen Fehlschläge konnte sie gut wegstecken. Aber die allgemeine Stimmung im Lande entsprach den Zuständen. Nichts funktionierte mehr. Die Steuern wurden erhöht, die Löhne gekürzt, die Arbeitszeiten verlängert. Einige wenige Großkonzerne wie die Stromgiganten, Gift- und Medikamentenhersteller und Banken hatten praktisch die Regierung übernommen. Die Dummies, die unser „demokratisches" Land regierten, waren nichts weiter als Befehlsempfänger der Konzerne. Korruption, Bestechlichkeit und Machtmissbrauch waren an der Tagesordnung. Die Medien wurden nur noch zur Gehirnwäsche für das Volk missbraucht. Den Dummen konnte man alles einreden.

Um die Jahrtausendwende propagierten die jeweiligen Machthaber – egal, ob diese sich als „sozialdemokratisch" oder als „christlich-demokratisch" etikettierten - ausgerechnet die Ärmsten im Lande, nämlich die Arbeitslosen, als Staatsfeinde Nummer 1, die ganz allein die Schuld an der finanziellen Misere haben sollten. Längst wurden die Arbeitslosen auch in Industrie und Landwirtschaft eingesetzt. Dafür erhielten sie zusätzlich zum Arbeitslosengeld eine Aufwandsentschädigung von einem Euro pro Stunde. Das Arbeitslosengeld belief sich auf weniger als die Hälfte des offiziellen Existenzminimums. Für einen Euro konnte man gerade mal ein halbes Kilo des billigsten Fabrikbrotes kaufen. Kurz vor der Machtübernahme durch die Araber gab es kaum noch Lohnarbeiter, die von ihrem Einkommen anständig leben konnten. Die Unternehmer hatten ihre mit hohen Sozialabgaben belegten Mitarbeiter entlassen und Billigkräfte eingestellt. So subventionierte der Staat die Unternehmen praktisch direkt durch das Arbeitslosengeld, ohne dafür einen Gegenwert zu erhalten. Denn Großunternehmen hatten tausend legale Möglichkeiten, das Finanzamt auszutricksen. Dieser Schwachsinn führte dazu, dass die Staatseinnahmen, die vorher hauptsächlich von den Löhnen und Gehältern herrührten, wegbrachen.

Auf der Uni hatte Papa Marietta kennengelernt, eine dunkelhaarige Schönheit mit strahlenden blauen Augen. Aus einem losen Techtelmechtel war im Laufe der Zeit eine immer festere Verbindung entstanden. Als Papas Firma lief, kündigte Marietta ihren Job und fing in seiner Firma an. Bald darauf heirateten sie und drei Jahre später wurde ich, Sonja, an einem kalten Februartag des Jahres 2025 geboren. Ich glaube, ich war eher ein Unfall; denn ich passte überhaupt nicht ins Konzept meiner Eltern, die von ihrer Arbeit fasziniert waren und nichts anderes im Kopf hatten. Oma verliebte sich, wie sie mir erzählte, auf den ersten Blick in mich. Sie verkaufte ihre Firma und legte einen großen Teil ihres Geldes in Aktien, Wertpapieren, Immobilien und einer erheblichen Menge Gold an. Das Haus blieb ihr Eigentum und sie malte dort weiterhin ihre Bilder. Meine Eltern überließen ihr einen Seitenflügel der Villa, und ihr Baby, also mich, überließen sie ihr auch. Oma zog mich auf und verwöhnte mich mit all ihrer Liebe, während meine Eltern Geld scheffelten. Ich verbrachte die meiste Zeit in Omas Wohnung, wo sie auf mich aufpasste und nebenbei ihre exotischen Landschaften pinselte. Als ich alt genug war, um einen Pinsel zu halten, stellte sie für mich eine eigene Staffelei auf und ich durfte nach Herzenslust mit ihren bunten Farben malen. Ich war ein glückliches Kind und vermisste meine Eltern nicht im geringsten.

### Kapitel 2

Und dann – im glorreichen Jahr 2038 - geschah das Unglaubliche, das niemand vorausgesehen hatte und das doch so offensichtlich gewesen war. Die reichen arabischen Staaten, die mit dem Verkauf ihrer Ölvorräte Billiarden verdient hatten, waren – wie sich später herausstellte – niemals wirklich uneinig gewesen. Im Gegenteil. Jahrzehntelang hatten sie nach gemeinsamen Absprachen ihre Gelder gezielt investiert und über die Banken Geld an die hoch verschuldeten europäischen Regierungen verliehen. Damit hatten sie praktisch alle Länder und die wichtigsten Konzerne in ihre Hände bekommen. Alle europäischen Länder hatten schon seit je her eine großzügige Asylpolitik betrieben. Jeder politisch Verfolgte aus Krisengebieten musste aufgenommen werden. Manche Länder hatten sich diese Forderung sogar ins Grundgesetz geschrieben. Die deutsche Obrigkeit hatte eine panische Angst davor, als „Nazis" abgestempelt zu werden. Und so schwafelten die Politiker selbst dann noch von Willkommenskultur, um das Volk einzulullen, als die Anzahl der Asylsuchenden von einigen Tausend pro Jahr urplötzlich auf Millionen anstieg.

Kein Politiker hinterfragte diese unfassbare Invasion von Flüchtlingsmassen, die von Süden her alle Grenzen durchbrachen und nicht zu stoppen waren. Keiner wunderte sich darüber, dass die meisten Flüchtlinge junge Männer waren, gut gekleidet und mit den modernsten Kommunikationsmitteln ausgerüstet. Sie wurden alle aufgenommen, untergebracht und versorgt. Manch ein Arbeitsloser oder schlecht bezahlter Lohnarbeiter fragte sich, woher plötzlich die Milliarden kamen, die für die Flüchtlinge aufgewendet wurden, wo doch angeblich kein Geld vorhanden war, um anständige Stundenlöhne zu bezahlen oder die

Arbeitslosen mit dem Notwendigsten zu versorgen. Es brodelte in der Bevölkerung. Der Hass auf die Regierungen wuchs. Seit Jahrzehnten wurden alle Einwohner Europas ausspioniert, sämtliche E-Mails und Telefonate gespeichert, angeblich zum Zwecke der Terrorbekämpfung. Und terrorverdächtig waren seit Osama bin Laden selbstverständlich immer die Moslems. Und dann ließen die europäischen Regierungen unbesehen Millionen von potenziellen Terroristen ihre Länder überfluten, ohne sich auch nur die geringsten Gedanken über Hintergründe oder mögliche Folgen einer solchen Invasion zu machen.

Aus heutiger Sicht kann ich nur sagen: Zum Glück für uns; denn so sind wir unsere unfähigen und korrupten Regierungen auf elegante Weise losgeworden. Laut Gesetz durften die Flüchtlinge ihre Wohnorte nicht verlassen. Natürlich hielten sie sich nicht daran. Eine Kontrolle war unmöglich. Die jungen Männer konnten sich in aller Ruhe in den Ländern umsehen, feststellen, welche Schaltstellen der Macht am Tag X zu besetzen, welche Straßen zu sperren, welche Kommunikationswege lahmzulegen waren. Als sie dann zum letzten Schlag ausholten, war es eine Sache von wenigen Wochen und Europa war umorganisiert. Vom Balkan bis Dänemark hatten die Araber alle Staaten

„aufgekauft". Sie bezeichneten ihr neugewonnenes Reich als die „Vereinten arabischen Staaten Europas", in Deutschland als VASE abgekürzt. Alle mächtigen Firmen waren fest in arabischer Hand, die Regierungen wurden abgesetzt und von den neuen Herren übernommen. Das Ganze ohne Gewalt und Militär. Es gab keinen Krieg, nur einen Machtwechsel. Nach einem anfänglichen Schreck war es den Bürgern relativ egal. Schlimmer, als es in den vergangenen Jahrzehnten ohnehin schon war, konnte es eh nicht mehr kommen, dachten die meisten vermutlich.

Alle Aktiengesellschaften, Banken und Großkonzerne wurden von den Arabern kontrolliert. Kleinere Firmen wie die von Papa konnten weitermachen wie bisher, wurden aber aufs Gründlichste überprüft. In Papas Firma wurde nicht nur Software für industrielle Anwendungen programmiert, sondern auch für militärische Projekte und hin und wieder auch mal blutrünstige Ballerspiele für Computerfreaks. Papa stand voll auf Ego-Shooter. Er sagte immer, dabei könne er sich am besten entspannen. Den Arabern gefielen Papas militärische Projekte nicht und die Ballerspiele noch viel weniger. Sie brachten eine neue Denkweise ins Land. Es sollte nichts mehr produziert werden, was schädlich, unnütz oder überflüssig ist. Es dauerte zwar ein paar Jahre, aber dann gab es keine unverrottbaren Verpackungen mehr, die Atommeiler wurden abgeschaltet, Giftstoffe wurden kaum noch hergestellt, die gesamte Landwirtschaft musste biologisch betrieben werden, alle Produkte mussten für lange Haltbarkeit und Wiederverwertbarkeit konzipiert werden. Manche Produzenten mussten ihre Firmen schließen. Dafür entstanden massenhaft Arbeitsplätze. Einige Verlierer murrten, aber durch das gesamte Volk ging ein Aufatmen. Endlich regierte die Vernunft. Als dann auch noch die ganze unsinnige Bürokratie auf ein erträgliches Maß zurechtgestutzt und die Arbeitszeit stufenweise gekürzt wurde, fingen die Bürger an, ihre neuen Herren zu lieben. Selbstverständlich wurde auch die unbezahlte Zwangsarbeit abgeschafft.

Ein besonders willkommener Nebeneffekt war das Sinken der Energiepreise, da das Öl direkt von den Ölfeldern nach Europa verkauft wurde, ohne zwischengeschaltete Börsenspekulationen und Preistreibereien. Die Araber wandten keine Repressalien an, sondern versuchten es mit Überzeugungsarbeit. Jeder durfte straflos seinen Glauben behalten. Niemand musste mehr Zwangsarbeit verrichten. Allerdings wurden nun in den Schulen

Jungen und Mädchen in getrennten Klassen unterrichtet. Das fand ich richtig gut; denn die Jungs in meiner Klasse hatte ich schon immer als großmäulige Bremsklötze empfunden. Ich besuchte eine Privatschule, in der es – im Gegensatz zu den öffentlichen Schulen – relativ zivilisiert zuging. Aber auch hier waren die Jungs vorlaut und unausstehlich. Nun konnten wir Mädchen endlich mal so richtig loslegen.

Wie sich später herausstellte, waren die Mädchen den Jungen in ihrem Wissensstand bald weit voraus. Männer waren ja schon immer Spätzünder. Sie hatten nur deshalb die besseren Jobs bekommen, weil in einer Männergesellschaft die Männer zusammenhalten und sich gegenseitig unterstützen. So konnten auch die größten Deppen Macht erlangen. Das war nun auch vorbei. Schöne neue Welt.

Meine Eltern empfanden das wohl nicht ganz so wie ich. Sie wollten ihre Firma nicht kontrollieren lassen, redeten von fehlender Freiheit und konnten sich mit der neuen Herrschaft nicht abfinden. Kurz entschlossen verkauften sie Haus und Anwesen und wanderten mit Sack und Pack nach Tasmanien aus. Wahrscheinlich wollten sie so weit wie möglich entfernt sein von der neuen Ordnung, die sie nicht verstanden. Ich hatte die Wahl, mitzukommen oder bei Oma zu bleiben. Also blieb ich bei Oma.

Von der Intelligenz und Tatkraft meiner Vorfahren hatte ich offensichtlich wenig geerbt. Ich schaffte noch nicht mal das Abitur. Mit 17 ging ich von der Schule ab. Ich brauchte ja nicht zu arbeiten, weil Oma genug Geld hatte. Meine Eltern hatten in Tasmanien eine neue Softwarefirma aufgebaut. Oma und ich malten weiter unsere Bilder, fast nur Landschaften, nichts Abstraktes. Wir hatten schon so viele Gemälde, dass wir bald nicht mehr wussten wohin damit.

Dann kam Oma auf die glorreiche Idee, eine Ausstellung zu machen. Unsere Bilder waren richtig gut. Oma malte all die Landschaften, die sie auf ihren Reisen gesehen hatte und ich pinselte unsere heimische Landschaft auf die Leinwand. Wir verkauften viele Bilder. Oma meinte, um Platz zu schaffen, könnten wir doch eine Galerie eröffnen, um unsere Bilder und auch die von anderen Malern zu verkaufen.

Es ergab sich, dass der Reiseagentur die Räumlichkeiten in Omas Haus zu klein geworden waren. Sie zogen aus, wir ließen das Erdgeschoss umbauen und richteten unsere Galerie ein, der wir den etwas albernen Namen „Die Ölquelle" gaben. Schließlich war das Öl, wenn auch Erdöl, der Grund dafür, dass jetzt in Europa ein völlig anderer Wind wehte und die Menschen glücklich und zufrieden waren. Die meiste Zeit betreute ich die Galerie, während Oma im Dachgeschoss malte.

## Kapitel 3

Eines Tages kam ein ausgesprochen gut aussehender Araber in unseren Laden. Ich verliebte mich Hals über Kopf in ihn und da ich – wie Oma meinte – die Schönheit meiner Mutter geerbt hatte, war es kein Kunststück für mich, ihn zu erobern. Es stellte sich heraus, dass er der Besitzer der Firma war, die jetzt auf unserem ehemaligen Anwesen residierte. Auch unsere Villa gehörte jetzt ihm. Ich war gerade 18 geworden, als wir heirateten.

Osama, mein Ehemann, war schon 32, was Oma zu ein paar Warnungen veranlasste, die ich aber ignorierte. Vor unserer Eheschließung musste ich zum Islam übertreten, denn Osama war strenggläubiger Moslem. Ich entsprach freudig seinem Wunsch, denn ich liebe die Araber und ihre Lebensart, die auf Toleranz und Großzügigkeit basiert; ganz anders, als die Medien den europäischen Völkern jahrzehntelang einzubläuen versucht hatten. Als Ehefrau eines geachteten und erfolgreichen Geschäftsmannes musste ich in der Öffentlichkeit schickliche Kleidung tragen, aber das störte mich nicht im geringsten. Es gefiel mir, in knöchellangen Wallegewändern und mit versteckten Haaren aufzutreten. Gesichtsschleier sind erlaubt, aber nicht vorgeschrieben. Schließlich wohnen wir hier nicht in der Wüste, wo Sand und Staub herumfliegen.

Nur das züchtige Verdecken von Armen, Beinen und Haaren ist erwünscht. Weitfallende Hosen sind auch in Ordnung, im Gegensatz zu hautengen Jeans oder gar diesen unsäglichen Wurstepelle-Leggins. Geschäftsfrauen in „männlichen" Hosenanzügen fanden wir bald nur noch lächerlich. Unisex ist mega out. Und der „Ölquelle", in der ich nach wie vor ein paar Stunden am Tag arbeitete, gab mein Outfit den ganz besonderen Touch.

Meine schwarzen Haare, die mir bis zur Taille reichten, ließ ich flammend-rot färben, mit hellroten und dunkelroten Strähnen. Osama war begeistert. Die Araber lieben rote Haare.

Da ich nun nicht mehr den ganzen Tag in der Galerie arbeiten konnte, stellten Oma und ich eine junge Frau ein. Auch sie kam in arabischen Gewändern zur Arbeit und so wurde unser Laden bei den wohlhabenden Moslems sehr beliebt. Leider geschah es immer wieder, dass uns die jungen Damen nach kürzester Zeit weggeheiratet wurden. So stellten wir schließlich einen Mann ein.

Ich wohnte jetzt mit meinem Mann in der großen Villa. Osama hatte einen Swimmingpool bauen lassen, der genau wie das Grundstück ringsum von einer dichten Hecke gegen unerwünschten Einblick geschützt ist. Wir haben eine Menge Dienstboten, die in dem Seitenflügel wohnen, der einst das Refugium meiner Oma war.

Ich lebte wie eine Prinzessin. Osama trug mich auf Händen, ich konnte jederzeit zu Oma gehen und malen oder in der Galerie arbeiten. Das einzige Haar in der Suppe war, dass mein Mann genau so ein Arbeitstier war wie mein Vater. Ich kriegte ihn kaum zu sehen. So hatte ich mir das nicht vorgestellt. Oft brachte er sich auch noch Arbeit mit nach Hause und vergrub sich in seinen Arbeitsräumen in die diversen Projekte. Ich fing an, mich in meinem goldenen Käfig zu langweilen, auch wenn wir häufig große Parties gaben.

Ich war schon immer sehr neugierig gewesen. Und so spitzte ich bei solchen gesellschaftlichen Anlässen die Ohren und schnappte allerhand auf. Um die Jahreswende von 2043 zu 2044 häuften sich die Partys in unserem Hause und es wurde viel Geheimniskrämerei veranstaltet. Es ging vermutlich um Zeitreisen, wie ich mir aus zufälligen Gesprächsfetzen zusammenreimte.

### Kapitel 4

Osama verschloss neuerdings oft Sachen, die er aus der Firma mitbrachte, in dem großen Safe, der in seinem Arbeitszimmer stand. Früher hatte er immer alles offen auf seinem Schreibtisch liegen lassen, wohl in der Annahme, dass ich von dem ganzen Computerkram sowieso nichts verstehe.

Ich fing an, während seiner Abwesenheit in seinem Büro herumzuschnüffeln. Zeitreisen, das war doch mal etwas Aufregendes. Ich stöberte in Osamas Computer und studierte alle Aufzeichnungen, die ich fand. Die Gefahr, dass er mich erwischte, bestand kaum; denn vom Arbeitszimmer hatte ich direkten Blick auf unsere lange Auffahrt. Ich konnte ihn schon von Weitem kommen sehen und hatte dann genug Zeit zu verschwinden. Ich ging sogar so weit, mir eine kleine Spionkamera zu besorgen wie sie in jedem Computerladen für wenig Geld erhältlich sind. Die installierte ich so, dass sie das Öffnen des Safes aufzeichnen konnte. Als ich die Kombination hatte, entfernte ich die Kamera wieder.

Kaum hatte Osama das Haus verlassen, war ich schon am Safe. Tatsächlich lag etwas Interessantes darin. Es sah aus wie ein Gürtel, aber nicht aus Leder, sondern aus einem schimmernden Metall, das in ganz zarten Ringen ineinander verflochten war. Das, was ich für die Gürtelschließe hielt, war aus dem gleichen Metall, recht massiv und groß für eine Gürtelschließe, fast so groß wie meine Hand, rechteckig mit abgerundeten Ecken. Ich nahm das Ding staunend in die Hand. War Osama unter die Modedesigner gegangen? Wider Erwarten war der Gürtel federleicht.

Eine Dokumentenmappe lag auch im Safe. Ich blätterte den Stapel Papier durch und stieß auf eine Seite mit der Überschrift „Gebrauch des TGap". So, Tgap hieß das Gerät also. Offensichtlich eine der bei Technikern beliebten Abkürzungen. Wofür? Timegap –

Zeitlücke? Great Arab Patent? Tückischer Geheimapparat? Time goes antipasti? Ach egal, das war nicht weiter wichtig. Ich las weiter. „Der Tgap ist ein Gerät, mit dem Sie durch die Zeit reisen können."

Mir wurde ein bisschen mulmig. Da war ich wohl auf ein größeres Geheimnis gestoßen als ich erwartet hatte. Aber dennoch konnte ich die Finger nicht davon lassen. Die Gebrauchsanweisung war leicht verständlich abgefasst und relativ kurz. Ich nahm sie mir vor und lernte, wie sich die Zeitmaschine bedienen lässt. „Legen sie den am TGap befestigten Hohlringgürtel auf die nackte Haut um die Taille und schieben Sie das lose Ende des Gürtels in den Schlitz am TGap. Der Gürtel wird sich automatisch an ihren Körper anpassen."

Okay, kein Problem. „Öffnen Sie den Verschluss, indem Sie gleichzeitig auf beide Schmalseiten drücken". Ich fasste die Gürtelschnalle mit beiden Händen und versuchte es. Sie sprang auf, indem die Vorderseite nach vorn wegklappte und in einem solchen Winkel stehenblieb, dass ich auf die Innenseite blicken konnte. Dort sah ich ein kleines Display, Tasten mit den Ziffern 0 bis 9, einen schmalen rechteckigen Knopf und zwei runde Knöpfe, davon einer rot und einer grün.

Die Gebrauchsanweisung erklärte, was ich einzustellen hatte. Datum und Uhrzeit des Ziels mussten minutengenau eingegeben werden, keine Sekunden. Der rote Knopf startete den Sprung, der rechteckige löschte alle Eingaben. Mit dem grünen Knopf konnte man automatisch zur Ausgangszeit plus fünf Minuten zurückspringen. Das sollte laut Anleitung verhindern, dass man sich selbst am Ausgangspunkt begegnet.

Außerdem wurde darauf hingewiesen, dass man nicht zu einem anderen Ort springen kann, sondern nur in der Zeit versetzt wird. Und auch: „Sie können kein zweites Mal in eine Zeit in der Vergangenheit springen, in der sie sich schon aufgehalten haben. Der TGap verhindert einen solchen Versuch automatisch, indem er eine derartige Programmierung mit einer Fehlermeldung zurückweist."

Zu meiner Beruhigung wurde auch beschrieben, dass die Erdrotation ebenso wie der Flug unseres Planeten durch das Weltall keinen Einfluss darauf haben, wo man landet. Und eine Landung in zehn Metern Höhe, wo vorher ein Gebäude gestanden hatte oder im Inneren von fester Materie sei ebenfalls ausgeschlossen. Wie das funktionierte wurde nicht erklärt. „Nach dem Drücken der roten Taste schließt sich der Deckel des TGap automatisch." Na, wunderbar, alles vollautomatisch. „Der TGap ist mit einer RG100-Batterie ausgerüstet." Alles klar, eine selbstregenerierende Batterie mit hundert Jahren Lebensdauer. Am Ende der Bedienungsanleitung stand die Überschrift „Warnungen und Hinweise" und darunter eine Anmerkung, dass diese noch von den Ingenieuren zusammen mit den Anwälten der Firma ausgetüftelt werden mussten. Ich war so aufgeregt, dass mir die Hände zitterten. Ich legte alles wieder in den Safe und verließ das Zimmer, als sei ich nie darin gewesen.

In den nächsten Tagen ließ mich der Gedanke an eine mögliche Zeitreise nicht los. Welche Zeit würde ich gerne sehen? Mir fiel der Urgroßvater meiner Oma ein. Es gab da ein dunkles Geheimnis in der Familie, über das ungern gesprochen wurde. Irgendwann hatte ich bei Oma ein Foto meines Urururgroßvaters Wilhelm entdeckt. Ein gut aussehender junger Mann, der sich stolz mit seinem Fahrrad ablichten ließ. Ich bekam große Lust, diesen Urahnen zu besuchen.

Er war in Nieste, einem kleinen Dorf in Hessen, aufgewachsen. Ich musste also eine Entfernung von etwas über hundert Kilometern zurücklegen. Das wäre in einer Stunde zu schaffen. Ich könnte das

Firmenfahrzeug der Galerie nehmen und sagen, ich wolle mich in Kassel nach Bildern umsehen. Dann könnte ich den ganzen Tag abwesend sein, ohne dass es auffiel. Für die Fahrt nach Nieste eine Stunde, fünf Minuten nach Beginn meiner Zeitreise wäre ich wieder zurück in der Jetztzeit, eine Stunde für die Rückfahrt. Vor der Rückfahrt könnte ich mich in Kassel nach Bildern umsehen, so dass ich nicht mit leeren Händen nach Hause kam. Perfekt!

Nun blieb nur noch zu überlegen, an welchem Tag ich meinen Urururgroßvater besuchen wollte. Auf jeden Fall im Sommer. Ich hatte keine Lust, im Winter in der Vergangenheit anzukommen und in dunklen Räumen mit rußenden Öfen zu sitzen. Warum nicht zum 18. Geburtstag meines Vorfahren? Wilhelm war 1871 geboren, am 8. August. Mein Ziel sollte also der 8. August 1889 sein. Den Zeitsprung musste ich nachts machen, um unbeobachtet zu bleiben.

Nun kam es nur noch darauf an, ob Osama den Zeitgürtel im Safe ließ oder wieder mit in die Firma nahm. Ob er ihn schon ausprobiert hatte? Vielleicht war deshalb jede Störung strengstens verboten, wenn er abends in seinem Arbeitszimmer war. Nun, wenn es ihm gelungen war, ungefährdet durch die Zeit zu springen, dann konnte ich das auch.

Am Samstag teilte mir Osama mit, dass er am Dienstag eine dreitägige Geschäftsreise nach Riad unternehmen würde, und fragte mich, ob ich Lust habe, ihn zum Flughafen zu begleiten. Sein Flug ging erst am Abend, so konnten wir vorher noch durch die Stadt bummeln, schick essen gehen, und ich konnte mir die neueste Mode ansehen. Bei uns in der Provinz war es schwierig, ausgefallene Sachen zu finden.

Ich informierte mich im Internet über die Mode um 1889, um die passende Kleidung für meinen Ausflug zu kaufen. Kurz entschlossen kaufte ich eine Nano-Kamera; denn ich wollte unbedingt Fotos und Filme aus der Vergangenheit mitbringen. Die Kamera, mit der ich die Tresorkombination ausspioniert habe, war nicht größer als eine Erbse. Die neuen Nano-Kameras sind so klein, dass man sie mit den Fingern gar nicht anfassen kann. Darum werden sie oft in Schmuckstücke, Handys (die wie eine Uhr am Arm getragen werden) oder Sonnenbrillen eingebaut. Seit Fehlsichtigkeit mit einer Laser-Operation schnell behoben werden kann, sind Sonnenbrillen groß in Mode. Und wer will schon ständig Kontaktlinsen tragen, um die Augen vor UV-Strahlung zu schützen. Ich brauchte etwas Unauffälliges und fand schließlich eine altmodisch aussehende Brosche mit eingebauter Kamera. Damit kann man zwar keine Stereofilme und –fotos machen, denn dafür sind zwei Objektive nötig, aber darauf konnte ich verzichten. Ich brauchte nur mit dem Finger die Brosche zu berühren, und schon filmte sie alles. Der Speicher war groß genug für acht Stunden Film oder für 200.000 Einzelbilder.

Montag früh waren der Zeitgürtel und sämtliche Dokumente aus dem Safe verschwunden. „Oh nein", dachte ich, „er will ihn mitnehmen nach Riad. Warum habe ich nur so lange gewartet?" Ich war total geknickt. Aus der Traum vom Besuch bei Urahn Wilhelm. Am Dienstag hatte ich keine Gelegenheit, im Safe nachzuschauen, weil Osama im Haus blieb. Kurz nach Mittag fuhren wir los nach Hannover. Im besten Sushi-Restaurant der Stadt nahmen wir eine leichte Mahlzeit ein. Dann kauften wir bei einem Haschischhändler einen Vorrat guter Ware ein.

Die Moslemregierung hat Alkohol zwar nicht verboten, aber hochprozentige Alkoholika mit immensen Steuern belegt. Auch Bier und Wein sind doppelt so teuer wie früher. Dadurch wurde der Massenkonsum berauschender Getränke wirksam eingedämmt.

Darüber hinaus müssen sich alle Betreiber von Gaststätten mit Alkoholausschank verpflichten, jedem Gast nur eine begrenzte Menge Alkohol zu verkaufen. Jeder Gast, der mehr als 0,5 Promille hat, was mit dem Alkometer geprüft wird, muss seine Fahrzeugschlüssel abgeben. Ein Gastwirt, der gegen diese strikten Auflagen verstößt, verliert für alle Zeiten seine Lizenz.

Betrunkene Schlägereien und Alkohol am Steuer kommen kaum noch vor. Die Anzahl der Ehefrauen, die von ihren betrunkenen Männern verprügelt wurden, sank rapide. Die Gaststätten entwickelten sich zu Treffpunkten friedlicher Leute. Hin und wieder kreist ein Joint oder die Wasserpfeife. Selbstverständlich müssen auch die Haschischraucher ihre Fahrzeugschlüssel beim Wirt hinterlegen.

Ich genoss den Einkaufsbummel mit meinem Mann, den ich selten so lange für mich hatte. Osama kaufte noch Geschenke für seine Geschäftspartner und Freunde. Dann war ich an der Reihe. Wir suchten einige Modehäuser auf und ich probierte die neuesten Kreationen an. Osama gehört nicht zu den Männern, die sich dabei langweilen. Er schien es regelrecht zu genießen, wenn ich in den teuren Fummeln an ihm vorbei schwebte. Nachdem wir einige moderne orientalische Stücke ausgesucht hatten, fand ich einen dunkelbraunen langen Rock aus rustikalem Stoff, der mir für das Jahr 1889 geeignet schien. Dazu eine beigefarbene langärmelige Bluse mit Knöpfen und Rüschen. Erst als ich in einem Hosenanzug aus Baumwolle erschien, verzog mein Mann missbilligend das Gesicht. Hosen waren für Frauen verpönt. Einige wenige Frauen trugen sie aus Protest, aber den meisten gefiel die bequeme arabische Mode aus bunten Seidenstoffen viel besser. Ich kaufte den Hosenanzug trotzdem.

Nun brauchte ich noch handfeste Schuhe. Im Schuhgeschäft probierte ich Unmengen eleganter Schuhe an, kaufte ein paar entzückende Modelle und griff dann wie zufällig nach einem Paar stabiler Wanderschuhe. Osama fragte mich auch gleich: „Was hast du vor? Willst du einen Berg besteigen?" „Nein, ganz bestimmt nicht. Aber sieh doch nur wie hübsch sie sind", entgegnete ich. „Hübsch? Naja", murmelte Osama. In der Tat sahen sie nicht gerade elegant aus zu meinem türkisfarbenen Kleid. Ich bat die Verkäuferin, alles einzupacken, auch die Wanderschuhe, und lenkte Osama ab: „Jetzt habe ich richtig Hunger. Wohin gehen wir essen?"

Vom Flughafen fuhr ich direkt nach Hause. Unser Butler schaffte die Einkäufe ins Haus. Als die Luft rein war, stürzte ich zum Safe. Mein Herz machte einen Sprung: Da lag der Zeitgürtel. Ich konnte starten. Aber nicht sofort. Für heute war ich zu müde.

**Kapitel 5**

Am nächsten Tag schaute ich kurz in der Galerie nach dem Rechten und besuchte anschließend Oma. Sie hatte gerade ein neues Bild angefangen, eine exotische Landschaft auf den Fidschi-Inseln. Oma schien ein fotografisches Gedächtnis zu haben. Nie malte sie nach den Fotos, die sie auf ihren vielen Reisen gemacht hatte, sondern immer aus dem Gedächtnis. Aber wenn sie ein neues Bild begonnen hatte, wollte sie nicht gestört werden.

Wunderbar! Dann würde sie auch nicht auf die Idee kommen, mich bei meiner „Bildersuche" zu begleiten. Ich erklärte ihr kurz, dass ich in die Gegend von Kassel fahren wolle, um nach Bildern für die Galerie Ausschau zu halten. „Ja, das ist eine gute Idee", sagte sie nur, ohne den Blick von der Leinwand zu heben. „Tschüss, Omilein. Lass dich nicht stören." Und weg war ich. Ich ließ meinen Sportwagen vor der Galerie stehen, fuhr mit dem Kombi der Galerie nach Hause und informierte unsere Hausdame, dass ich für ein paar Stunden geschäftlich unterwegs sein würde. Ich entfernte mein Make-up und den Lack von Finger- und Zehennägeln.

Noch ein prüfender Blick in den Spiegel. Ja, ich sah auch ohne Make-up ganz passabel aus. Große blaue Augen mit dichten schwarzen Wimpern. Geschwungene Augenbrauen, die ich noch nie gezupft hatte. Diese strichdünnen Augenbrauen, die eine Zeit lang in Mode waren, fand ich grässlich.

Die Blässe meiner Haut wurde durch die leuchtenden Haare noch verstärkt. Heutzutage ist blasse Haut wieder in. Nur Dummköpfe lassen ihre Haut verbrennen. Solarien machen keine großen Umsätze mehr und im Freien muss man dank des Ozonlochs die Haut sowieso vor der aggressiven Sonnenstrahlung schützen. Die Kleidung für meinen Ausflug in die Vergangenheit verstaute ich in meiner ledernen Reisetasche.

Geld würde mir nichts nützen. Aber im Safe lag ja auch noch unsere Münzsammlung. Ich suchte eine Handvoll kleinerer Gold- und Silbermünzen heraus.

Dann legte ich den Zeitgürtel um die Taille, wie in der Bedienungsanleitung vorgeschrieben auf die nackte Haut. Meine langen Haare verbarg ich wie üblich unter einem Kopftuch. Ich wollte während der Fahrt so unauffällig wie möglich gekleidet sein.

Ich stieg ins Auto. „Guten Morgen, Sonja. Wo soll es hingehen?" begrüßte mich der Bordcomputer. Ich hatte ihn darauf programmiert, mich mit „Du" anzureden, und ihm den Namen Robby gegeben. Schließlich verbrachten wir viel Zeit miteinander, da konnten wir uns auch wie Freunde unterhalten. „Hallo Robby. Das Ziel heißt Nieste bei Kassel, und ich möchte auf schnellstem Wege dahin", wies ich ihn an. „Verstanden", erhielt ich zur Antwort, „auf schnellstem Wege nach Nieste. Du musst selbst steuern zur Fernstraße Ost. Dann übernehme ich. Die Strecke bis Nieste beträgt 112 Kilometer. Die Fahrt wird etwa 45 Minuten dauern."

Robby erklärte mir noch die genaue Fahrtroute: Die Fernstraße bis zur Autobahn, die Autobahn bis Kassel, in Kassel abbiegen auf die Landstraße nach Nieste, wo ich wieder das Steuer übernehmen musste. „Danke, Robby. Starten!" befahl ich, als die Streckenbeschreibung beendet war.

Die Turbine sprang an und das Auto hob sich 20 cm vom Boden. Auf glatten Straßen muss ein Fahrzeug nicht höher schweben, das wäre Energieverschwendung. Auf unebenem Gelände können Autos bis zu 60 cm über den Boden steigen. Spezialfahrzeuge sogar noch höher, dann wird der Lärm der Turbinen aber ungemütlich laut. Die Räder der modernen Autos sind ganz klein und schmal. Sie werden nur zum Parken und Rangieren gebraucht.

Oma hat noch einen Oldtimer, einen wunderschönen dunkelblauen Mercedes Baujahr 2006, der noch mit altmodischem Dieselkraftstoff betankt werden muss. Moderne Autos werden mit Energy Bricks betrieben, das sind handliche Würfel, die zum größten Teil aus komprimiertem Zucker bestehen. Der Supermarkt schickt sie per Rohrpost ins Haus, wo sie gefahrlos gelagert werden können. Tankstellen gibt es kaum noch.

Omas Mercedes hat noch richtige große Reifen und kann natürlich nicht schweben. Er ist auch nicht mit einem interaktiven Computer ausgerüstet, hat aber schon GPS, wie das Pfadfindersystem damals hieß. Auf E-Leitstrecken dürfen solche altertümlichen Vehikel nicht fahren. Die Zufahrtskontrolle bringt sofort alle

Fahrzeuge zum Stillstand und gibt die Bahn erst wieder frei, wenn der Fremdkörper entfernt wurde. Bei Einführung des elektronischen Leitsystems machten sich immer wieder Leute einen Spaß daraus, mit ihren nicht umgerüsteten Autos die E-Strecken zu befahren und den gesamten Verkehr zum Erliegen zu bringen. Ein Fahrzeug ohne E-Pfadfinder hatte dann freie Fahrt zwischen all den stehenden Autos. Aber meistens dauerte es nicht lange, bis es geortet und angehalten wurde. Der Spaß verging den Verkehrssündern ganz schnell, als die Strafen neu festgesetzt wurden: Die „Tatwerkzeuge" wurden beschlagnahmt und die Fahrer mussten hohe Geldstrafen bezahlen.

Als ich abfuhr, war ich aufgeregt und voller Vorfreude auf mein Abenteuer. Die Autobahn nach Süden war nicht sehr belebt. Die meisten Waren werden heutzutage durch unterirdische Röhren verschickt, eine Art Rohrpost, die schon alle größeren Städte verbindet und nun auch auf kleinere Orte ausgeweitet wird. Auf den großen Strecken werden auch Personen befördert.

Es gibt nur noch wenige dieser stinkenden Ungetüme auf den Straßen, die früher die Waren transportierten. Unsere arabische Regierung hat für eine weitgehende Dezentralisierung der Lebensmittel-

Produktion gesorgt. Lebensmittel und andere Produkte, die ebenso gut vor Ort hergestellt werden können, dürfen nicht mehr hunderte von Kilometern weit transportiert werden. Entgegen allen Unkereien wurden die Lebensmittel dadurch sogar billiger, was aber auch daran lag, dass die neue Regierung von den Arbeitnehmern keine Lohnsteuern mehr einstrich. Und die früher üblichen Sozialabgaben fielen ganz weg.

Die Regierung der VASE garantiert jedem Bürger Zeit seines Lebens ein Grundeinkommen und kostenlose Behandlung von Krankheiten. Die Unternehmer atmeten auf, weil die Lohnabrechnungen erfreulich unkompliziert wurden. Jeder Bürger erhielt von der Regierung pauschal anfangs 1.000 € – zur Zeit sind es 1.500 € - im Monat, und zwar ohne jegliche Repressalien, Bespitzelungen oder sonstige bürokratische Schikanen.

Da die Staaten jetzt nicht mehr die Hälfte ihres Bruttosozialproduktes für Schuldzinsen verplempern müssen, ist ja genug Geld vorhanden. Für jedes Kind werden bis zum 18. Lebensjahr 500 € gezahlt. Neben der Lohnsteuer fielen auch die meisten anderen Kleckersteuern weg. Es stellte sich heraus, dass die meisten Leute arbeiten wollten, auch gegen geringen zusätzlichen Lohn. Künstlerische Tätigkeiten erfuhren eine unerwartete Blüte; denn künstlerisch begabte Menschen können sich frei entfalten, ohne durch Angst um ihr tägliches Überleben oder ihre Zukunft beeinträchtigt zu werden.

Mein Unterbewusstsein kreiste um meine bevorstehende Zeitreise. Kurz hinter Göttingen fiel mir siedendheiß ein, dass ich einen schweren Denkfehler gemacht hatte. Ich würde ja am helllichten Tag in Nieste ankommen. Ich konnte auf keinen Fall bei Tageslicht von der Bildfläche verschwinden. Nur gut, dass Osama für ein paar Tage weg war. Meine Abwesenheit über Nacht hätte ich ihm nicht erklären können.

In Kassel fuhr ich von der Autobahn ab und weiter ging's auf einer hübschen kleinen Landstraße durch verschneite Wiesen. Nieste ist ein ruhiges ländliches Städtchen. Ich fuhr durch die Straßen und versuchte, mich zu orientieren. Die Teichmühle, wo mein Urururgroßvater um 1900 mit seinen Eltern lebte, musste im Süden des Dorfes gelegen haben. Ich fand sie nicht. Schließlich nahm ich mir im Landgasthaus „Zum wilden Eber" in der Mitte des Städtchens ein Zimmer und fragte nach der Teichmühle. Der Wirt, ein dicker älterer Mann mit freundlichen kleinen Augen, blanker Glatze, Vollbart und einem langen weißen Kaftan, klärte mich auf: „Die Mühle, die gibt es nicht mehr, aber der Teich ist noch da. Jetzt steht da ein Forsthaus." Und, freundlich-neugierig: „Was wollen Sie denn da?" Nun, es konnte ja nicht schaden, wenn ich ihm ein paar Erklärungen gab: „Meine Großmutter hat mir davon erzählt. Ihr Urgroßvater ist da aufgewachsen. Ich wollte mir das mal ansehen."

Nachdem ich ihm noch weitere Fragen nach dem Namen meines Urururgroßvaters, wo ich denn herkäme, wie lange ich bleiben wolle beantwortet hatte, war seine Neugier fürs erste gestillt. Ich fragte den Wirt, ob es in der Gegend Leute gibt, die Bilder malen. Er war gut informiert und beschrieb mir, wo ich eine Malerin und einen Maler finden könnte.

Der Wirt rief einen jungen Burschen herbei, der mich zu meinem Zimmer führte. Ich verstaute meine Sachen im Schrank, nur die Kleidung, die ich in die Vergangenheit mitnehmen wollte, ließ ich in meiner Reisetasche. Die Münzen deponierte ich vorsichtshalber im Einbausafe. Dann fuhr ich mit dem Auto zum Forsthaus und erkundete die Umgebung des Hauses zu Fuß. Das Forsthaus lag, von hohen alten Bäumen umstanden, am Rande des Ortes direkt neben einem kleinen, am Rand mit Schilf bewachsenen Teich. Bevor ich wieder abfuhr, zeichnete ich im Auto schnell einen Lageplan.

Nun konnte ich ebenso gut gleich auf Bildersuche gehen.

Die Malerin wohnte in der acht Kilometer entfernten Nachbarstadt. Der Gastwirt hatte mir den Weg gut beschrieben. Auf mein Klingeln öffnete mir eine schlanke junge Frau in Jeans. „Aha, eine Rebellin", dachte ich. Die meisten ihrer Bilder waren abstrakt und somit schwer verkäuflich. Aber ihre Farben gefielen mir. Ich kaufte der Frau zwei Bilder ab und sie lud mich zum Kaffee ein. Während wir plauderten, erfuhr ich, dass sie früher auch Aquarelle gemalt hatte. Anfangs sträubte sie sich, aber dann ging sie ins Nebenzimmer und kam mit einer großen Mappe zurück.

Es waren wunderschöne Aquarelle in zarten Farben, Landschaften, Fachwerkhäuser, Blumengärten. „Warum malen Sie solche Motive nicht in Öl?" wollte ich wissen. Aber sie wollte oder konnte es mir nicht erklären. Und von den Aquarellen wollte sie mir auch keine verkaufen. Wir verabschiedeten uns. Ich gab ihr die Karte der Galerie und sagte, ich würde ihr jederzeit ihre

Landschaften in Öl abkaufen, wenn sie sich dazu entschließen könnte, es zu versuchen.

Bei der zweiten Adresse fand ich einen Mann in den 60ern, der vorwiegend Pferde malte. Er war sehr wortkarg. Nach kurzer Verhandlung kaufte ich ihm drei Bilder ab und fuhr zurück zum Gasthof. Beim Abendessen erklärte ich dem Wirt, ich müsse später noch mal wegfahren und würde vermutlich spät zurückkommen. Er händigte mir den Haustürschlüssel aus. Nun musste ich nur noch warten.

Um neun Uhr abends fing ich an, mich zu verkleiden. Meine Armbanduhr legte ich vorsichtshalber ab. Ich wusste nicht, wie weit die Uhrentechnik Ende des 19. Jahrhunderts war. Vermutlich gab es nur tellergroße Taschenuhren. Die Nano-Kamera steckte ich an meinen rustikalen Pullover, den ich über die Rüschenbluse zog. Meine Unterwäsche, BH, Slip und ein feines Unterkleid aus Seide würde ja sowieso niemand zu sehen kriegen. Aber die Strümpfe. Konnte ich mit Nylonstrümpfen ins Jahr 1889? Wohl eher nicht. Der braune Rock war knöchellang, aber was, wenn er flatterte oder hochrutschte? Ich ließ die Strümpfe weg und stieg barfuß in die „Wanderschuhe". Es war inzwischen empfindlich kalt geworden, schließlich war Mitte Januar.

Ich programmierte den TGap auf die Ankunftszeit von Punkt zwei Uhr nachts. So konnte ich dem neugierigen Wirt nach meiner Rückkehr erzählen, ich hätte eine Freundin in Kassel besucht. Das würde glaubwürdig genug klingen. Im letzten Moment fielen mir die Münzen ein. Ich nahm sie aus dem Safe und steckte sie in meine Reisetasche.

Aber ich konnte unmöglich um zwei Uhr nachts das Gasthaus verlassen und wenige Minuten später wieder zurückkommen. Daher steckte ich meine Haare mit Klemmen und Spangen hoch, legte das Kopftuch an und fuhr gleich los, drehte eine Runde nach der anderen über die Dörfer. Als ich kurz nach Mitternacht wieder nach Nieste zurückkam, fuhr ich gleich zum Forsthaus. Alles war dunkel und auch das Städtchen wirkte wie ausgestorben. Ich hatte keine Lust, noch länger zu warten und es machte ja auch keinen Unterschied, wenn ich ein bisschen früher sprang.

Ich legte meine Handtasche und alles, was ich nicht mitnehmen wollte, auf den Beifahrersitz, stieg aus, ergriff meine Reisetasche und ließ das Auto unverschlossen stehen. Hier würde um diese Uhrzeit in den nächsten fünf Minuten kein Mensch vorbeikommen. Ein kalter Wind pfiff mir um die Ohren. Das Herz schlug mir im Hals, als ich meine Bluse aus dem Rock zog und den Zeitgürtel öffnete. Kurz entschlossen drückte ich den roten Knopf. Ein Gefühl, als ob ich den Boden unter den Füßen verloren hätte, ergriff mich. Wie in einem Expresslift abwärts. Dann der merkwürdige Eindruck von kaltem Wind auf nackter Haut. Und wildes Hundegekläff. Es war stockdunkel. Ich tastete nach meiner Tasche und fand sie nicht.

Das Auto - wo war das Auto, fragte ich mich unsinnigerweise. Ich drehte mich um … und erst da merkte ich, dass etwas ganz und gar nicht stimmte. Es war sommerlich warm, aber die kühle Brise traf tatsächlich auf nackte Haut. Das konnte doch nicht wahr sein! Alles war weg, Kleidung, Schuhe, Tasche, Auto. Ich war mit nichts weiter bekleidet als mit dem Zeitgürtel. Das Hundegekläff kam aus der Nähe und wurde immer wilder.

Bevor ich einen klaren Gedanken fassen konnte, hörte ich eine Männerstimme rufen: „Bismarck, aus!" Aber Bismarck tat seine Pflicht und kläffte weiter. Gut, dass Bismarck an der Kette hing, wie ich am Klirren hören konnte. Dann sah ich einen schwachen Lichtschein. Eine Tür öffnete sich und eine schlaftrunkene Gestalt kam aus dem Haus, um nach dem Rechten zu sehen.

„Ist da jemand?" hörte ich es rufen. Und dann die Drohung: „Melde dich, oder ich lasse den Hund los." „Nein!" schrie ich unwillkürlich auf. Und schon stand ein Mensch in einem knielangen Hemd neben mir, der eine blakende Petroleumlampe trug.

Ein Mann. Jung. Einen Kopf größer als ich. War das mein Urururgroßvater? Ich stand wie erstarrt und kriegte keinen Ton heraus. „Was machst du hier?" fragte er, während er mich mit seiner Funzel von oben bis unten ableuchtete. Ich drehte ihm den Rücken zu und versuchte, mich in meine Haare einzuwickeln, die mir lose bis zur Taille fielen, weil auch die Spangen verschwunden waren.

„Auch ein schöner Anblick", war sein Kommentar. „Machen Sie keine Witze, geben sie mir lieber was zum Anziehen", fauchte ich ihn an, als ich meine Stimme wiederfand. Nur mit einer Gänsehaut bekleidet vor einem fremden Mann zu stehen, war mir auch noch nicht passiert.

Der Hund hatte aufgehört zu kläffen und knurrte nur noch ein bisschen. Aus dem Haus tönte eine hohe

46

Frauenstimme: „Was ist denn los, Wilhelm?" Wilhelm. Das war er, mein Urururgroßvater. Wilhelm rief zurück: „Es ist nichts, Mutter, schlaf du nur weiter." „Komm mit ins Haus, dann suche ich dir was zum Anziehen", forderte er mich dann auf und ergriff meine Hand, als ob er mich am Weglaufen hindern wollte. Ich folgte ihm über kühles Gras und spitze Steine, die schmerzhaft in meine Fußsohlen stachen.

Wilhelm schloss hinter uns das Türchen, das wie der Zaun aus krummen Holzstäben gefertigt war, gleichzeitig beruhigte er mit leiser Stimme den Hund, der jetzt vor uns stand und ein tiefes Grollen von sich gab. Wilhelm kraulte den Hund hinter den Ohren und erklärte mir flüsternd, dass Bismarck mich kennenlernen müsse. Er ließ ihn an mir schnuppern und zog meine Hand bis dicht vor Bismarcks Maul, der zuerst daran schnüffelte und dann mit glitschiger Zunge über meinen Handrücken leckte.

Bäh, war das nicht unhygienisch? Ich musste mir drinnen sofort die Hände waschen. „Du darfst ihn jetzt streicheln", eröffnete mir mein Urgroßvater, als sei dies eine große Gunst. Vorsichtig zog ich meine Hand vor Bismarcks Schnauze weg und tätschelte ihn unbeholfen auf dem Kopf, was den Köter dazu veranlasste, sich gegen meine nackten Beine zu drücken und heftig mit dem Schwanz zu wedeln. Er war ein großer Hund und ich fiel beinahe um. „Er mag dich", flüsterte Wilhelm. „Zum Frühstück oder zum Abendessen?" fragte ich zurück. Wilhelm grinste und schickte Bismarck zurück in seine Hütte. Dann führte er mich weiter über einen mit Steinplatten ausgelegten Weg. Zwei Steinstufen führten zur offenen Tür. Ich stieß mir schmerzhaft den großen Zeh. Meinen Aufschrei konnte ich gerade noch unterdrücken. Ich humpelte hinter Wilhelm eine steile Stiege hinauf. Oben musste Wilhelm den Kopf einziehen, weil die Tür so niedrig war. Wilhelm war mindestens 1,85 m groß, schätzte ich. Dabei hatte ich immer geglaubt, dass damals die Leute viel kleiner waren. Napoleon soll nur 1,50 m groß gewesen sein, hatte ich mal gehört.

In seinem Schlafzimmer platzierte mich Wilhelm auf seinem Bett, stellte die blakende, stinkende Lampe auf einem Stuhl ab und schaute sich meinen angestoßenen großen Zeh an, wobei er mich in eine unmögliche Stellung brachte. Nur gut, dass es im Zimmer trotz Lampe so schummrig war. Nachdem sich Wilhelm überzeugt hatte, dass kein Blut floss, empfahl er mir: „Leg dich ins Bett und deck dich zu, dass du wieder warm wirst. Ich suche dir was zum Anziehen." Du meine Güte, wo sollte das hinführen? Jetzt machte ich es mir schon im Bett meines Urururgroßvaters gemütlich, der gar kein mehrfacher Urgroßvater war, sondern heute seinen 18. Geburtstag feiern würde. Gab es denn kein Gästezimmer oder wenigstens ein Wohnzimmer mit einem Sofa? Wilhelm entschwand in der Finsternis und ich hörte aus einem Nebenzimmer das Quietschen von Schubladen und Schranktüren.

Das nächste, was ich hörte, war lautstarkes Vogelgezwitscher. Und was ich fühlte, als ich langsam zu mir kam, war maßlose Verwunderung. Dämmriges Licht fiel durch ein winziges Fenster. Mein Bett fühlte sich nicht richtig an. Osama hatte sich dicht an mich gekuschelt, seinen Arm um mich gelegt und schnarchte leise in mein Ohr. Das hatte er noch nie gemacht. Wir hatten doch getrennte Schlafzimmer. Die Luft im Zimmer roch lehmig und irgendwie nach Mottenkugeln. Ein schweres Federbett lag auf mir wie eine Zentnerlast.

Das war nicht mein Bett! Oh Allah, schlagartig fiel mir alles wieder ein. Ich lag mit Uropa im Bett. Und ich war noch immer nackt. Er wollte mir doch was zum Anziehen holen. Ich musste schnurstracks in Wilhelms Bett eingeschlafen sein. Als ich das Federbett wegschob, um etwas Luft zu kriegen, wurde Wilhelm wach. „Na, gut geschlafen, schöne Unbekannte?" fragte er mich munter. „Oh, ich wollte nicht...", stammelte ich. Wilhelm unterbrach mich: „Bleib ruhig, Mädchen. Vielleicht sagst du mir erst mal deinen Namen, nachdem wir schon die Nacht miteinander verbracht haben." Ich fühlte, wie ich bis unter die Haarwurzeln rot wurde. „Sonja", hauchte ich. „Sonja", wiederholte er, „dein Name gefällt mir genau so gut wie du. Ich bin Wilhelm." Nun gut, dass wusste ich ja schon. Aber was für ein Charmeur!

„Willst du mir nicht erzählen, wie du hierher gekommen bist? Oder warum du mit nichts außer diesem seltsamen Gürtel bekleidet bist?" Nein, das wollte ich ganz bestimmt nicht. Also fragte ich ihn: „Was werden deine Eltern sagen, wenn du eine fremde Frau im Bett hast?" „Ja, das müssen wir uns noch überlegen", gab er zu, wobei er wie zufällig meine Brustwarzen berührte, was mich zu meinem Entsetzen dermaßen erregte, dass ich nach Luft schnappte. Dadurch fühlte sich Wilhelm offenbar ermuntert und erkundete meine nackte Haut weiter mit seinen rauen Händen.

Zu meiner Schande muss ich gestehen, dass ich gar nicht erst den Versuch machte, ihn abzuwehren. Dafür genoss ich die Gefühle, die er in mir hervorrief, viel zu sehr. Das Unvermeidliche geschah einfach. Wie eine Kettenreaktion. Ich hatte Sex mit meinem Urgroßvater. Und es war himmlisch. Ich ließ mich fallen, schwebte, genoss die köstlichen Gefühle mit allen Sinnen. Irgendwann hatte Wilhelm sein Nachtgewand abgestreift und ich fühlte seine warme Haut, seinen muskulösen Körper. Seine Erregung steigerte die meine ins Unermessliche. Wir liebten uns wieder und wieder, bis wir eine Türangel quietschen hörten und Bismarcks freudiges Kläffen.

Eine Männerstimme rief: „Wilhelm, wo bleibst du denn? Es ist schon sieben Uhr!" „Ja, Vater, ich komme gleich", rief Wilhelm zurück. Durchs Fenster drang heller Sonnenschein. „Wir müssen ins Heu", erklärte mir Wilhelm. „Aber nicht schon wieder", wehrte ich ab in völliger Verkennung der Bedeutung von „ins Heu". Wilhelm schaute mich fragend an, dann lachte er laut auf: „Nein, nicht was du denkst. Wir müssen das Heu wenden."

Ich wurde schon wieder rot. Wilhelm küsste mich und sagte: „Du bist süß." Von draußen tönte Vaters Stimme: „Mit wem redest du da?" Verblüfft hörte ich, wie Wilhelm antwortete: „Die Sonja ist bei mir." Dann flüsterte er mir hastig ins Ohr, dass ich schon lange seine Freundin sei. Ich käme aus Witzenhausen, sei dort Kindermädchen bei den von Fredesteins gewesen. Das sollte ich mir merken und ansonsten schüchtern tun und ihm das Reden überlassen. Wir stiegen aus dem Bett und nun sah ich zum ersten Mal Wilhelm in seiner ganzen jugendlichen Schönheit. Dunkelblonde Haare, ziemlich lang, blaue Augen, eine große gerade Nase, ein Mund zum Verlieben, breite Schultern und einen Körper ohne ein Gramm überflüssiges Fett.

„Wilhelm!" kam schon wieder ein mahnender Ruf von draußen. Wilhelm zeigte auf einen Stapel Kleidung, den er zusammengesucht hatte. „Das sind Sachen von meiner Mutter. Ich glaube, ihre Blusen werden dir nicht passen, aber vielleicht meine alten Hemden." Ich stieg in eine knielange Unterhose aus weißem Leinen, die in der Taille mit Bändern zusammengehalten wurde.

„Willst du den Gürtel nicht ablegen?" fragte Wilhelm. „Nein, lieber nicht. Er stört mich nicht." Was auch stimmte, denn er war kaum zu spüren. Ein Unterrock und ein ärmelloses Unterhemd aus Leinen, das vorne mit Bändseln geschlossen wurde, gehörten offenbar auch zur Ausstattung. Der Rock von Wilhelms Mutter, eine Art Wickelrock aus kratzigem dunkelblauem

Stoff, reichte mir bis knapp zu den Waden. Ich zog ein kurzärmeliges Hemd aus Wilhelms Jugendzeiten über das Unterhemd und stopfte es in den Rock. Die Kleidungsstücke waren schwer und warm. Schuhe in meiner Größe gab es nicht. Ich musste barfuß gehen oder Holzpantinen anziehen, die es aber auch nicht in passender Größe gab. Wilhelms Mutter musste winzig sein. Ihre Schuhe hatten Kindergröße. Wie war der Junge nur so ein langer Kerl geworden?

Solchermaßen bekleidet stieg ich mit Wilhelm die enge Treppe hinunter. Wir gingen über den Hof und betraten eine ebenerdige Küche. An einem großen Herd mit offenem Feuer stand Wilhelms Mutter, eine kleine Frau, höchstens 1,50 m groß, und rührte mit einem Holzlöffel in einem schwarzen Kochtopf. Der Vater saß am Tisch und stopfte sich eine Pfeife. Beide schauten zu uns, als wir eintraten. „Guten Morgen", sagte ich mit einem Lächeln, das mir in der Aufregung doch ziemlich schwerfiel, reichte beiden nacheinander die Hand und fabrizierte einen kleinen Knicks.

Ich wusste nicht allzu viel von dieser Zeit, konnte mich aber an einige Filme erinnern und versuchte nachzumachen, was mir im Gedächtnis geblieben war. Es war wohl nicht allzu verkehrt, auch wenn Wilhelms

Mundwinkel verdächtig zuckten. „Setz dich hierher", forderte mich Wilhelms Vater auf und wies mir einen Platz auf der Bank neben sich an.

„Na, mein Junge, nun erzähl mal. Wie kommst du dazu, ein fremdes Mädchen mit nach Hause zu bringen?" „Sie ist nicht fremd, Vater. Ich kenne sie schon recht lange und wir wollen heiraten." Und dann tischte Wilhelm seinen Eltern die ausgedachte Geschichte auf. Ich hielt den Mund und blickte auf die blank gescheuerte Tischplatte aus dicken Holzbrettern.

Auch die Frage seiner Mutter: „Und warum ist sie von den Fredesteins weg, wenn sie so eine gute Stellung hatte?" parierte Wilhelm gekonnt, indem er behauptete, dass der Baron mir an die Wäsche wollte. Natürlich nicht mit diesen Worten. Jedenfalls sei der lüsterne Baron nachts in mein Zimmer eingedrungen, um mir Gewalt anzutun. Ich sei nur mit dem Nachthemd bekleidet geflohen und den ganzen Weg bis zu Wilhelm durch den dunklen Wald gelaufen.

Ich wurde schon wieder knallrot, aber diesmal, weil Wilhelm durch meine Anwesenheit gezwungen wurde, seine Eltern so schamlos zu belügen. Es sah so aus, als glaubten sie diese hanebüchene Story. Nur Muttern zog die Augenbrauen hoch und kniff die Lippen zusammen. Zum Frühstück gab es einen gekochten Brei aus etwas, das ich für geschrotetes Getreide hielt, leicht gesalzen. Und dazu frisch aufgekochte Ziegenmilch.

## Kapitel 6

Nach dem Frühstück holten Wilhelm und sein Vater einen Handwagen aus dem Schuppen, den sie mit Rechen, einer Sense, einer Axt, langen Holzbohlen und sonst noch allerlei beluden. Die Mutter brachte aus einem Nebenraum, der als Speisekammer diente, einen kleinen verschnürten Sack, in dem ich Essbares vermutete. Wilhelm fragte mich, ob ich mit ihm und dem Vater Heu machen wolle oder lieber der Mutter in Haus und Garten helfen.

Den ganzen Tag von den misstrauischen Augen der Mutter beobachtet oder gar von ihr noch weiter ausgefragt werden wollte ich lieber nicht. Die viel zu warme lange Unterhose ließ ich zu Hause und versteckte meine roten Haare unter einem Kopftuch. Die Teichmühle lag weit außerhalb des Dorfes, das jetzt nur noch aus einer Ansammlung meist kleiner, geduckter Fachwerkhäuser und einigen größeren Bauernhöfen bestand. Der Weg dorthin bestand aus festgetretenem Erdreich und kleinen Steinen, die eine Tortur für meine Füße waren. Ich versuchte, mir nichts anmerken zu lassen.

Im Dorf stellten die Männer den Handwagen ab und klopften an die Tür eines Häuschens. Der Schuster hatte dort seine Werkstatt. Wilhelm fragte ihn, ob er Schuhe für mich habe. Der Schuster maß meine Füße mit den Augen und sagte, nein, so große Frauenschuhe hätte er nicht. Also, so groß waren meine Füße nun wirklich nicht, dachte ich empört. Für meine Körperlänge von 1,74 m war Schuhgröße 41 doch ganz normal.

Er hatte auch keine Jungenschuhe; denn Kinder liefen meistens barfuß oder in Holzpantinen. Nur zum sonntäglichen Kirchgang wurden Schuhe getragen. Schuhe waren Luxus und sehr teuer. Kinderschuhe wurden von einem Kind auf das nächste vererbt, bis sie verschlissen waren.

Ich fragte den Schuster, ob er mir nicht Sandalen machen könne. „Sandalen, was ist das?" fragte er. Ich bat um ein Stück Papier und einen Stift und zeichnete schnell eine Sandale auf, die aus einer Sohle und ein paar einfachen Riemen zum Schnüren bestand, etwa so wie die alten Römersandalen. „Na,

Fräuleinchen, das ist kein Problem. Dafür brauche ich nicht viel Leder, dann werden sie nicht so teuer." Er nahm Maß an meinen schmutzigen nackten Füßen und sagte, dass meine Sandalen bis zum Abend fertig wären. Wilhelm nahm den Schuster beiseite und redete leise mit ihm. Es ging wohl um die Bezahlung.

Dann zogen wir weiter durchs Dorf. Die Leute steckten die Köpfe aus den Fenstern, um uns zu sehen, und riefen uns tausend Fragen zu, die Wilhelm mit wenigen Worten abtat. Wir gingen so schnell wie möglich weiter, um die lästigen Frager hinter uns zu lassen.

Die Dorfstraße hatte Kopfsteinpflaster, auf dem ich gut laufen konnte, und sie war total beschissen. Das ist wörtlich gemeint, denn überall lagen Kuhfladen und Pferdeäpfel. Bevor wir den kleinen Bach auf einer hölzernen Brücke überquerten, kamen wir an einer Wassermühle vorbei. In der Dorfmitte erkannte ich den Gasthof wieder, in dem ich abgestiegen war.

Am Ende des Dorfes fing ein Schotterweg an, mit tiefen Fahrspuren von den großen Leiterwagen, mit denen die Bauern aufs Feld fuhren. „Sonja, wir haben noch einen weiten Weg vor uns, den schaffst du nicht zu Fuß. Setz dich auf den Wagen", sagte Wilhelm. Es war mir zwar peinlich, wie ein Kind mit ausgestreckten Beinen auf dem Handwagen zu sitzen und mich ziehen zu lassen, aber ich sah ein, dass es nicht anders ging.

Nach einer guten halben Stunde fuhren wir auf einem schlammigen Weg durch ein kühles Wäldchen und dahinter öffnete sich ein wunderschönes weitläufiges Tal, grüne Wiesen, zwischen sanften bewaldeten Hügeln gelegen, ein kleiner Bach wand sich hindurch. Am oberen Ende „unserer" Wiese wurde der Wald von einer Haselnusshecke gesäumt, in die Wilhelm oder sein Vater eine kühle grüne Höhle geschnitten hatten. Dort hinein brachten sie unsere Essensvorräte.

Und dann fingen wir an mit dem Heumachen. Eine große Wiese führte von unserer Laube, wie Wilhelm die Höhle in den Haselnusssträuchern nannte, bis hinunter zum Bach. Die Wiese war schon gemäht, bis auf das letzte Stück ganz unten am Bach. Große Heuhaufen lagen über die ganze Wiese verteilt. Überall im Tal waren Leute schon fleißig mit dem Heuwenden beschäftigt. Wilhelms Vater nahm die Sense und den Behälter mit dem Wetzstein und stiefelte die Wiese hinunter Richtung Bach, um die letzte Grasfläche zu mähen.

Wilhelm gab mir einen Rechen und erklärte mir, was zu tun sei. Die Heuhaufen mussten auseinander geharkt und das Heu gleichmäßig verteilt werden. Dann wurde es immer wieder mit dem Rechen gewendet bis es trocken war. Und wenn die Sonne weiter so heiß schien wie bis jetzt, dann könnten wir einen Teil des Heus heute abend nach Hause fahren.

Die ganze Zeit schon war mir ein Geräusch aufgefallen, das ich nicht einordnen konnte, ein auf- und abschwellendes Zirpen und Sägen. Ich fragte Wilhelm: „Was ist das für ein Geräusch?" „Was meinst du?" fragte er zurück. „Na, dieses Zwitschern, Sägen ... Ich weiß nicht, wie ich es beschreiben soll." Wilhelm blickte mich erstaunt an: „Hast du denn noch nie den Gesang der Grillen gehört?" Er ging in die Hocke und sagte: „Warte, ich fange dir eine. Bleib ganz still stehen."

Das Zirpen in unserer Nähe, das für einen Moment verstummt war, setzte wieder ein. Vorsichtig bewegte Wilhelm seine Hände auf einen Grashalm zu und schloss sie dann schnell. „Ich habe eine!" rief er triumphierend, erhob sich und kam zu mir. Als er die Hände öffnete, konnte ich einen kurzen Blick auf ein grünliches Insekt mit langen Beinen werfen, das sofort mit einem großen Sprung in die Freiheit flüchtete. „Diese kleinen Tierchen machen so lauten Lärm?" fragte ich erstaunt. „Wie machen sie das?" „Sie reiben ihre Vorderbeine aneinander. Gibt es da, wo du herkommst, denn keine Grillen? Sie werden auch Grashüpfer genannt." „Nein, ich habe noch nie eine gehört." Wahrscheinlich wurden sie wie fast alle Insekten während der wenigen Jahrzehnte brutaler Landwirtschaft durch den massiven Einsatz von Giftstoffen ausgerottet. Es gab ja auch kaum noch Mücken, Fliegen, Schmetterlinge oder Bienen und nur noch wenige Vogelarten.

Das war also Heumachen. Dieser wundervolle Duft, das Summen der Insekten, bunte Schmetterlinge, die heiße Sonne auf meiner Haut – ich liebte es. Selbst das Prickeln der Grashalme an meinen Füßen machte mir Spaß. Beim Auseinanderbreiten des Heus beeilten wir uns und als wir am unteren Ende der Wiese ankamen, glühte mein Gesicht von der ungewohnten Arbeit im heißen Sonnenschein. Aber meine Haut war noch nicht einmal rot geworden. Sie hatte schon eine leichte Bräune.

In meiner Zeit hätte ein ungeschützter Aufenthalt in der Sonne meiner Haut schwere Schäden zugefügt. Das Ozonloch hatte sich bis Nordafrika ausgebreitet. Dagegen konnte nun auch die klügste Regierung nichts mehr tun. Es würde noch Jahrhunderte dauern, bis sich die Ozonschicht – vielleicht – regenerierte. Allein die aggressiven UV-Strahlen waren schon ein guter Grund, sich orientalisch zu kleiden anstatt die Haut ungeschützt der Sonne auszusetzen. Ich war dunkelhaarig und vertrug Sonne eigentlich ganz gut, wie ich auf meiner Hochzeitsreise mit Osama in den noch nicht betroffenen Gebieten Südarabiens erfahren hatte. Aber zu Hause fing meine Haut schon zu brennen an, wenn mir die Sonne nur wenige Minuten schmerzhaft in die Haut gestochen hatte.

Wilhelms Vater, der schon die Hälfte des restlichen Stückes abgesenst hatte, meinte fürsorglich: „Lass es langsam angehen, Mädchen. Macht erst mal eine Pause." Meine Kehle lechzte nach Wasser. „Kann man das Wasser aus dem Bach trinken?" fragte ich. „Ja, warum sollte man es denn nicht trinken können?" kam die erstaunte Frage von Wilhelm. Ich musste mich erst noch an eine giftfreie Umwelt gewöhnen. In meiner Zeit würden sicher noch Jahre vergehen, bis alle Gifte aus den Gewässern verschwunden waren. Ich klemmte die Seiten meines Rockes im Bündchen fest und stieg in das murmelnde Bächlein, vorsichtig auf die glatten Kieselsteine tretend. Am liebsten hätte ich meine

Sachen ausgezogen und mich in das erfrischende Wasser gelegt, was natürlich nicht ging. So kühlte ich mir Gesicht und Nacken mit Wasser und löschte meinen Durst aus der hohlen Hand. Danach legten wir uns ins Ufergras, Wilhelm kaute auf einem Grashalm, sein Vater setzte sich zu uns und zündete seine Pfeife an. Ringsum war nichts zu hören außer dem Zirpen der Grillen, dem Gesang der Vögel, dem Summen der Insekten und dem Murmeln des fließenden Wassers. Aus diesem Traum wollte ich niemals erwachen.

Wir wendeten das Heu noch einmal. Mittags setzten wir uns in die schattige Laube und packten Brot und Wurst aus, dazu gab es einen aromatischen Kräutertee aus einer Blechflasche. Als aus weiter Ferne das Geläut der Abendglocken zu uns herüberschallte, hatten wir das Heu nochmals gewendet und dann wieder zu Haufen zusammengerecht. Ein großes Bündel Heu, verpackt in ein zusammengebundenes Segeltuch, thronte auf dem Handwagen, der sich mit Hilfe der mitgebrachten Bohlen, die zwischen den Achsen angebracht wurden, verlängern ließ. Es war ein hohes Fuder. Ich musste zu Fuß gehen. Als wir endlich das Dorf erreicht hatten, waren meine Fußsohlen aufgeschürft und bluteten an einigen Stellen. Beim Schuster am Ende des Dorfes machten wir wieder halt.

Einige Dorfkinder waren uns schreiend gefolgt und warteten neugierig vor dem Haus. Der Schuster präsentierte mir stolz meine Sandalen. Mit meinen blutigen Füßen wollte ich sie nicht anprobieren. „Wenn Sie wieder einmal Schuhe brauchen, kommen Sie zu mir. Ich fertige alles nach Ihren Wünschen an", erklärte mir der Schuster zum Abschied. „Vielleicht mache ich für mich auch solche Sandalen. Ihr Entwurf gefällt mir sehr gut."

Die beiden Männer zogen den Handwagen in den Anbau neben dem Ziegenstall, wo sie das Heu in große Brettergestelle packten. Ich ging erst mal zu Bismarck, der aufgeregt kläffte und an seiner Kette zerrte. Vorsichtig näherte ich mich ihm. „Hallo, Bismarck, hast du dich gelangweilt, den ganzen Tag so allein?" redete ich mit leiser Stimme auf ihn ein. Bismarck wedelte wie verrückt mit dem Schwanz. Ich hielt ihm meine Hände vor die Schnauze und fing an, sein Fell zu kraulen. Bismarck gab freudige Laute von sich, legte sich auf den Rücken und verdrehte fast die Augen vor Entzücken, als ich ihm den Bauch kraulte. Wilhelm kam hinzu und fragte lachend: „Na, Bismarck, hast du dich auch verliebt?"

Am unteren Ende hatte der Teich einen Abfluss, und ein schmales Rinnsal floss den Hang hinunter über die Wiesen. Neben dem Rinnsal hatte man am schlammigen Ufer eine kleine hölzerne Plattform gebaut. Das Haus war nicht an die Wasserleitung angeschlossen, denn die führte weiter unten im Tal entlang. Wilhelm erklärte mir, dass der Teich von einer tiefen Quelle gespeist wird. Das Wasser war trotz der sommerlichen Hitze eiskalt und schmeckte sehr gut.

Auf meine Frage nach der Mühle erfuhr ich, dass diese schon vor Jahren abgerissen wurde, weil sie baufällig war. Ich wusch meine Füße und ließ sie an der Luft trocknen. Bismarck saß ein paar Meter entfernt und schaute mir zu. Seine Kette war lang genug, dass er den ganzen Hof erreichen konnte und auch den schmalen Abflussgraben. Als meine Füße trocken waren, zog ich die neuen Sandalen an und schnürte die Riemen um meine Unterschenkel. Sie passten wunderbar und machten einen äußerst stabilen Eindruck. Der freundliche Schuster hatte wirklich meisterhafte Arbeit geleistet.

Wilhelm sagte anerkennend: „Das hast du dir ja fein ausgedacht. Aber für den Winter werden sie nicht taugen, da brauchst du feste Schuhe. Wir haben viel

Schnee hier im Winter." Im Winter? Konnte ich denn so lange hier bleiben? Über den Termin meiner Rückreise hatte ich mir überhaupt noch keine Gedanken gemacht. Zu Hause, in meiner Zeit, hatte ich mir einen Aufenthalt von höchstens ein paar Tagen ausgemalt. Aber alles war anders gekommen. Ich wollte nicht zurück. Wie könnte ich auch? Wilhelm war ganz offensichtlich in mich verliebt. Sein Vater mochte mich gern. Und ich? Es lag wohl in meiner Natur, mich schnell zu verlieben. Ich wollte bei Wilhelm bleiben. Er war nicht mehr mein Urururgroßvater, sondern ein junger, vitaler Mann, mit dem ich aufregende Dinge erlebte. Ich konnte doch so lange in der Vergangenheit bleiben wie ich wollte – einen Monat, ein Jahr. Was sprach dagegen? In meiner Zeit wäre ich nur fünf Minuten weg gewesen.

Die Stimme von Wilhelms Mutter unterbrach meine Gedanken. Sie rief uns zum Abendessen. Zu einem Gemüseeintopf mit Grießklößchen gab es knuspriges frisch gebackenes Bot. Dieses Brot war ein Erlebnis ganz besonderer Art. Im 21. Jahrhundert konnte man Hunderte verschiedener Brotsorten kaufen, aber im Grunde schmeckten sie alle gleich, das heißt, eigentlich hatte unser Brot überhaupt keinen Eigengeschmack, und beim Kauen verwandelte es sich in eine breiige Masse. Aber dieses Brot hier schmeckte so würzig, dass es eine Schande gewesen wäre, eine Scheibe Käse oder Wurst darauf zu legen. „Soll das Mädele nun bei uns bleiben?" hub die Mutter an. „Stell keine Fragen, Liese", beschwichtigte Wilhelms Vater sie, „wir haben alles schon besprochen." „Ach Gott, Friedrich, was sollen die Leute von uns denken?" jammerte Mutter Liese. „Aber ich habe mir so etwas ja schon gedacht", verkündete sie dann mit ungnädiger Miene. „Das Bett in der kleinen Kammer habe ich für die Sonja hergerichtet." „Dann ist es ja gut", war Vaters abschließender Kommentar.

Nach dem Essen holte die Mutter aus der Speisekammer einen Topfkuchen und stellte ihn vor Wilhelm auf den Tisch: „Herzlichen Glückwunsch zum Geburtstag, mein Junge." „Auch ich gratuliere dir zum Geburtstag, Wilhelm", sagte sein Vater etwas steif.

„Du hast heute Geburtstag?" tat ich erstaunt. „Warum hat mir das keiner gesagt? Ich wünsche dir alles, alles Gute." Wilhelm bedankte sich für die Glückwünsche. Liese schnitt den Kuchen an und gab jedem ein Stück. Nach dem Abendessen mussten noch die Ziegen von der Wiese geholt und in den Stall gebracht werden. Die Hühner wurden in ihren Stall gelockt. Danach setzte sich der Vater in die Küche und schmauchte sein Pfeifchen, wobei er seiner Frau beim Aufräumen zusah. Wilhelm und ich setzten uns auf die Bank vor dem Haus und ließen uns von der Abendsonne bescheinen. Als es dämmerte, war Schlafenszeit. Die Mutter führte mich höchstpersönlich in die Kammer, die über der Küche neben dem Elternschlafzimmer lag und die sie für mich hergerichtet hatte, und zeigte mir die Handhabung der Petroleumlampe.

Ein winziger Raum, der mit dem Bett und der kleinen Kommode schon überfüllt wirkte. Auf der Kommode standen ein großer Blechkrug mit Wasser und eine emaillierte Waschschüssel und unter dem Bett sah ich einen Nachttopf. Die Ausrede, ich müsse zum Abort, einem Bretterverschlag am hinteren Ende des Grundstücks unterhalb des Gartens, würde also nichts bringen. Ich überlegte, ob es mir gelingen würde, unbemerkt die Stiege hinunter, durch die Küchentüre hinaus und über den Hof zu Wilhelm zu schleichen, dessen Räume über einen eigenen Eingang zu erreichen waren. Es schien mir aussichtslos. Die Stiege würde knarren, der Hund anschlagen und sicherlich hatte Mutter Liese einen leichten Schlaf. Ich zog das bereitgelegte Nachthemd an. Hochgeschlossen, aber nur schenkellang. Wohl auch aus Mutter Lieses

Beständen. Kaum lag ich unter dem dicken Federbett, da war ich auch schon eingeschlafen.

Der nächste Morgen fing mit Kuchen an. Dazu gab es ein Getränk, das Mutter Liese als Kaffee bezeichnete. Die Flüssigkeit, die sie uns in dicke Tassen goss, sah braun aus, roch und schmeckte aber ganz und gar nicht nach Kaffee. Ich fragte vorsichtig: „Woraus wird der Kaffee gemacht?" „Hat das vornehme Fräulein noch nie Zichorienkaffee getrunken?" fragte die Mutter spitz. Upps, da hatte ich mich wohl wieder verplappert. „Doch, aber dieser schmeckt viel besser", versuchte ich mich aus der Affäre zu ziehen.

Wilhelm und ich zogen allein los zum Heumachen. Sein Vater musste die Wasserleitungen abgehen. Er war Aufseher für die Kasselaner Wasserwerke und musste zweimal pro Woche die Wasserleitung in ganzer Länge von Großalmerode bis nach Kassel kontrollieren. Ich trug meine neuen Sandalen, die wieder für Aufregung im Dorf sorgten. Nachdem wir das Dorf hinter uns gelassen hatten, befriedigte Wilhelm meine Neugier bezüglich der Wasserleitung. 1870 baute die Stadt Kassel eine moderne Wasserleitung von Kassel bis zum Bilstein bei Großalmerode, 25 km längs im Niestetal. Die

Bauarbeiten dauerten zwei Jahre. Nach Fertigstellung wurde Vater Friedrich zum Aufseher ernannt und bekam eine städtische Dienstwohnung auf der Sensensteiner Mühle bei Nieste. Die uralte Mühle wurde von der Stadt gekauft. Das Hauptinteresse hatte die Stadt an der schönen starken Quelle, die oberhalb des Hauses lag. Später stellte sich heraus, dass die Quelle tiefer lag als das Sammelbecken oberhalb des Dorfes Nieste. „Und so fließt das Wasser der Quelle bis heute ungenutzt", bemerkte Wilhelm zum Schluss mit spürbarer Schadenfreude.

Beim gemächlichen Wenden des Heus bastelten wir uns meine Vorgeschichte zusammen. Ich war also in einem Dorf namens Immensen geboren. Als ich drei Jahre alt war, starben meine Eltern an den Pocken. Ich wuchs bei meinem Onkel Walter und dessen Frau in Hannover auf. Mit Tante Hedwig kam ich nicht gut aus. Meine beiden Vettern, Erwin und Roderich, triezten mich ständig. Da ich oft krank war, bereitete ich meinen Pflegeeltern viele Sorgen und versäumte häufig die Schule, so dass ich wenig lernte. Als meine Base Helene mir den Job bei den Fredesteins vermittelte, waren meine Verwandten sichtlich froh, mich endlich los zu sein. Diese Lügengeschichte mit sämtlichen Namen lernte ich regelrecht auswendig. Ich durfte kein Misstrauen erregen, indem ich mich verplapperte.

In Wirklichkeit bin ich in eine Privatschule gegangen. Oma hat mich jeden Tag die 20 km zur Schule hingefahren und wieder abgeholt. Die öffentlichen Schulen waren lebensgefährlich und man konnte dort nichts lernen. Sie dienten nur noch als Aufbewahrungsstätten für missratene Kinder, die unter ärztlich verordneten Drogen standen, die ihre Aggressionen unterdrücken sollten. Diese Drogen machten süchtig. Und durch den Gewöhnungseffekt verloren sie schnell ihre Wirkung. Die Folge war, dass diese Jugendlichen ungeheure Aggressionen entwickelten und auf jeden, der ihnen in die Quere kam, einschlugen oder mit Messern einstachen. Die Araber ergriffen dann endlich rigorose Maßnahmen. Ritalin und andere gefährliche Drogen wurden verboten. Die drogenverseuchten Kinder mussten Entziehungskuren machen. Die unfähigen Eltern wurden von psychologisch geschulten Beratern betreut. Das lief zwar auf eine staatliche Überwachung hinaus, aber man kann dumme Menschen doch nicht einfach machen lassen. Wir hatten ja gesehen, wohin das führt – dumme Politik, dumme Eltern und Einwanderer, die auch nach 50 Jahren in unserem Land kaum deutsch sprechen konnten. Außerdem sind die Mitarbeiter der arabischen Regierung menschlich und bürgerfreundlich, im Gegensatz zu den anmaßenden Roboter-Bürokraten der vorarabischen Zeit.

Als Wilhelm und ich in der Laube unser Mittagsbrot aßen, kamen die Leute von der Nachbarwiese zu uns. Eine junge Frau, hochschwanger, mit ihrem Mann und drei Kindern. Ich hatte mein Kopftuch abgelegt und war gerade dabei, meine Haare zu Zöpfen zu flechten; denn da ich weder Klammern noch Haarklemmen hatte, rutschten sie mir immer wieder unter dem Kopftuch heraus. Die Kinder starrten mit offenen Mündern meine leuchtend rote Haarpracht an.

„Setzt euch zu uns", forderte Wilhelm die Besucher auf und gab jedem ein Stück von dem Geburtstagskuchen, den uns seine Mutter mitgegeben hatte. Die Kinder verschlangen begeistert die ungewohnte Leckerei. „Na, ihr lebt ja nicht schlecht", stellte der Mann fest, der auch Wilhelm hieß und Willy gerufen wurde. Mein Wilhelm klärte ihn auf, dass dies sein Geburtstagskuchen sei, womit unsere Schlemmerei offenbar entschuldigt war. Die Frau, Mariechen genannt, die derbe Schnürschuhe trug, schaute interessiert auf meine Sandalen und fragte mich schließlich: „Was hast du für seltsame Schuhe an?" Ich erklärte ihr, das seien Sandalen, der Schuster habe sie für mich angefertigt. Dann schnürte ich eine Sandale los und zeigte ihr, wie man sie anlegt. Die Sohle überragte ihre Zehen um einige Zentimeter. Ich gab ihr auch die andere Sandale und schließlich ging Mariechen vor der Laube auf und ab, wobei sie mit vorgerecktem Kopf über ihren dicken Bauch bewundernd auf die Sandalen schaute.

„Man kann so gut darin gehen. Ich spüre sie gar nicht." Und, zu ihrem Mann gewandt: „Was denkst du, Willy, ob ich auch solche Sandalen haben kann?" „Was kosten sie denn?" wollte der praktische Willy von uns wissen. „Och, da muss du den Schuster fragen", gab Wilhelm zur Antwort. Er konnte ja nicht zugeben, dass er dem Schuster dafür ein Reh und drei Hasen liefern sollte, wie ich inzwischen erfahren hatte. Mir Gedanken darüber zu machen, wie Wilhelm an Hasen und Rehe gelangen wollte, kam mir gar nicht erst in den Sinn.

Nach dem Läuten der Abendglocken trödelten Wilhelm und ich so lange am Bach herum, bis alle Leute von den Wiesen verschwunden waren. Dann gingen wir in die Laube und liebten uns bis wir zu unserem Erschrecken merkten, dass die Sonne schon sehr tief stand. Hastig rafften wir unsere Sachen zusammen, das Heufuder war schon auf dem Handwagen verstaut. So schnell wir konnten zogen wir nach Hause.

Über eine mögliche Schwangerschaft machte ich mir keine Gedanken. Ich war seit fast einem Jahr mit Osama verheiratet und wir hatten nie Verhütungsmittel benutzt. Trotzdem war ich – zu Osamas Leidwesen - nicht schwanger geworden. Vielleicht war ich ja unfruchtbar. Osama, der gerne Kinder haben wollte, hatte seine Zeugungsfähigkeit testen lassen. Bei ihm war alles in Ordnung. Aber die überzivilisierten Völker Europas, die man bedenkenlos über 80 Jahre lang mit Radioaktivität, Gülleverklappung auf den Äckern und Giftstoffen in den Nahrungsmitteln und in der Umwelt verseucht hatte, waren schon seit Ende des 20. Jahrhunderts immer unfruchtbarer geworden.

Anfangs war das nicht aufgefallen, weil die Leute gar keine Kinder haben wollten. Sie konnten sie sich nicht leisten. Männer und Frauen mussten wie verrückt arbeiten und konnten von ihrem Verdienst nur knapp ihren Lebensunterhalt bestreiten. Kinder mussten in teure Horte und Kindergärten – soweit vorhanden - abgeschoben werden, damit die Mütter weiter mitarbeiten konnten. Mütter, denen keine

Aufbewahrungsstätten für ihre Babys und Kleinkinder zur Verfügung standen und die kein Geld für private Kinderbetreuung hatten, mussten ihren Beruf aufgeben. Wenn die Kinder groß waren, fanden die Mütter keine Arbeit mehr. So entschieden sich die meisten Leute gegen Kinder.

Die Politiker lamentierten lautstark und schoben den „selbstsüchtigen" Frauen die Schuld in die Schuhe. Jetzt, wo jede Frau 1500 € für sich und 500 € für jedes Kind erhält, können sich die Menschen problemlos ihre Kinderwünsche erfüllen, ohne dadurch in die Armut getrieben zu werden. Aber es klappte nicht mehr. Laut Statistik waren 50 % der Bevölkerung unfruchtbar geworden. Mit steigender Tendenz, denn die Gifte waren ja noch lange nicht aus der Umwelt eliminiert. Mich hatte es wohl auch getroffen. Ich wünschte mir Kinder. Und Oma wartete sehnlichst auf ein Enkelchen. Wenn ich unfruchtbar wäre, könnte Osama mich verstoßen. Oder eine Zweitfrau nehmen. Diese Aussichten gefielen mir nicht.

Auf der Teichmühle empfing uns die Mutter mit Vorwürfen. Was wir denn so lange getrieben hätten. Ja, was wohl? Nun sei das Essen kalt. Egal, es schmeckte auch kalt. Hühner und Ziegen waren schon versorgt. Es gab nichts mehr zu tun. Ich beschäftigte mich mit Bismarck. Wilhelm ging noch mal ins Dorf. Er wollte seinen Freund Fritz, den Sohn des Tischlers, bitten, das restliche Heu mit dem Pferdegespann zu holen. Das Heu war trocken und mit dem Handwagen wären es noch mehr als zehn Touren. So zogen wir am Samstag mit großen Mistgabeln bewaffnet zu Fuß durchs Dorf zum Tischler, dessen Haus und Werkstatt im oberen Teil des Dorfes lagen. Wilhelm trug einen Rucksack mit Verpflegung. Fritze hatte die Pferde schon angespannt. Er legte unsere Mistgabeln zu den Rechen, die schon auf dem Wagen lagen. Und los ging's.

Am frühen Nachmittag war alles Heu auf dem Wagen verstaut. Fritz saß vorn auf dem Wagen und lenkte die Pferde. Wir anderen drei wanderten munter neben dem Fuhrwerk her. Ich hatte von der ungewohnten Arbeit einen gehörigen Muskelkater in Armen und Beinen. Trotzdem schwebte ich wie auf Wolken. Das Leben war schön, ich war bis über beide Ohren verliebt. So sollte es immer bleiben. Ich dachte kaum noch an Osama und mein „wirkliches" Leben. Der Dämpfer kam am Sonntag Abend. Sonntags wurde nicht gearbeitet. Man ging in die kleine Kirche, die mitten im Dorf stand. Die Dorfbewohner waren größtenteils evangelisch. Wilhelms Mutter war eine eifrige

Kirchgängerin. Wilhelm hielt nichts von der Kirche und ließ sich auch von den strengsten Ermahnungen seiner Mutter nicht zum Kirchgang bewegen. Der Vater ließ sich nur widerwillig zu besonderen Anlässen zu einem Kirchenbesuch überreden. So machte sich Mutter Liese morgens auf den Weg zur Kirche. Es war ihr Tag. Nach dem Gottesdienst machte sie Besuche. Die Ziegen wurden von Wilhelm gemolken, der mir zeigte, wie man das macht. Wir fütterten die Hühner. Der Vater reparierte Werkzeuge. Ich beschäftigte mich mit Bismarck und überlegte mir, wie und wo ich meine Haare waschen könnte. Schampon gab es nicht, für alles wurde Kernseife verwendet. Schließlich holte ich mir ein Stück Kernseife aus der Küche, ging zum Teich und legte mich bäuchlings auf die Plattform. Die Haare ließ ich kopfüber ins Wasser hängen und walkte sie mit der Seife durch. Wilhelm wollte sich kaputtlachen, als er mich sah, gab aber zu, dass meine Methode praktisch ist. Es war so heiß, dass ich die nassen Haare offen hängen ließ.

Bald darauf kam die Mutter nach Hause. „Was hast du nur für seltsame Haare? Solche Farben gibt es doch gar nicht", stellte sie fest. „Ach, die sind gefärbt", antworte ich leichthin. „Haare lassen sich doch nur schwarz färben. Und die Farbe wäscht sich schnell heraus", entgegnete Mutter Liese. „Oh, es gibt viele

Pflanzen zum Färben. Ein Sud aus Kamillenblüten gibt hellen Haaren einen blonden Schimmer. Rhabarberwurzel gibt einen Goldton. Mit Hennablättern macht man Haare rot", gab ich meine Weisheiten zum Besten. „Nur liederliche Frauenzimmer haben rote Haare", war Mutters missbilligender Kommentar.

Abends kam der Pastor zur Teichmühle und redete uns ins Gewissen, weil wir seiner Meinung nach in wilder Ehe zusammenlebten. Er hatte im Dorf Gerüchte gehört und am Sonntag nach dem Gottesdienst die Mutter ausgehorcht. Wilhelm verkündete dem Pastor seine Absicht, mich sofort zu heiraten, erklärte aber, dass ich die nötigen Papiere erst aus Hannover besorgen müsse. Wir würden das in Angriff nehmen, wenn die Erntezeit vorbei ist. So dackelte der Pfaffe voller Unmut wieder ab. Das Bibelwort „liebe deinen Nächsten" war bei ihm wohl noch nicht angekommen.

## Kapitel 7

Beim Heumachen hatten Wilhelm und ich Zeit gehabt, uns ausgiebig zu unterhalten. Wilhelm war sehr an Politik interessiert. Er sympathisierte mit den

Sozialisten und hielt Kaiser Wilhelm II. für einen ausgemachten Dummkopf. Am meisten hasste er den Reichskanzler Bismarck, der die Sozialisten mit allen Mitteln verfolgte. Einem Hund den Namen des Reichskanzlers zu geben, war schon eine Beleidigung. Für den Kanzler, nicht für den Hund.

Ich fragte Wilhelm: „Warum liegt euer Hund immer an der Kette?" Wilhelm sah mich verständnislos an: „Wo soll er denn sonst liegen?" „Er muss doch auch mal frei herumlaufen können." „Das kann er doch. Die Kette ist lang genug."

Ich stieß auf schieres Unverständnis mit meinen Vorstellungen über Hundehaltung. Dass Hunde wie alle Tiere eine Seele haben, wollte man in dieser Zeit noch nicht wahrhaben. Als ich ihm meine Ansicht klarzumachen versuche, lachte Wilhelm und sagte: „Du kannst ihn ja mal fragen, was ihm lieber ist."

„Wie alt ist er denn?" wollte ich wissen. „Ich habe ihn Mitte Mai vom Schäfer-Karle geholt, da war er acht Wochen alt. Karles Hündin hatte sieben Junge geworfen und dieser Kleine kam direkt auf mich zu und setzte sich auf meine Füße. Ich musste dem Karle einen ganzen Hirsch dafür bringen." „Einen Hirsch? Wo kriegst du den her?" wollte ich nun wissen. „Aus dem Wald", war

Wilhelms lakonische Antwort. „Ja, ist das denn nicht verboten?" fragte ich argwöhnisch. „Die Tiere im Wald sind für alle Menschen da, nicht nur für die hohen Herren. Man darf sich nur nicht vom Förster erwischen lassen", kam Wilhelms aufgebrachte Antwort.

„Förster" war ein Reizwort für Wilhelm. Er mochte keine Förster, die seiner Meinung nach nur dafür sorgten, dass keiner außer den „hohen Herren" sich Wildbret aus dem Wald holte. Es tobte ein regelrechter Krieg zwischen Förstern und Wilderern. Dabei blieben auf beiden Seiten etliche Männer auf der Strecke.

Am gefährlichsten für einen Wilderer war es, wenn ein in der Nähe herumstreifender Förster seinen Schuss gehört hatte. Es konnte dann leicht passieren, dass der Förster den Wilderer beim Ausnehmen des erlegten Wilds überraschte. Wenn er ihn nicht auf der Stelle erschoss, nahm er ihn gefangen und dem Wilddieb standen lange Jahre im Zuchthaus bevor; denn Wilddieberei galt als Verbrechen gegen die Obrigkeit.

Nachdem ich soviel von Wilhelm erfahren hatte, sah ich die Bezahlung meiner Sandalen mit ganz anderen Augen. Nicht nur, dass mein Liebster für mich seinen Eltern einen Bären aufband, er brachte sich meinetwegen auch noch in Lebensgefahr. Aber Wilhelm sah das ganz anders. Ihm machten die nächtlichen Streifzüge durch „seinen" Wald Spaß und der dazugehörige Nervenkitzel gefiel ihm ganz offensichtlich. Meine besorgten Einwände tat er mit einem übermütigen Lachen ab.

Für seine fünf Monate war Bismarck schon ganz schön groß. Er hatte schmutzig-weißes Fell, leicht gekräuselt, ein großer schwarzer Fleck saß wie ein Sattel schief auf der rechten Seite seines Rückens. Ein weiterer schwarzer Fleck umrahmte sein rechtes Auge, und seine rechte Vorderpfote war auch schwarz. Die Augen hatten die Farbe von dunklem Bernstein.

In den folgenden Wochen ging die Erntearbeit weiter. Der Weizen wurde gemäht. Mutter Liese kam mit zum Garben binden und aufstellen. Fritz fuhr das Getreide mit seinem Pferdegespann zum Dreschplatz, wo eine lärmende, gefährliche Maschine stand, in deren gefräßiges Maul an einer Seite die Garben geschoben wurden und die dann die Körner und das Stroh getrennt ausspuckte. Der Weizen wurde in großen Säcken im Schuppen verstaut und je nach Bedarf in der dörflichen Wassermühle gemahlen. Die Körner lassen sich länger lagern als das Mehl, wurde mir erklärt.

Ein kleiner Kartoffelacker musste auch abgeerntet werden. Wilhelm und sein Vater gruben die Kartoffeln mit Mistgabeln aus. Mutter Liese und ich sammelten sie auf. Das trockene Kartoffelkraut verbrannten wir auf dem Acker und rösteten in der Asche Kartoffeln, die unvergleichlich gut schmeckten.

Wir ernteten Äpfel, Birnen und Zwetschen. Die Äpfel lagerten wir in Stroh ein oder trockneten sie in Ringen über dem Küchenherd. Birnen und Zwetschen wurden auch getrocknet. Mutter zeigte mir, wie Zwetschenmus gekocht wird. Es gab immer etwas zu tun. Ich brauchte Strümpfe für den Winter. Und da mir Mutter Lieses Strümpfe nicht passten, musste ich mir welche stricken, aus Wolle, die Mutter selbst gesponnen hatte. Sie zeigte mir, wie es geht. Es war eine langwierige Arbeit und die Strümpfe kratzten ganz schlimm, aber sie waren warm. Sie wurden an einem Leibchen befestigt, an dem lange Bänder mit Klemmen saßen.

Wir sammelten auch Haselnüsse, Walnüsse, Brombeeren, Himbeeren, Heidelbeeren und Pilze. Wilhelm und sein Vater machten Holz für den Winter und stapelten die Scheite hoch an der Schuppenwand auf.

So verging der Sommer. Wilhelm und ich fanden immer wieder Gelegenheit, uns heimlich zu lieben. Wir wussten, dass im Dorf über unsere „wilde Ehe" getuschelt wurde, aber das kümmerte uns nicht. Ab und zu holte Wilhelm seinen altmodischen Vorderlader, den er in Bismarcks Hütte versteckt hatte, und zog nachts durch den Wald. Meine Sandalen hatte er längst in seiner Naturalienwährung bezahlt. Meine Winterschuhe, für die der Schuster ein Wildschwein haben wollte, waren in Arbeit. Ich hatte ihm wieder meinen eigenen Entwurf gebracht für wadenhohe Stiefel, die vorne mit Schnürbändern über Haken geschlossen wurden. Inzwischen trugen nicht nur der Schuster, sondern fast ein Dutzend Dorfbewohner Sandalen nach meinem Muster.

Ich beschäftigte mich in jeder freien Minute mit Bismarck. Die Mutter schüttelte den Kopf über „das spinnerte Mensch", womit sie mich meinte. Ich hatte zwar wenig Ahnung von Hunden, aber Bismarck war ein gelehriger Hund, der freudig mitmachte und zu erraten versuchte, was ich von ihm erwartete. Er war froh, seiner Langeweile als Kettenhund hin und wieder zu entkommen. Bald glaubte ich, er könne meine Gedanken lesen. Er machte schon Freudensprünge, bevor er mich kommen sah. Sind Hunde telepathisch?

Zuerst übte ich mit ihm die wichtigsten Kommandos, wobei er noch an der Kette blieb; denn ich war mir nicht sicher, ob er seine Freiheit nicht ausnutzen, über den Zaun springen und verschwinden würde, sobald ich ihn losmachte. Die Mutter beobachtete mich kopfschüttelnd, Wilhelm und sein Vater mit wachsendem Interesse.

Trotz Bismarcks Spaß an der Sache war der Anfang seiner Ausbildung schwierig. Er war ja sozusagen ein völlig verwahrloster Jugendlicher, der den größten Teil des Tages dösend herumgelegen hatte. Auf KOMM! kam er sofort zu mir. Aber PLATZ! funktionierte nicht so richtig. Sobald ich mich entfernte, kam er mir hinterher.

## Kapitel 8

Eines Tages erklärte ich Wilhelm das Prinzip einer Armbrust und machte eine Skizze auf seiner alten Schiefertafel. Wilhelm begriff sofort, dass eine Armbrust nicht nur wegen des lautlosen Schusses seinem altertümlichen Vorderlader überlegen war. Er ging mit meiner Zeichnung zu seinem Freund, dem Tischler Fritze. Die beiden tüftelten wochenlang heimlich herum und hatten schließlich eine Armbrust fertiggestellt, die ihren Anforderungen entsprach. Nun mussten sie nur noch ihre Treffsicherheit mit der neuen Waffe üben. Dafür kam Fritze fast jeden Abend zur Teichmühle, da diese weit abgelegen war vom Dorfe. Ich durfte an den Schießübungen teilnehmen und wir hatten einen Riesenspaß. Fritz baute sich eine eigene Armbrust. Niemand im Dorf erfuhr etwas von den neuen Waffen. Und als mein Robin Hood zum ersten Mal mit der Armbrust auf Beutezug ging, fürchtete ich nicht mehr ganz so sehr um sein Leben wie sonst immer.

In der Folge florierte Wilhelms Tauschhandel. Dem Gastwirt, der auch einen großen Bauernhof mit Kühen, Schweinen und Schafen bewirtschaftete, lieferte er Wildbret im Tausch gegen „legales" Fleisch. Vom Müller erhielt er Hafer- und Roggenmehl. Und ab und zu labten auch wir uns an einer Rehkeule oder einem Fasanen. Wir durften nur kein Wildfleisch bei uns lagern. Der Förster kannte seine Pappenheimer und hatte schon des öfteren die Gendarmen hergeschickt auf der Suche nach gewildertem Fleisch. Wilhelms Vater hatte sich jedes Mal einen Spaß daraus gemacht, die Gendarmen mit soviel Schnaps zu bewirten, dass sie angesäuselt ins Dorf zurücktorkelten und von ihrem Vorgesetzten einen gehörigen Rüffel erhielten.

Am 2. September wurde der Sedanstag gefeiert, der Sieg über die Franzosen in der Schlacht von Sedan. Die Kinder hatten schulfrei. Im Dorfanger, wo im Herbst das Getreide gedroschen wurde, waren ein Zelt und eine hölzerne Plattform aufgebaut. Kinder und Erwachsene zogen mit Blasmusik und Paukenklang durch das Dorf zum Festplatz und abends in einem Fackelzug zurück.

Wilhelms Vater erzählte, dass der verhasste Napoleon III. Kaiser der Franzosen wenige Tage nach der Schlacht mit der Bahn nach Kassel transportiert und auf Wilhelmshöhe gefangen gehalten wurde. Vater Friedrich hatte am Deutsch-französischen Krieg teilgenommen, lag aber mit einer Verletzung im Lazarett, wodurch ihm die Schlacht von Sedan erspart wurde. Der Hass auf Napoleon und die Franzosen zog sich schon seit Generationen durch die Familie. Der Großvater von Vater Friedrich hatte an Napoleons Russland-Feldzug teilgenommen. Damals war es Napoleon I., der sich selbst zum „Kaiser der Franzosen" gekrönt hatte. In der Familie wurde folgende Geschichte überliefert:

Großvater Dieterich, 1793 in Oberkaufungen geboren, war von Beruf Leineweber. 1812 musste er mit Napoleon den Krieg bis nach Moskau mitmachen, dann den Rückzug über die Beresina, einen Nebenfluss des Dnjepr. Die Brücke wurde von den fliehenden Soldaten so belastet, dass sie brach und die Truppen in den eiskalten Fluten ertranken. Dieterich war eben über die Brücke, als sie hinter ihm einstürzte. Und auch Napoleon hatte die Überfahrt mit dem Schlitten im letzten Moment geschafft. Der große Held und Kaiser der Franzosen kümmerte sich nicht um seine Soldaten, sondern setzte sich so schnell wie möglich nach Westen ab. Die Truppen, die noch jenseits des Flusses waren, wurden von den Kosaken, dem russischen Reitervolk, vernichtet. Der Rest fiel der Kälte zum Opfer.

Mitte September bat ich den Schuster, ein stabiles Lederhalsband für Bismarck anzufertigen. Die Metallkette hatte sein Fell am Hals arg abgescheuert. Wilhelm besorgte mir eine etwa 2 m lange Metallkette mit einem Ring an einem Ende, die ich an dem neuen Halsband befestigen konnte. Bismarck folgte mir inzwischen aufs Wort. Als ich ihn von seiner langen Kette befreite, war er völlig aus dem Häuschen. Er raste sofort los bis in die entlegensten Winkel des Grundstücks. Die Hühner flatterten voller Panik über den Hof. Dann pflügte Bismarck durch die Gemüsebeete, was Mutter zu schrillem Gezeter veranlasste. Sie stand in der Küchentür und rang die Hände: „Meine Zwiebeln", kreischte sie. „Nein, nicht in die Astern!" Einige Dahlien mussten auch dran glauben. Ich beeilte mich, Bismarck zurückzurufen. Und – es kam mir wie ein Wunder vor – trotz seiner überschäumenden Freude über die neu gewonnene Freiheit kam er sofort zu mir, setzte sich hechelnd vor meine Füße und sah mich mit strahlenden Augen an. Ich belohnte ihn mit lobenden Worten und ausgiebigem Kraulen. Ich musste Bismarck ganz schnell beibringen, dass er weder die Hühner noch die Ziegen ärgern durfte. Der Gemüsegarten war für ihn tabu und ins Haus sollte er auch nicht.

Es war ein hartes Stück Arbeit. Mit den Hühnern und Ziegen gab es kaum Probleme. Die kannte Bismarck ja schon von klein auf als Familienmitglieder und oft pickten die Hühner direkt vor seiner Nase am Boden herum. Die Ziegen waren mal hier mal da auf der Wiese angepflockt und wussten sich den freilaufenden Bismarck mit den Hörnern vom Leibe zu halten. In kürzester Zeit hatten sie Bismarck Respekt beigebracht und er ließ sie verachtungsvoll in Ruhe.

Aber von Mutters Gemüsebeeten wollte er nicht so schnell lassen. Das Wühlen im lockeren Erdreich machte ihm offensichtlich Spaß. Jedes Mal, wenn er in die Richtung losraste, rief ich ihn sofort mit einem

KOMM! zurück, bis er begriffen hatte, dass der Garten für ihn verbotenes Gelände war.

## Kapitel 9

Zwischen der Teichmühle und dem Dorf lagen ausgedehnte Wiesen, durch die sich der Bach schlängelte. Die zum Teil sumpfigen Uferwiesen standen voller Wollgras und Zittergras. An einem heißen Tag Ende September unternahm ich meinen ersten Ausflug mit Bismarck. Ich nahm ihn an die kurze Kette und ging über die Wiesen zum Bach.

Wilhelm und sein Vater waren nicht zu Hause. Die Mutter pusselte im Garten herum und schien mich nicht zu bemerken. Als ich mit Bismarck über die abschüssigen Wiesen lief, sah ich weit und breit keine Menschenseele. Das Gras war schon geerntet, so dass wir keinen Bauern verärgern würden. Ich wagte es, Bismarck von der Kette loszumachen. Bismarck trabte los und erschnüffelte mit der Nase am Boden all die neuen Gerüche. Wenn er sich zu weit entfernte, holte ich ihn mit einem KOMM! zurück. Wir übten PLATZ, SITZ, STEH, BLEIB und was mir noch so einfiel. Es funktionierte.

Dann erreichten wir den Bach. Das Wasser war so klar und einladend, dass ich meine Sandalen losband, den Rock raffte und ins kühle Wasser stieg. Bismarck blieb am Ufer stehen und schnüffelte misstrauisch am Wasser.

Soviel fließendes Wasser hatte er noch nicht gesehen. Mit dem kleinen Rinnsal aus dem Teich war der Bach nicht zu vergleichen. Er plätscherte und murmelte und im Wasser spiegelten sich die Weiden. Bismarck hatte wohl auch noch nie ein Bad genommen. Ich lockte ihn mit einem leisen KOMM. Bismarck zögerte. Ich spritzte ihm eine Handvoll Wasser ins Gesicht und lachte ihn aus.

Als ich ihn erneut rief, sprang er voller Todesverachtung in den Bach und kam zu mir. Das Wasser reichte ihm nur knapp bis zum Bauch. Ich lobte ihn und kraulte sein Bauchfell. Bismarck steckte die Zunge ins Wasser, fand es genießbar und schlabberte ausgiebig, während ich sein Fell mit Wasser durchwalkte. Und dann entdeckte Bismarck seine Lust an diesem neuen Element und sprang im Wasser herum, bis wir beide pitschnass waren. Als wir genug davon hatten, stiegen wir wieder ans Ufer.

Im höher gelegenen Teil der Uferwiese sah ich einige Kinder. Sie bückten sich ab und zu, als ob sie etwas sammelten. Ich überlegte, ob ich Bismarck besser wieder anleinen sollte. Aber ich hatte Vertrauen zu diesem Hund und ließ ihn frei laufen. Bismarck schüttelte sich, dass die Tropfen sprühten.

Ich nahm meine Sandalen und die Hundekette in die Hand und wir machten uns auf den Rückweg. Als wir in die Nähe der Kinder kamen, ließ ich Bismarck bei Fuß gehen. Eines der Kinder erblickte uns und erschrak sichtbar. Ich rief dem Jungen zu: „Du brauchst keine Angst vor dem Hund zu haben. Er tut euch nichts."

Ein kleines Mädchen verzog das Gesicht, als wolle es anfangen zu weinen. Ein großer Junge fragte: „Ist das dein Hund?" Und ich hörte ein Mädchen flüstern: „Das ist die Hexe von der Teichmühle." „Ach du lieber Himmel", dachte ich, „die Dorfbewohner betrachten mich als Hexe." Das erklärte auch, warum Wilhelms Mutter mit meiner Anwesenheit noch immer nicht einverstanden war. „Ja, das ist mein Hund", bestätigte ich nicht ganz wahrheitsgemäß. Um vom Hexenthema abzulenken, fragte ich: „Was sammelt ihr da?" „Champignons", erklärte der vorwitzigste der Jungen.

„Champignons", wiederholte ich, „darf ich mal einen sehen?"

Das größte der Mädchen kam näher heran und öffnete seine Schürze, in der es die Pilze gesammelt hatte. Bismarck wedelte mit dem Schwanz und blieb brav neben mir stehen. „Bismarck, PLATZ!" sagte ich und er legte sich hin. Ich ging zu dem Mädchen und schaute in ihre Schürze. „Da hast du aber schon viele gesammelt", sagte ich und nahm einen Pilz heraus, um ihn näher zu betrachten. „Gibt es auch giftige Pilze, die man mit Champignons verwechseln kann?" wollte ich wissen. Nun kamen auch die anderen Kinder zu mir. Der große Junge klärte mich auf über Knollenblätterpilze.

„Darf ich mit euch kommen?" bat ich. „Ich möchte auch ein paar Champignons sammeln." Die Kinder stimmten zu: „Ja, wir können dir zeigen, wo man sie findet. Es gibt ganz viele hier." „Lauf, Bismarck", sagte ich zu meinem braven Hund, der immer noch am Platze lag. Bismarck nahm seine Schnüffeltour wieder auf und lief in Serpentinen um unser Grüppchen herum. Gut, dass ich ihm das Anspringen und Ablecken gleich zu Anfang abgewöhnt hatte. Die Kinder glaubten mir nun, dass der Hund friedlich war, und kümmerten sich nicht weiter um ihn, während wir über die Wiesen wanderten. Ich achtete aufmerksam darauf, dass Bismarck sich nicht zu weit von uns entfernte und rief ihn zurück, wenn ihn sein Forscherdrang zu weit trieb.

Es stellte sich heraus, dass alle acht Kinder Geschwister waren, das Kleinste war fünf und der Älteste dreizehn. Die arme Mutter, dachte ich, jedes Jahr ein Kind. Aber das war hier wohl so üblich. Das Dorf wimmelte von Kindern. Nach einer Weile hatte ich eine ansehnliche Menge Champignons in meinem zusammengerafften Rock verstaut. Die Kinder mussten mit ihrer Beute nach Hause. Wir verabschiedeten uns wie alte Freunde. Die Kinder hatten zu Hause bestimmt eine Menge über ihr Abenteuer mit der Hexe zu erzählen.

Nach diesem ersten, so gut verlaufenen Ausflug mit Bismarck ging ich jeden Tag mit ihm spazieren. Unsere Wanderungen wurden immer länger. In Mutters Garten war nicht mehr viel zu tun. Die Hühner und Ziegen machten wenig Arbeit. Wilhelm, der eine Lehre als Weißbinder gemacht hatte, was in meiner Zeit einem Malergesellen gleichkam, bekam ab und zu einen Auftrag aus dem Dorf oder half seinem Tischler-Freund bei der Arbeit. So brachte er hin und wieder Geld für ehrliche Arbeit ins Haus, wenn es auch das war, was in späteren Zeiten als Schwarzarbeit bezeichnet wurde.

## Kapitel 10

Bis weit in den Oktober hinein blieb das Wetter trocken und sonnig. Die Felder waren abgeerntet. Eine Zeit der Muße begann. Wilhelm und ich machten lange Wanderungen durch die Wälder. Trotz der Trockenheit fanden wir ungeheure Mengen an Pilzen, die zu Hause geputzt, auf Fäden aufgereiht und über dem Küchenherd getrocknet wurden. Bald war ich eine ausgemachte Pilzexpertin.

Der Vater hatte mir aus Kassel Aquarellpapier und einen kleinen Kasten mit Aquarellfarben und zwei Pinseln mitgebracht. Nun saß ich oft vor dem Haus und malte alle Pilzsorten, die wir gefunden hatten. Selbst die Mutter fand ein paar anerkennende Worte für die realistische Darstellung der kleinen „Männlein aus dem Walde". Auch die Landschaft, die Teichmühle, Bismarck, die Häuser im Dorf bannte ich auf Papier. Mit dem teuren Papier ging ich sehr sparsam um und malte nur kleine Bilder. Wenn ich im Dorf malte, war ich von Kindern umringt und auch die Erwachsenen schauten mir über die Schulter. Hin und wieder malte ich ein größeres Aquarell, das ich den Bewohnern der abgebildeten Häuser schenkte. Als Gegengabe erhielt ich oft Obst und Gemüse, Butter aus Kuhmilch, Schafwolle, eben alles, was die Leute gerade übrig hatten. Ich hörte keinen der Dorfbewohner mehr hinter meinem Rücken das Wort „Hexe" tuscheln. Jetzt wurde ich allgemein „die Malerin" genannt und mit diesem Titel hatte ich mir offenbar auch eine gewisse Narrenfreiheit erworben.

Wenn ich dumme Fragen stellte oder mich übermäßig für das Alltagsleben der Dorfbewohner interessierte, lachte man mich gutmütig aus, gab mir aber bereitwillig ausgiebige Erklärungen. „Ist es bei euch im Hannoverschen denn so ganz anders?" wurde ich dann wohl gefragt. Immerhin konnte ich mich darauf berufen, dass ich in der großen Stadt aufgewachsen war und vom Landleben nichts wusste.

Mitte November schlug das Wetter um. Es wurde bitterkalt und begann zu schneien. Solche Unmengen Schnee hatte ich noch nie gesehen. Ich kannte nur verregnete Winter mit wenig Schnee. Bismarck sah die ersten Schneeflocken seines jungen Hundelebens. Nach anfänglichem Staunen über das weiße Zeug, das da vom Himmel fiel, schnappte er nach den dicken Flocken und sprang dabei wild in die Luft. „Heh, du bist doch kein Känguru!" rief ich lachend. „Was ist denn ein Kängeru?" wollte Wilhelm wissen. Ich erzählte ihm alles, was ich über Kängurus wusste. Wilhelm meinte: „Was du alles weißt! Du könntest tatsächlich als Lehrerin arbeiten", und fügte hinzu: „Ich muss doch mal ins Hannoversche fahren und mir die schlauen Leute dort ansehen." Oh je, da hatte ich wohl schon wieder zuviel gesagt.

Dummerweise suchte uns am frühen Nachmittag der Pastor schon wieder heim, um auf uns einzureden mit wüsten Drohungen von Hölle und Verdammnis wegen unseres verwerflichen Lebens in Sünde. In Wilhelms Kopf hatte sich der Gedanke an eine Fahrt nach Hannover wohl festgesetzt. Er erklärte dem Pastor, dass wir jetzt bald in meine Heimat fahren und die nötigen Papiere besorgen wollten. Ich fragte den Pastor, welche Papiere ich brauchen würde. Er erklärte mir, ich benötige meine Geburtsurkunde, meinen Taufschein und eine polizeiliche Urkunde aus Hannover, die bestätigte, dass ich dort ansässig sei.

Damit war für mich die Hochzeit gestrichen. Als ich abends mit Wilhelm allein in der Küche saß, die Eltern waren schon schlafen gegangen, erzählte ich ihm meine ganze Geschichte. Nur Osama und dass ich schon verheiratet war verschwieg ich ihm. Ich war ja auch noch gar nicht verheiratet, beruhigte ich mein Gewissen. Schließlich lag meine Ehe mit Osama noch in weiter Zukunft, genauer gesagt, 154 Jahre.

„Na, das erklärt so einiges", bemerkte Wilhelm und fragte immer wieder: „Aber wie ist das möglich?" Wie eine Zeitreise funktioniert, konnte ich ihm auch nicht erklären, nur dass sie möglich war. Ich bin mir sicher, dass jeder andere mich für eine Lügnerin oder Märchenerzählerin gehalten hätte. Aber Wilhelm glaubte mir aufs Wort. Dafür liebte ich ihn noch mehr.

Wilhelm musste mir hoch und heilig versprechen, zu keiner Menschenseele ein Wort über meine Zeitreise verlauten zu lassen. Schließlich dämmerte es auch Wilhelm, dass wir ein Riesenproblem hatten. „Dann bist du ja hier auch nicht registriert. Wie sollen wir ohne deine Papiere heiraten?"

Ja, über dieses Problem hatte ich die ganze Zeit schon nachgegrübelt. „Vielleicht kann ich mir die Papiere selber machen", meinte ich zweifelnd. „Habt ihr solche Dokumente im Haus?" fragte ich dann. „Ja, die verwahrt der Vater in der großen Truhe im Schlafzimmer", kam die Antwort. „Kann ich sie mal ansehen?" Es war vielleicht gar nicht so schwierig, die primitiven Schriftstücke dieser Zeit nachzumachen.

Am Sonntag machte sich die Mutter wie üblich auf den Weg zur Kirche. Wilhelm bat seinen Vater, ihm die Papiere zu geben. Vater Friedrich stellte auch keine Fragen. Alle Dokumente der Familie fanden sich zwischen zwei Pappdeckeln, die mit Bändern zusammengebunden waren. Wir stöberten alles durch. Es war nicht viel. Aber was war das für eine Schrift? Ich konnte kaum ein Wort entziffern.

„Wie kann es sein, dass du nicht lesen kannst?" fragte mich der Vater verwundert. „Schreiben kann ich das auch nicht", entfuhr es mir unvorsichtigerweise. „Aber bist du denn nicht zur Schule gegangen?" Der Vater war fassungslos. „Nein. Doch. Aber ich war viel krank", stotterte ich herum. „Und ich bin wohl zu dumm", legte ich nach.

„Könnt ihr mir das Lesen und Schreiben nicht beibringen?" fragte ich kleinlaut. Die beiden waren sofort Feuer und Flamme. Wilhelm holte seine alte Schiefertafel an den Küchentisch und wir schrieben mit einem Stück Kreide abwechselnd einen Buchstaben nach dem anderen auf die Tafel. So lernte ich die Sütterlinschrift.

Als die Mutter von ihren sonntäglichen Besuchen zurückkam, waren wir immer noch mit Begeisterung beim Unterricht. „Was treibt ihr denn da?" war ihre erste Frage. „Wir bringen der Sonja das Schreiben bei", erklärte der Vater schmunzelnd. „Wofür hat sie denn das nötig?" fragte sie harsch. „Ich kann auch nicht lesen und schreiben und euch hat es an nichts gefehlt", fügte sie etwas unlogisch hinzu. „Es macht mir Spaß", erklärte ich. „Ja, ja. Spaß. Immer kommt der Spaß zuerst", grummelte Mutter Liese und verschwand in die oberen Räume.

Zwei Wochen lang übte ich immer wieder fleißig die Buchstaben. Schließlich sagte ich zu Wilhelm: „Ich muss auch mal auf Papier schreiben." Er brachte mir ein paar Fetzen braunes Packpapier, ein Tintenfass und einen Federhalter. Mit der kratzigen Feder umzugehen, erforderte einiges Geschick. Aber bald gelang mir das Schreiben, ohne dass ich Tintenkleckse und -tröpfchen über das ganze Papier versprühte. Der Vater brachte mir sogar ein paar Blatt feines weißes Schreibpapier aus Kassel mit. Ich bat Wilhelm, mir seine Geburtsurkunde und den Taufschein zu geben, und erklärte, ich wolle zur Übung die Texte abschreiben. Gesagt, getan. Ich fertigte auf dem weißen Papier akribische Kopien der Dokumente an, wobei ich auch die amtlichen Stempel genau abmalte. Nachdem dies getan war, erläuterte ich Wilhelm meinen Plan.

Wir wollten so tun, als ob wir nach Hannover fahren, um meine Papiere zu besorgen. Für diese Fahrt benötigte Wilhelm eine polizeiliche Bestätigung über seinen Wohnsitz. Das kam mir sehr gelegen; denn ein solches Dokument brauchte auch ich für die Trauung. „Wir fahren aber nicht nach Hannover, sondern bleiben ein paar Tage in Kassel", führte ich meine Idee aus. „Da nehmen wir ein Zimmer und ich kann in aller Ruhe die Dokumente fälschen." Wilhelm hatte in dieser Hinsicht keinerlei Unrechtsbewusstsein. Er fragte mich nur: „Kannst du das denn?" „Wir werden sehen", erwiderte ich, war aber überzeugt, dass es gelingen würde.

**Kapitel 11**

In der ersten Dezemberwoche begleiteten wir, warm gekleidet und mit Rucksäcken bepackt, den Vater auf seiner Kontrolltour nach Kassel. Wir wanderten durch das verschneite Tal unter einem grauen Himmel. Es hatte seit Tagen keinen Neuschnee mehr gegeben, so ließ es sich gut marschieren. Während wir zügig durchs Niestetal trabten, erklärte mir Vater Friedrich das

„Kasseler Wörtchen". Wenn sich Kasselaner – das sind in Kassel geborene Leute – oder Kasseläner – Leute, deren Eltern schon in Kassel geboren wurden – in der Fremde treffen, beweisen sie ihre Herkunft mit einem Frage- und Antwortspiel. Der eine fordert: „Sag mal 's Wörtchen!" worauf der andere „Schess" antworten muss oder ausführlicher: „Ich will dä was schissen und Schess sprechen." Kennt er das Wörtchen nicht, wird er nicht als Kasselaner anerkannt.   Wir hatten viel Zeit, uns zu unterhalten, und so erfuhr ich auch noch, wie das Gasthaus „Zum wilden Eber" seinen Namen erhalten hatte.

Der Großvater von Wilhelms Freund Carl hatte an der Stelle, wo heute das Gasthaus steht, einen Bauernhof erbaut. Während der Bauarbeiten verirrte sich ein ausgewachsener Eber ins Dorf und tobte auf dem Grundstück herum. Die Bauarbeiter waren nicht bange. Sie trieben den Eber in die Enge und erschlugen ihn mit Hacken, Schaufeln und Dreschflegeln. An Ort und Stelle zogen sie dem toten Tier das Fell ab, nahmen es aus und machten einen Spießbraten. Carls Großvater lud das ganze Dorf ein und dann wurde ein Festessen veranstaltet. Ich wunderte mich: „Durften sie das Fleisch denn behalten? War das nicht Wilddiebstahl?" Vater Friedrich erklärte: „Natürlich hätten Sie den Kadaver abliefern müssen. Aber bevor die Obrigkeit Wind davon kriegte, waren die Reste des Ebers spurlos beseitigt. Nur die Hauer hat Carls Großvater aufgehoben." Mir fiel ein, dass ich die Hauer gesehen hatte. In meiner Zeit hängen ein Paar vergilbter Zähne über der Tür der Gaststube, auf einem Stück Holz montiert in einem Holzrahmen mit Glasscheibe.

In Kassel verabschiedeten wir uns von Vater Friedrich, der seinen Bericht bei der Wasserbehörde abgeben musste. Wir schlugen den Weg zum Bahnhof ein. Unterwegs sprach Wilhelm einige Leute an und fragte nach einer preiswerten Unterkunft. Schließlich fanden wir am Stadtrand eine alte Dame, wie fast alle älteren Frauen von Kopf bis Fuß in Schwarz gekleidet, die uns ein Zimmer im Dachgeschoss ihres Häuschens vermietete. Wilhelm stellte mich als seine Frau vor. Da ich Handschuhe trug, konnte Frau Härtel, wie unsere Vermieterin hieß, nicht sehen, dass ich keinen Ehering trug. Das Plumpsklo war in einem Anbau hinter dem Haus. In der Küche gab es sogar fließendes Wasser. In unserem Zimmer standen eine Waschschüssel und ein Krug auf einem niedrigen Tischchen.

Nun mussten wir Feder, Tinte und Papier kaufen. Wilhelm hatte genug Geld mitgenommen, dass wir eine ganze Woche davon leben konnten, zusätzlich das Geld für die Fahrkarten, die wir ja nicht benötigten. Wir mussten nur aufpassen, dass wir weder Wilhelms Vater noch anderen Bekannten über den Weg liefen.

Und wir konnten ebenso gut gleich ein Paar bescheidener Eheringe kaufen, die wir uns gleich aufsetzten. Wir erledigten unsere Besorgungen und gingen gleich wieder zurück zu unserer Unterkunft. Die alte Dame empfing uns freundlich und bot uns an, gegen einen kleinen Aufpreis auch für uns zu kochen. Wir nahmen dankbar an.

In unserem Zimmer gab es nur das Bett, den Waschtisch, einen Stuhl und einen kleinen Kanonenofen. Ich räumte den Waschtisch frei und holte meine Abschriften von Wilhelms Taufschein und Geburtsurkunde aus dem Rucksack. Wilhelm gab mir seine neu ausgestellte polizeiliche Aufenthaltbestätigung. Ich arbeitete sehr sorgfältig und schrieb für mich die entsprechenden Dokumente mit passenden Daten.

Mein Geburtstag war nun der 12. Februar 1871. An einem Sonntag vier Wochen nach meiner Geburt ließ ich meine Taufe stattfinden. Wir rechneten mühsam von Wilhelms Geburtstag die Wochentage zurück. Wilhelm war an einem Dienstag geboren, somit hatte meine Taufe am Sonntag, dem 19. März 1871 stattgefunden. Jetzt fehlten nur noch amtlich aussehende Stempel auf den Dokumenten. Wilhelm ließ zwei Kartoffeln aus Frau Härtels Vorrat mitgehen und wir übten uns beide in filigraner Schnitzerei. Es war ein schwieriges Unterfangen. Wilhelms Messer war nicht fein genug. Wir borgten uns von Frau Härtel ein Küchenmesser, aber auch das war noch zu unhandlich.

Wir mussten uns ein kleines, spitzes Schneidewerkzeug besorgen, das wir am nächsten Tag nach langem Suchen in einem Eisenwarengeschäft endlich fanden. Unsere Nächte waren erfüllt von Liebe, und auch am Tage konnten wir nicht voneinander lassen. Wir genossen das gemeinsame Schlafen und Aufwachen. Das Haus verließen wir nur selten, um etwas Brot oder Äpfel zu kaufen. Wir tranken das Wasser aus der Leitung und genossen unser karges Leben. Nach drei Tagen Schnitzarbeit sahen unsere Stempel halbwegs brauchbar aus.

Wir hatten eine Menge Kartoffeln verbraucht. Unsere missglückten Kartoffelstempel warfen wir nachts aus dem Fenster in Frau Härtels kleines Gärtchen, wo sie im Schnee versanken. Ich rieb mit dem Finger vorsichtig Tinte auf eine Kartoffel, und siehe da, der dritte Abdruck war blass genug, dass man kaum etwas entziffern konnte, sah aber ausreichend amtlich aus. Ich bestempelte die gefälschten Dokumente und ließ sie zum Trocknen liegen.

Am nächsten Morgen knickte ich in die Dokumente, die viel zu neu aussahen, ein paar Eselsohren, faltete sie ein paarmal, dann stopften wir sie zuunterst in den Rucksack, wo sie noch weiter malträtiert werden konnten. Wir packten unsere Sachen, zahlten bei Frau Härtel für Kost und Logis, setzten unsere Rucksäcke auf und gingen hinaus in die klare Winterluft.

Wilhelm meinte, es sei noch zu früh, um nach Nieste zurückzukehren, und schlug vor, mit der Bahn nach Hannoversch-Münden zu fahren und einen alten Bekannten zu besuchen. Nichts lieber als das. Wir wanderten durch die Randbezirke der Stadt zum Bahnhof, der neben einem Tannenwäldchen lag. „Wilhelm, wir müssen die Eheringe abnehmen", fiel mir plötzlich ein. Wir durften ja nicht als Ehepaar bei seinem Freund ankommen. Wilhelm verstaute die Ringe im Rucksack. Nachdem wir unsere Fahrkarten gelöst hatten, durchquerten wir die Personensperren. Wie ich von Wilhelm erfuhr, durften nur Inhaber von Fahrkarten die Sperre passieren. Wer jemanden zum Zug bringen oder abholen wollte, musste eine Bahnsteigkarte kaufen. Am Bahnsteig zuckte ich zurück, als das alte Dampfross fauchend, zischend und funkensprühend angeschnaubt kam. Ein schwarzes Ungetüm, das Dampf und Rauchwolken ausstieß. Der Heizer schaufelte Kohle in das glühende Maul der Dampfmaschine. Der Rußgestank nahm mir den Atem.

Wir fuhren dritter Klasse und saßen auf Holzbänken, während wir die Winterlandschaft an uns vorüberziehen ließen. Der Zug zuckelte gemächlich am Ufer der Fulda entlang. Wilhelm erklärte mir, dass von Münden die Hannöversche Südbahn weiterführt über Dransfeld und Göttingen nach Hannover. Es dauerte keine Stunde und wir hatten die knapp 25 Kilometer zurückgelegt.

Als wir ankamen, war Wilhelms Freund, Richard, nicht zu Hause. Er arbeitete als Anstreicher und kam erst spät abends. Auf die Frage nach Richards Brüdern erfuhren wir, dass Otto als Zimmermanns-geselle auf der Walz sei und Albrecht nach Bremen geheiratet hat und als Kaufmann im Geschäft seines Schwiegervaters arbeitet. Wilhelm und Richard hatten gemeinsam ihre Lehre gemacht. Richards Eltern kannten Wilhelm. Sie luden uns freundlich ein, bewirteten uns üppig und fragten nach unserem Woher und Wohin. Wir mussten die lieben Leute belügen und erzählten, wir seien auf dem Heimweg von Hannover, wo wir meine Papiere geholt hätten. Als Richards Eltern hörten, dass wir heiraten wollen, gratulierten sie Wilhelm und sparten auch nicht mit Komplimenten: „So eine schöne Frau. Und was sie für prachtvolle Haare hat."

Offenbar hatten diese Leute keine Hexen-Vorurteile. Am Abend feierten Wilhelm und Richard ihr Wiedersehen. Die beiden entschwanden in das nächstgelegene Gasthaus und kamen nach ein paar Stunden fröhlich und angesäuselt zurück. Wir blieben zwei Nächte bei Richard. Natürlich brachte uns Richards Mutter in weit voneinander entfernten, getrennten Zimmern unter. Uns im gleichen Zimmer schlafen zu lassen, wäre nicht nur unschicklich gewesen, sondern sogar strafbar als – wie ich erfuhr – Kuppelei. Dann brachte uns die ganze Familie am späten Nachmittag zur Bahn und verabschiedete uns mit großer Herzlichkeit. Selbstverständlich hatten wir sie zu unserer Hochzeit eingeladen.

## Kapitel 12

Mit dem Frühzug fuhren wir nach Kassel zurück. Es war noch dunkel, als wir ankamen. Die Straßenlaternen, natürlich gasbetrieben, brannten noch. Ein paar Schneeflocken rieselten vom Himmel. Das Kopfsteinpflaster der Straßen war reifbedeckt und glitschig. Nun brauchten wir uns nicht mehr zu verstecken und konnten uns in aller Ruhe die Stadt anschauen. Mit der dampfbetriebenen Straßenbahn fuhren wir vom Bahnhof bis zum Königsplatz und wanderten dann durch die Straßen.

Überall herrschte geschäftiger Betrieb. Die vielen Pferdefuhrwerke, Kutschen und Ochsenkarren ratterten lautstark über das Kopfsteinpflaster. Es wimmelte von Fußgängern. Ich staunte über die vielen Läden, in denen es alles zu kaufen gab, was das Herz begehrte. In einem Laden für Künstlerbedarf suchte ich mir ein paar Bögen schönes Aquarellpapier aus, einen Kohlestift und Rötelkreide.

Dann fuhren wir mit der Straßenbahn, die von der Cassel Tramway Company Limited betrieben wurde, wie auf den Waggons zu lesen war, zum Schloss Wilhelmshöhe. Über die Kaskaden am Karlsberg lief jetzt im Winter natürlich kein Wasser. Voller

Bewunderung für die Baumeister früherer Zeiten blickte ich die großartige treppenartige Kaskadenanlage hinauf zu dem mit der Herkulesstatue gekrönten Schloss. Wie hässlich waren doch viele Bauwerke in der Zeit, aus der ich gekommen war. Dicht gedrängte Hochhäuser in den Stadtzentren, wodurch die Straßen zu dunklen Schluchten wurden, durch die der Wind pfiff. In den ländlichen Gebieten dagegen leer stehende, zerfallende Häuser, die wenigen Neubauten billig und fantasielos in Einheitsbauweise errichtet.

Besonders in den letzten 30 Jahren vor dem Machtwechsel in Europa hatten die verbrecherischen Regierungen das Volk so in die Armut getrieben, dass die Leute gerade noch genug Geld für eine billige und ungesunde Ernährung hatten. Für die Instandhaltung ihrer Häuser blieb nichts übrig. Und so sah es bei uns bald schlimmer aus als in der ehemaligen DDR: Kaputte Häuser ohne Fensterscheiben, die Straßen und Wege von Schlaglöchern übersät und die Menschen in den aussterbenden Gemeinden liefen freudlos in zerschlissenen Schuhen und geflickter Kleidung herum. Trotz all des Elends wagte niemand mehr, öffentlich zu demonstrieren oder sich bei den Behörden zu beschweren; denn Demos wurden sofort von Militär und Polizei niedergeknüppelt, die Demonstranten verhaftet und mit unbezahlbaren Geldbußen belegt. Wer seine Strafe nicht bezahlen konnte, landete im Gefängnis. Beschwerden wurden von den Behörden mit Repressalien gekontert, die Telefone abgehört, die Leute bespitzelt und die persönlichen Verhältnisse aufs genaueste durchleuchtet.

Die Leute hatten irgendwann einfach den Mut verloren, sich gegen all die Ungerechtigkeiten zu wehren. Ich schämte mich jetzt des Reichtums, in dem ich aufgewachsen war, ohne die Not meiner Mitmenschen zu beachten, und war froh, dass diese schlimmen Zustände von der neuen Regierung beendet worden waren. Hier, im Jahr 1889, waren die Menschen zwar auch arm und mussten hart für ihren Lebensunterhalt arbeiten. Aber alle waren gleich arm, mal abgesehen von den Kaisern, Königen, Fürsten und den meisten anderen Adligen, deren Vorfahren sich als Raubritter oder auf andere kriminelle Weise ihre Vermögen zusammengerafft hatten. Immerhin konnte sich selbst der ärmste Dorfbauer einen Haufen Kinder leisten, die alle von der eigenen Landwirtschaft ernährt wurden. Und das auch noch von natürlicher, unvergifteter Nahrung. Anfang des 21. Jahrhunderts standen die Menschen schon vor unlösbaren Problemen, wenn sie nur ein einziges Kind hatten.

Um zwei Uhr nachmittags fuhren wir mit der Tram wieder in die Stadt zurück. Von unserem restlichen Geld kauften wir noch ein paar Mitbringsel für Wilhelms Eltern, warme Unterwäsche und Strümpfe für mich. Wilhelm kaufte eine Tageszeitung. Dann wanderten wir durch die Fulda-Auen, errichteten an der Drahtbrücke unseren Obolus und marschierten frohen Mutes durch das Niestetal heimwärts.

Als wir an der Teichmühle ankamen, war es schon dunkel. Wir hatten unterwegs nur die von Richards Mutter mitgegebenen Stullen gegessen und stürzten uns hungrig auf die Reste von Mutters Mittagessen. Während wir das Essen in uns hinein schaufelten, zog sich Vater die Zeitung zu Gemüte. Manches las er laut vor. Vater Friedrich las einen Artikel über den Bismarck-Archipel vor. Plötzlich sah ich Omas Bilder vor mir. Skizzenblock und Rötelstifte lagen griffbereit, und während Vater weiter vorlas, entstand unter meiner Hand wie von selbst eine palmengesäumte Bucht mit Auslegerbooten und kraushaarigen Eingeborenen, die Frauen mit Baströcken bekleidet und die Männer mit winzigen Lendenschurzen. Als Vater zu Ende gelesen hatte, schaute er auf meine Zeichnung: „Holla, was ist denn das? Sieht es so aus im Stillen Ozean?" „Ja, woher weißt du das denn?" fragte Mutter sogleich und kam um den Tisch herum, um sich mein Bild genauer anzusehen. „Man könnte ja meinen, du wärest da schon mal gewesen." „Nein, da war ich noch nicht. Wie hätte ich auch dahin kommen sollen?" eierte ich herum, um Zeit zu gewinnen. „Ich muss das wohl in Zeitungen oder Büchern gesehen haben", fügte ich lahm hinzu. „Aber es ist alles so klar, als ob man selbst da steht", stellte Mutter fest. Wilhelm enthielt sich wohlweislich der Stimme.

Vielleicht lag es an den kurzen, dunklen Tagen oder am eintönigen Grau von Himmel und Landschaft, dass in der Folgezeit immer wieder Omas Bilder vor meinem geistigen Auge auftauchten. Nichts von meinem Leben in der Neuzeit vermisste ich, nur Oma. Sie fehlte mir so sehr. Ich überlegte, ob ich einen kurzen Besuch bei Oma riskieren könne. Den Zeitgürtel trug ich immer noch Tag und Nacht am Körper. Osama würde vermutlich am Freitag von Riad zurückkommen. Ein Rücksprung würde mich zu Donnerstag früh kurz nach Mitternacht führen. Vormittags könnte ich Oma besuchen und anschließend gleich nach Nieste zurückfahren, um in der Nacht von Donnerstag auf Freitag in die Vergangenheit zurückzuspringen, zu einem Zeitpunkt fünf Minuten nach meinem Verschwinden von dort. Ich wagte nicht, weiter darüber nachzudenken. Es könnte etwas schiefgehen. Und was sollte ich Oma erzählen? Und überhaupt – ich wollte ja gar nicht in die Zukunft zurück. Schluss mit den müßigen Spekulationen, rief ich mich zur Ordnung. Trotzdem entstanden in der Folgezeit immer wieder Aquarelle und Zeichnungen von Südseeinseln, die ich vor Wilhelms Eltern sorgfältig verborgen hielt.

Als wir gesättigt waren, mussten wir über unsere Erlebnisse berichten. „Wir waren bis vorgestern in Hannover. Tante Hedwig geht es nicht so gut. Zur Hochzeit können sie nicht kommen", spann ich mein Garn. „Aber dafür kommt Richard mit seinen Eltern", konnte nun Wilhelm erzählen, ohne lügen zu müssen. Er berichtete ausgiebig von unserem Besuch in Münden und brachte dann das Thema geschickt auf die Hochzeitsplanung. „Meine Base Helene hat nach Berlin geheiratet und erwartet ihr erstes Kind. Und ihre Brüder können mich sowieso nicht leiden, die haben mich immer nur geärgert und für sie schuften lassen", fabulierte ich weiter.

Gleich in den nächsten Tagen erledigten wir die Formalitäten für unsere Eheschließung. Niemand bezweifelte die Echtheit meiner Dokumente. Der Pfaffe war sichtlich erleichtert, dass er wieder zwei Schäfchen errettet hatte. Mit salbungsvoller Stimme lobte er uns, dass wir nun auf dem rechten Wege seien. Die kirchliche Trauung legten wir auf den zweiten Sonntag im Januar fest. Über ein Hochzeitskleid für mich machte ich mir keine Gedanken.

Ich durfte ja sowieso nicht in Weiß heiraten, wie uns der Pastor erklärt hatte, weil ich ja keine Jungfrau mehr war. Außerdem hatte ich angenommen, eine besondere Hochzeitskleidung sei hier nicht üblich, und ich legte auch keinen Wert darauf. Ich hatte der Hochzeit nur zugestimmt, um Wilhelm und seinen Eltern weitere Vorwürfe und Schwierigkeiten zu ersparen. Aber Mutter Liese bestand darauf, mir ein „gutes Kleid" für die Hochzeit zu schneidern. Wir mussten noch mal nach Kassel und Stoff kaufen. Mir war es recht und so kaufte ich einen leichten Stoff in einem kühlen Rosa, fast fliederfarben.

Als wir damit nach Hause kamen, schlug Mutter wieder einmal die Hände über dem Kopf zusammen: „Aber das ist doch ein ganz dünner Sommerstoff. Nichts für den Winter. Du wirst dir den Tod holen." Doch ich hatte den Stoff aus gutem Grund gewählt. Ich wollte im nächsten Sommer nicht wieder unter schweren Wollgewändern schwitzen. So zeichnete ich einen

Entwurf für einen langen, weiten Rock und eine schlichte Bluse mit halblangen Ärmeln. Wir hatten auch Stoff für einen Unterrock mitgebracht. Auf dem Weg zur Kirche würde ich lange Unterhosen unter dem Rock tragen und ein warmes wollenes Tuch um Schultern und Arme wickeln. In der ungeheizten Kirche würde ich schon ohne das Schultertuch auskommen. Und der „Wilde Eber", wo die Feier stattfinden sollte, wäre vermutlich sowieso überheizt.

Bald saßen Mutter Liese und ich abends in der warmen Küche und stichelten eifrig an meiner Bekleidung. Als wir fertig waren, blieb noch ein großes Stück des weißen Stoffes vom Unterkleid übrig. Ich legte es beiseite. Daraus würde ich mir Unterhosen für den Sommer nähen, nach französischem Schnitt, also mit kurzen, angeschnittenen Beinen. Das würde mir die knielangen Liebestöter ersparen. Als Brautpaar mussten wir vor dem Pfarrer eine Prüfung ablegen. Ich hatte wenig Ahnung vom christlichen Glauben, aber eine solche Prüfung war mir nicht neu, schließlich hatte ich auch vor meinem Übertritt zum Islam alles Mögliche lernen und mich einer strengen Prüfung unterziehen müssen.

Für den evangelisch-lutherischen Glauben war Mutter Liese zuständig. Sie wusste, was nötig war. „Du bist ja eine Heidin!" rief sie empört, als ihr nach und nach das ganze Ausmaß meines Unwissens klar wurde. In den folgenden Wochen paukte sie mir mit missionarischem Eifer alles über den Glauben, die kirchlichen Zeremonien und dergleichen ein. Ich lernte Gebete auswendig und fand sie schön und erhebend. Wir sangen Kirchenlieder, in die selbst Wilhelm und der Vater einstimmten, und hatten unsere Freude daran. Ich begann, Mutter sonntags zum Gottesdienst und auf ihrer anschließenden Tratschrunde durchs Dorf zu begleiten. Der Pfarrer freute sich ein Loch in den Bauch über unsere unerwartete Frömmigkeit und war plötzlich sehr milde gestimmt. So verging die Zeit bis zum neuen Jahr wie im Fluge. Nachdem unser christlicher Glaube auf diese Weise von Mutter auf Vordermann gebracht war, schafften Wilhelm und ich unsere Prüfung vor dem Pfarrer mit links.

Die kirchliche Trauung wurde auf Sonntag, den 19. Januar 1890 festgesetzt. Als das Aufgebot öffentlich ausgehängt wurde, luden wir fast das ganze Dorf zur Hochzeitsfeier ein. Es lebten ja nur 200 Leutchen in Nieste. Für Richard und seine Eltern, die wir per Brief einluden, reservierten wir Zimmer im Gasthof. Wir mieteten den großen Saal im „Wilden Eber". Wilhelm würde viele Nächte im Wald verbringen müssen für die Bezahlung unserer Hochzeit. Die Ersparnisse aus Vaters Einkommen deckten knapp die Hälfte aller Ausgaben.

## Kapitel 13

Wie schade, dass wir nicht im Sommer heiraten konnten. Eine Feier auf der grünen Wiese wäre so viel lustiger geworden, dachte ich. Aber als der große Tag kam, fehlte es durchaus nicht an Fröhlichkeit. Da die Leute im Winter nicht viel zu tun hatten, freuten sie sich über jede Abwechslung.

Unsere Trauung fand nach dem Gottesdienst statt. Es war ein kalter Tag. Wir waren von der Teichmühle in unseren warmen Winterkleidern ins Dorf gewandert und ich hatte mich im Gasthaus umgezogen. So brauchte ich nur den kurzen Weg über die Straße und die Stufen zur Kirche in meinen leichten Gewändern zurückzulegen. Vor der Kirchentür gab ich der Mutter meinen wollenen Umhang. Die kleine Kirche war voll besetzt. Und da jeder Mensch 60 Watt Heizleistung bringt, war es gar nicht so kalt. Meine Aufregung heizte mir zusätzlich ein. Unsere Trauzeugen waren der Tischlersohn Fritz und Richard aus Hann. Münden. Der Gottesdienst und unsere anschließende Trauung sind mir nur noch nebulös in Erinnerung. Ich machte wohl automatisch alles richtig. Wir hatten ja zu Hause ausgiebig geübt. Erst in dem Moment, als der Pfarrer uns zu rechtmäßigen Ehepartnern erklärte, verflog meine Anspannung schlagartig und mich durchströmte ein heißes Glücksgefühl.

Die Feier war ein rauschendes Fest mit viel Bier und Schnaps, reichlichem Essen, Musik und Tanz. Alle Dorfbewohner wünschten uns Glück und viele schenkten uns Sachen für unseren Hausrat. Weit nach Mitternacht verließen wir unsere Gäste und machten uns auf dem Heimweg. Carl hatte den Pferdeschlitten seines Vaters angespannt und kutschierte uns über den festgefrorenen Schnee nach Hause. Ich fühlte mich wie eine Prinzessin. Nun durften Wilhelm und ich auch endlich gemeinsam nächtigen. Wir hatten schon lange keinen Sex mehr gehabt, weil es in der freien Natur zu kalt und zu Hause zu beengt war. In unserem gemeinsamen Schlafzimmer legte ich zum ersten Mal den Zeitgürtel ab und Wilhelm versteckte ihn tief unten in unserer großen Truhe. In unserer Hochzeitsnacht liebten wir uns, als sei es das erste Mal. Es war schon ein ganz besonderes Gefühl, nun nicht mehr heimlich und verstohlen, sondern ganz legal unsere Liebe zu genießen.

Zwei Tage nach unserer Hochzeitsfeier kam Fritz mit Pferd und Wagen zur Teichmühle. „Hier bringe ich euch euer Hochzeitsgeschenk", verkündete er fröhlich und forderte Wilhelm auf: „Komm, pack mal mit an!" Die Männer luden einen wunderschönen Tisch aus glatt poliertem Holz und zwei Stühle vom Wagen. Wir waren total überrascht über so ein fürstliches Geschenk. Fritz hatte bei der Hochzeitsfeier zwar angedeutet, dass er ein Geschenk für uns habe, aber mit meisterhaft gefertigten Möbeln hatten wir nicht gerechnet. „Fritze, das ist doch viel zuviel, das kann ich dir nie wieder gutmachen", sagte Wilhelm ganz verlegen. „Das brauchst Du auch nicht", erklärte Fritz mit einem Augenzwinkern, „denn ohne dich und Sonja hätte ich jetzt keine Armbrust." „Ja, ich müsste auch mal wieder in den Wald", kam Wilhelm auf das Thema zu sprechen, das ihm auf der Seele lag. „Ich muss noch einiges Fleisch an den Carl liefern. Aber solange noch Schnee liegt, können wir uns nichts holen. Der Förster würde unsere Spuren bis ins Dorf verfolgen und aus wäre es mit der Heimlichkeit." „Warum gehst du nicht für ein paar Monate in die Fabrik? Bei Henschel suchen sie gerade wieder Arbeiter", schlug Fritz vor. Wilhelm gab zu bedenken: „Aber die kennen mich doch. Haben mich letztes Jahr vor die Tür gesetzt, weil ich Sozialist bin." Die meisten Dorfbewohner kannten Wilhelms Vorliebe für die Sozialisten. Auch seine spöttischen Bemerkungen über Kanzler Bismarck und Kaiser Wilhelm blieben nicht unbemerkt.

Die meisten Dörfler verehrten ihren Kaiser grenzenlos. Wohl, weil sie ihn nicht kannten und keine Ahnung von Politik hatten. „Gut, dass sie in Kassel nicht wissen, dass du deinen Hund Bismarck schimpfst", lachte Fritz. „Aber ich habe ein gutes Wort bei meinem Vetter Hannes eingelegt, der ist doch jetzt Vorarbeiter. Hannes wird schon dafür sorgen, dass du eingestellt wirst. Aber wenn du da arbeitest, tu mir einen Gefallen und halt den Mund. Verspotte nicht die Obrigkeit, sonst kommt Hannes auch in Schwierigkeiten." „Na gut, es muss wohl sein. Wer weiß, wie lange der Schnee noch liegen bleibt", seufzte Wilhelm. Abends im Bett fragte Wilhelm plötzlich: „Aber hat sich denn keiner gewehrt, als die Araber kamen? Die hitzigen Italiener, die starken Engländer, der Balkan..." „Nein", unterbrach ich ihn, „es war kein Krieg wie jeder andere, sondern eher eine geschäftliche Transaktion. In den ersten Jahren gab es ein paar Anschläge der christlichen Terroristen. Aber die ließen schnell nach", erwiderte ich. Ich musste Wilhelm zuerst erklären, was Terroristen sind. Und dann erzählte ich ihm, wie die ersten Jahre nach der Machtübernahme verlaufen waren.

Kurz nach der Machtübernahme durch die Araber riefen viele der Enteigneten und Entmachteten terroristische Vereinigungen ins Leben, die mit Waffengewalt und Bombenanschlägen ihre Forderungen durchsetzen wollten. Die neue Regierung ging nicht etwa brutal gegen die Terroristen vor, sondern forderte sie über Radio, Fernsehen und im Internet auf, ihre Forderungen so klar wie möglich zu formulieren und zu begründen. Per Volksentscheid könne dann über die Durchführung oder Ablehnung der einzelnen Vorschläge beschlossen werden. „Per Volksentscheid?" unterbrach mich Wilhelm. „Du meinst, jeder einzelne kann JA oder NEIN sagen? Wie sollen sie denn die ganzen Stimmen zählen?" „Ach, kein Problem. Internet. Computer. Das erkläre ich dir später."

Der Volksentscheid war eine geniale Neuerung. Die Berechtigung, beim Volksentscheid seine Stimme abzugeben, muss man sich erst erwerben. Jeder Bürger ab dem 18. Lebensjahr kann bestimmte Tests ablegen, unter anderem auf Intelligenz, Ethik, politisches

Verständnis, Geschichtswissen usw. Wer bei diesen Tests ein absolutes Unverständnis politischer Zusammenhänge beweist, darf bei lokalen Abstimmungen mitmachen, aber nicht bei überregionalen oder gar außenpolitischen Dingen mitreden. Wer straffällig wird, verliert seine Stimmberechtigung und muss sie nach Abbüßen seiner Strafe neu erwerben. Bei schweren Verbrechen kann dem Täter die Stimmberechtigung auf Lebenszeit entzogen werden. Wir nennen es das „Politikexamen". Unsere Gesinnung wird dabei nicht geprüft, nur unser Wissen und Verständnis. Das Politikexamen ähnelt eher einer Führerscheinprüfung.

Ein Stimmrecht ist so etwas wie ein Prestigeobjekt. Jeder muss es sich selbst erkämpfen und durch anständiges Verhalten dafür sorgen, dass er es nicht verliert. Ich machte meine Tests zwei Wochen vor meinem 18. Geburtstag. Diejenigen, die die Prüfung bestanden hatten – wir waren 42 und 9 fielen durch – bekamen einen Umschlag, in dem Geheimnummer und Passwort versteckt waren, und eine Anstecknadel mit dem arabischen Symbol für „Stimme" aus Platin mit kleinen Brillanten eingelegt. Das war die sichtbare Auszeichnung dafür, dass meine Stimme der Regierung etwas wert ist. Dank moderner Technik genügen

Geheimnummer und Passwort und ein kurzer Besuch im Internet, um an jeder öffentlichen Umfrage und an jedem Volksentscheid teilzunehmen.

Jedenfalls legte die Regierung den Bürgern die Liste der Terroristen ungekürzt in allen Punkten zum Volksentscheid vor. Die Forderungen der Terroristen wurden locker abgeschmettert. Nun hatte unsere Regierung einen guten Verhandlungsvorteil. Anstatt ihn auszunutzen, verkündete sie über die Medien, sie schlage vor, die Terroristen nicht zu bestrafen, sondern ihnen zu helfen. Da sie sich ja offensichtlich nicht wohlfühlen in der VASE, möchte die Regierung allen Mitgliedern der Organisation ein Leben nach ihren Wünschen ermöglichen. Sie könnten einen autonomen Staat auf begrenztem Gebiet bilden. Dort könnten sie ganz nach ihrem Gusto leben. Gebiete dafür stünden in allen Erdteilen zur Verfügung, mit den dortigen Regierungen habe man schon verhandelt.

Ein Gebiet in der Größe Schleswig-Holsteins könne sofort auf 30 Jahre gepachtet werden, die Kosten für ein angemessenes Startkapital und die Umsiedlung würde man ebenfalls übernehmen. Einzige Bedingung sei, dass alle Mitglieder der Gruppe auswandern und vorher sämtliche Waffen abgeben. Zum Schluss kündigte der Präsident den Volksentscheid an über die Frage, ob die Terroristen straffrei bleiben sollen und auf Staatskosten auswandern dürfen.

Der Preis für die Brüderlichkeit war hoch. Sie kostete uns einige Milliarden. Das war aber immer noch billiger als die vorarabische Methode, die in einer fast manischen Bespitzelung jedes einzelnen Bürgers und einer krankhaften Registrierungswut bestanden hatte. In diesem ersten Verhandlungsfall zwischen der Regierung und einer Terrorgruppe wurden keine Armeen von Polizisten aufgeboten, es wurden überhaupt keine Nachforschungen angestellt. Der Präsident sprach über das Fernsehen zu den Terroristen. Diese meldeten sich persönlich oder telefonisch in den öffentlichen Beratungsstellen der Regierung, wobei sie ihre Namen erst einmal nicht zu nennen brauchten. Die Mitglieder der ersten Terrorgruppe hatten sich tatsächlich geeinigt und wollten nach Argentinien auswandern. Zum Schluss mussten sie sich zu erkennen geben. Sie wurden nicht bewacht und bedrängt, sondern ganz unauffällig einer nach dem anderen auf den Weg gebracht.

Man hätte erwarten können, dass sich nun jede Menge Abenteuerlustige zusammentun und ein bisschen Terror spielen, um sich damit eine Auswanderung finanzieren zu lassen. Aber das rechnete sich nicht. Ein Startgeld von 10.000 € und kostenloses Land für 30 Jahre ist nicht so üppig wie es scheint. Die 1.500 € Grundsicherung, die jeder Erwachsene Bürger pro Monat erhält, ergeben auf 30 Jahre hochgerechnet immerhin 540.000 €. Bis zum Jahr 2041 nahmen noch sechs weitere Gruppen die bezahlte Auswanderung in Anspruch.

Manche halten sich in ihren selbst gewählten autonomen Gebieten ganz gut. Aber zwei haben sich schon aufgelöst. Seit die Unzufriedenen ihre Forderungen ungestraft der Öffentlichkeit zur Abstimmung vorlegen können – und dabei wenig Resonanz finden -, sind Gewaltmaßnahmen wie Attentate, Entführungen, Bombenanschläge und dergleichen überflüssig. Die Unzufriedenen schließen sich zusammen, formulieren ihre Forderungen und wenden sich damit direkt an die Regierung. Sie haben ja nichts zu befürchten. Die Berichte aus den autonomen Gebieten waren anfangs voller Euphorie. Aber dann kamen immer öfter Nachrichten von harter Arbeit, Entbehrungen, Unfällen, Krankheiten und Streit.

„Wenn in deiner Zeit alle Menschen frei sind, wie kannst du es dann hier aushalten, wo man schon für das offene Aussprechen seiner Meinung bestraft wird?" fragte Wilhelm. „Ich muss dir unbedingt mal von der DDR erzählen", fiel mir ein, „aber heute nicht mehr. Gute Nacht." Gleich am nächsten Tag begleitete Wilhelm den Vater auf seinem Marsch nach Kassel. Und er bekam den Job, konnte schon am folgenden Tag anfangen. Das bedeutete Aufstehen um vier Uhr früh, Abmarsch um halb fünf, um rechtzeitig um sechs Uhr in der Fabrik anzutreten. Nach achtzehn Uhr trat er den Heimweg an und kam zwischen neunzehn und zwanzig Uhr wieder nach Hause. Nach einem schnellen Abendessen lagen wir um einundzwanzig Uhr im Bett. Sex fand nur noch am Wochenende statt. Die Wochen zogen sich dahin. Bei Schneegestöber oder Matschwetter übernachtete Wilhelm gleich in Kassel bei einem Kollegen.

Wilhelm und ich hatten nun unser eigenes Heim, das wir uns nach und nach wohnlich einrichteten – zwei Räume im Erdgeschoss und zwei im Obergeschoss. In dem größeren Zimmer im Erdgeschoss hatten wir einen kleinen Ofen aufgestellt. Unser Schlafzimmer war ungeheizt und nun war ich froh über die dicken Federbetten. Aber so richtig genießen konnten wir es nicht, da Wilhelm nur noch zum Schlafen heimkam.

Samstags wurde auch die volle Zeit gearbeitet. Uns blieben nur die Sonntage. Ich hatte mir das kleine Zimmer im Obergeschoss, das gegenüber unserem Schlafzimmer lag, als Malstube eingerichtet. Mutter kam ab und zu in unser Wohnzimmer im Erdgeschoss, aber die anderen Räume betrat sie nie. Sie respektierte unsere Privatsphäre und dafür war ich dankbar.

Wenn wir allein waren, erzählte ich Wilhelm von der Welt der Zukunft. Zur Verdeutlichung malte ich kleine Bildchen, nicht größer als Postkarten, mit Darstellungen von Autos, Schiffen, Wolkenkratzern, Magnetbahnen, Strato-Flugzeugen und was mir sonst noch so einfiel. Wilhelm verwahrte die Bilder in unserer verschließbaren Eichentruhe.

Das Kochen fand weiterhin auf dem großen Herd in Mutter Lieses Küche statt. Es war hier so üblich, dass für die ganze Sippe gekocht wurde, und ich war ziemlich froh darüber. Kochen hatte ich nie gelernt. Meine Eltern hatten eine Köchin gehabt und auf Osamas Gehaltsliste stehen sogar zwei Köche. In den Straßen sind fliegende Händler mit trickreich konstruierten Edelstahl-Karren unterwegs, die sie mit Muskelkraft bewegen können. Jeder bietet andere Köstlichkeiten an. Auch die Imbissbuden bieten jetzt orientalische

Spezialitäten an. Currywurst, Bratwurst, Altölfritten und andere lieblos aus Abfällen zusammengepantschte Nahrungsmittel sind komplett von den Speisekarten verschwunden dank des gesetzlich verordneten Reinheitsgebots für Nahrungsmittel. Jeder, der Nahrungsmittel herstellen und verkaufen will, egal ob Fabrikant oder Straßenhändler, muss sich strikt an das Reinheitsgebot halten. Farbstoffe, künstliche Aromen und andere Schönungsmittel sind verboten. Jeder, der Lebensmittel auf den Markt bringen will, muss seine Rezepturen bis auf das letzte Milligramm offenlegen, bevor er eine Lizenz erhält.

Ein Heer von Überwachungsbeamten führt regelmäßige Kontrollen durch. Ein Nahrungsmittelproduzent, der zum dritten Mal gegen das Reinheitsgebot verstößt, verliert umgehend seine Lizenz und darf nie wieder in der Nahrungsmittelproduktion tätig werden. Auch das wird überprüft, um das Vorschieben von Strohmännern zu verhindern. Bei richtigen Schweinereien wie sie vor der Machtübernahme durch die Araber an der Tagesordnung waren – Oma erzählte zum Beispiel mal, dass regelmäßig altes, angegammeltes Fleisch neu verpackt, umetikettiert und als frisch verkauft wurde – wird kurzerhand der Produktionsbetrieb ohne

Entschädigung geschlossen. Keiner der Führungskräfte oder Mitarbeiter darf je wieder in der Lebensmittelbranche arbeiten. Die Araber gaben den Herstellern drei Jahre Zeit, ihre Produktpalette dem Reinheitsgebot anzupassen. Nach und nach verschwand der ganze wertlose Mist aus den Regalen der Supermärkte. Jetzt findet man dort kaum noch Schokolade, Süßigkeiten oder meterlange Regale mit sogenanntem Fruchtjoghurt. Jetzt macht das Einkaufen wieder Spaß, weil gesundheitsbewusste Menschen nicht mehr gezwungen sind, die in unlesbar kleiner Schrift gedruckten Zutatenlisten auf den Packungen zu suchen und zu entziffern. Jedes Lebensmittel in den Läden, in Imbissbuden, Restaurants oder bei fliegenden Händlern ist frei von gesundheitsschädigenden Zusatz-stoffen – bis auf die Altlasten aus vorökologischer Zeit, Radioaktivität, Chemie im Ackerboden und Nitrate und Gift im Wasser, die sich bei bestem Willen nicht vermeiden lassen.

Nun hatte ich Zeit, bei Mutter Liese das Kochen zu lernen. Sie konnte wunderbare Braten machen, aber was sie mit dem Gemüse anstellte, gefiel mir nicht so recht. Das knackige Gemüse, frisch aus dem Garten, kochte sie so lange bis es zerfallen war. Eintopf mit Gemüse und Kartoffeln ließ sie am Herdrand stehen und weiterköcheln, bis er sich in eine einheitlich graue Masse verwandelt hatte. Als ich nach einiger Kochpraxis die Garzeiten der verschiedenen Gemüsesorten herausgefunden hatte, kochte ich Gemüse und Eintöpfe nur noch in kleineren Mengen und gab das Gemüse der Garzeit entsprechend in den Topf. So blieb es bissfest und behielt seine Farbe. Es ergab sich von selbst, dass ich für Gemüse zuständig wurde und Mutter Liese für Fleisch und Fisch. Auch Kuchenbacken und die Herstellung von Brot aus Sauerteig lernte ich. Das Schwierigste dabei war es, den Herd gleichmäßig zu befeuern und die richtige Backtemperatur zu halten.

## Kapitel 14

Als das Wasser des Teiches, das auch im Sommer nie wärmer als schätzungsweise 14 Grad wurde, im Herbst immer mehr abkühlte, musste ich mir die Haare in einer Waschschüssel in der Küche waschen. Das dauerte sehr lange und es gelang mir nie, die Seifenreste vollständig auszuspülen. Anschließend musste ich lange vor dem Küchenherd sitzen bis meine Haare endlich trocken waren. Als es noch warm war, trockneten meine Haare an der frischen Luft. Das Problem war dann, sie zu entwirren. Ich mühte mich stundenlang mit einem zu feinen Kamm ab, bis mir Wilhelm einen grob gezinkten Kamm aus Holz herstellte, mit dem die Prozedur etwas schneller vonstatten ging. Weil die Haarpflege so mühselig war, fand eine Haarwäsche im Winter nur alle drei bis vier Wochen statt. Ich fühlte mich schmuddelig. Mutter Liese trug ihre dunkelblonden, schon leicht angegrauten Haare, die auch sehr lang waren, immer in einem Knoten, den sie mit Haarnadeln feststeckte. Ich hatte das auch versucht, aber meine glatten Haare waren zu lang und zu schwer. Der Knoten hielt auch mit noch so vielen Haarnadeln nicht. Ein Pferdeschwanz, mit einem Band zusammengehalten, war zwar schnell gemacht, aber das Band rutschte ständig nach unten. Nachdem ich alles Mögliche ausprobiert hatte, flocht ich mir Zöpfe, in deren unteren Teil ich Bänder mit einflocht und die Enden dann mit Schleifen zusammenhielt. Ich fand die Zöpfe sahen albern aus, zu kindlich. Aber so alt war ich ja schließlich auch noch nicht. Eine Frau, die mit zwanzig noch nicht unter der Haube war, galt hier schon als alte Jungfer. Für mich war es also höchste Zeit gewesen. Zu Hause lief ich meistens mit Zöpfen herum. Wenn ich ins Dorf ging. legte ich die Zöpfe kranzförmig um den Kopf und steckte sie mit Haarnadeln fest. Darüber kam ein Kopftuch.

Eines knackig kalten Tages Mitte Februar entschloss ich mich, diesem Ärger ein Ende zu machen. Es war Sonntag Abend und wir saßen friedlich zusammen in der warmen Küche. Ich bat Mutter, mir ihre Schere zu geben. „Was hast du damit vor?" wollte sie wissen. Während ich schon halb aus der Küchentür war, rief ich ihr zu: „Du kriegst sie gleich wieder", und stapfte über den Hof und die Treppe hinauf in unser Schlafzimmer. Ich wollte keine Einwände hören und die Familie vor vollendete Tatsachen stellen.

Vor dem kleinen Spiegel säbelte ich mir meine dicken Zöpfe mit einiger Mühe in Ohrenhöhe ab. Die offenen Enden knotete ich mit Bändern fest, damit sich die Flechten nicht auflösen. Ich dachte mir, vielleicht kann man sie verkaufen. Es wurden doch sicherlich Perücken hergestellt. Im Spiegel sah ich, dass die stumpf abgeschnittenen Enden wild vom Kopf abstanden und immer noch rote Spitzen hatten. Meine schwarzen Haare waren seit meiner Ankunft im August etwa 10 cm nachgewachsen.

Ich ließ die Zöpfe ohne Bedauern auf der Kommode liegen und ging zurück in die Küche. Wie leicht und frei sich mein Kopf anfühlte. Warum hatte ich das nicht schon längst gemacht?

Die ganze Familie starrte mich an wie eine Fremde. Mutter mit offenem Mund, ausnahmsweise mal sprachlos. Aber nicht lange. „Du hast doch nicht mit meiner guten Nähschere ...", die Stimme versagte ihr vor Empörung. Dann klärte sie mich auf, dass ihre gute Schere durch das Haareschneiden nun stumpf sei und das Schneiden von Stoffen damit schier unmöglich. Und der Scherenschleifer käme doch erst im Frühjahr. Das hatte ich nicht gewusst. Scheren, die stumpf werden können, kannte ich nicht.

Aber da es nun schon einmal passiert war, fragte ich, nachdem ich mich bei Mutter entschuldigt hatte: „Kannst du mir denn die Haare so schneiden, dass alle roten Spitzen weg sind?" „Aber das kann ich doch nicht", wand sie ein. „Du brauchst doch nur alle Haare abzuschneiden bis dahin, wo das Schwarze anfängt", erklärte ich ihr. „Ach, dann siehst du doch aus wie ein gerupftes Huhn", jammerte sie. Trotz seines sichtbaren Bedauerns über den Verlust meiner Haarpracht musste Wilhelm lachen. „Na, so sieht sie doch jetzt schon aus. Da kann nicht mehr viel schief gehen."

Mutter schnippelte mir dann auch vorsichtig Strähne für Strähne die gefärbten Haare ab, bis ich eine Art Stufenschnitt hatte, bei dem alle Haare gleich lang waren. „So schlecht sieht das gar nicht aus", schmunzelte Wilhelm, als wir fertig waren. „Nun kann mich jedenfalls keiner mehr mit einer Hexe verwechseln", stellte ich fest. „Und trotzdem wirst du wieder einmal auffallen", gab die Mutter zu bedenken, „keine Frau im Dorf hat kurze Haare. Du siehst ja aus wie ein Junge."

Im Winter war nicht nur das Haarewaschen ein Problem. Auch die Wäsche, die wir im Sommer auf der Plattform am Teich gewaschen hatten, mit viel Kernseife auf einem Waschbrett rubbelnd, mussten wir in der kalten Zeit in der Küche waschen. Das bedeutete eine Menge Wasserschlepperei. Der Teich fror nie zu, nur am Rand bildete sich eine Eisschicht, die wir manchmal aufschlagen mussten. Aber natürlich konnten wir bei Minusgraden nicht draußen mit dem kalten Wasser hantieren. Darum wurde im Winter nur das Nötigste gewaschen. Die Bettwäsche und die schweren Leinentücher mussten bis zum Frühjahr warten. Handtücher, Geschirrtücher, Unterwäsche und dergleichen kochten wir in einem großen Topf auf dem Küchenherd aus. Die Leute waren noch nicht von dem Reinlichkeitswahn der modernen Zeiten besessen. Die Unterwäsche wechselten wir im Winter eben seltener. Wir mussten ja keine schwere Feldarbeit machen und schwitzten nichts durch. Die Familie war gesund. Und wenn ich nicht gerade meine Regel hatte und die umgelegten Stoffbinden durchblutete, hielten meine Unterhosen schon mal eine ganze Woche, ohne zu müffeln.


## Kapitel 15

Mutter brachte mir Kochen, Backen, Spinnen, Nähen und Stricken bei. Ich zeigte ihr, wie man mit einem Hund umgeht und ihn erzieht. Es hätte Bismarck gar nicht gefallen, tagsüber wieder an die Kette gehängt zu werden, wenn Mutter Liese allein zu Haus war. Da Mutter schon von Natur aus eine strenge Frau war, brauchte ich ihr die Grundprinzipien gar nicht lange zu vertüdeln. Ihr war klar: Wenn sie etwas sagte, hatte der Hund zu gehorchen. Sie war der Boss. Genau, wie sie als Frau zu gehorchen hatte, wenn ihr Mann ihr eine Anweisung gab. So brauchte ich ihr nur die Hundesprache zu erklären. Bismarck „sprach" sehr deutlich. Mit Körperhaltung, Blicken, Ohren, Schnauze, Schwanz konnte er allerhand mitteilen. Und er konnte die unterschiedlichsten Geräusche produzieren: Kläffen, Bellen, Jiepen, Jaulen, Winseln, Knurren, Heulen, Grollen. Ich redete ständig mit ihm, vielleicht versuchte er, meine Stimme nachzuahmen. Wir konnten uns jedenfalls gut verständigen. Allerdings hatte der Hund meine hochdeutschen Befehle gelernt. Ich habe noch gar nicht erwähnt, dass die Leute im Dorf einen ganz eigenen Dialekt sprachen, das Niester Platt, das sich vom singenden Kasseläner Dialekt deutlich unterschied. Anfangs hatte ich große Mühe, diese „Fremdsprache" zu verstehen. Der Schulunterricht wurde in Hochdeutsch – oder was man hier dafür hielt – abgehalten, aber die meisten älteren Leute sprachen nur Platt. Wenn ich mich mit den Alten unterhielt, übersetzten die Kinder, die überall herumwuselten, mit Begeisterung die unbekannten Worte. Bald fand ich es schade, dass meine Gesprächspartner sich bemühten, Hochdeutsch mit mir zu sprechen; denn das Niester Platt klang mir gut in den Ohren, es hatte so etwas Urwüchsiges.

Ein „Buddenlitt" war zum Beispiel eine Bodenluke, eine Tür oder Klappe im Dachgeschoss eines Hauses, durch die mittels Flaschenzug Heuballen und dergleichen auf den Dachboden gehievt wurden. Eine „Kötze" (mit langem ö) war ein Korb, den man auf dem Rücken trug. Mit „schnuddeln" ist „reden" gemeint. Das „nit" für „nicht" hatte ich mir in kürzester Zeit angewöhnt, aber ansonsten sprach ich weiter hochdeutsch.

Mädchen und Frauen wurden in der dritten Person Einzahl als „es" tituliert. „Es kann doch nit mit dem kurzen Rock durchs Dorf laufen", hatte Mutter beanstandet, als ich zum ersten Mal mit Wilhelm und dem Vater zum Heumachen auszog.

Bald verstand Bismarck auch Mutters plattdeutsche Befehle und Mutter Liese hatte ihre helle Freude daran, dass der Hund ihr aufs Wort gehorchte. Da wurde sie wenigstens von einem Familienmitglied ernst genommen. Bei mir hatte sie da weniger Erfolg gehabt. Entweder ich schlug ihre Ratschläge und Warnungen gleich in den Wind oder interpretierte sie auf meine Weise.

Als Mutter mich im Sommer zum ersten Mal am Teich meine Haare waschen sah, wäre sie beinahe handgreiflich geworden. Sie wollte mich unbedingt zurückhalten. Das Wasser sei doch viel zu kalt, ich würde mir den Tod holen, mindestens schwer krank werden. Wie könne ich nur so unvernünftig sein.

In Mutter steckte auch noch eine gehörige Portion Aberglauben. Nachts dürfe kein Fenster offen gelassen werden, sonst kämen böse Geister ins Haus! Zwischen Weihnachten und Silvester dürfe auch keine Wäsche gewaschen werden. Das leuchtete mir noch halbwegs ein. In den dunkelsten und kältesten Tagen des Jahres bestand beim Herumpanschen mit eiskaltem Wasser, das aus dem Teich geschöpft werden musste, auf jeden Fall erhöhte Erkältungsgefahr. Und die schweren Wollsachen brauchten so lange zum Trocknen, dass sie anfingen zu stinken. Doch Mutters Erklärung war weitaus blumiger. Sie erzählte, in den Raunächten sei Odins wilde Jagd unterwegs. Und wenn seine Reiter sich in den Wäscheleinen verfingen, brächte das Unglück übers Haus.

Der böse Blick, der mit Vorliebe allein lebenden Frauen, meistens Witwen, zugeschrieben wurde, war – wie ich vermute – nur die letzte Verteidigungsmöglichkeit gegen deren spitze Zungen. Sie hatten keinen Ehemann, somit keinen „Herrn" über sich, und konnten sich unbeeinflusst ihre eigene Meinung bilden, was nicht selten in Boshaftigkeit ausartete.

Seit Wilhelm bei Henschel arbeitete, konnte er nicht mehr auf Jagd gehen und wir hatten seltener Fleisch zu essen. Ich sorgte dafür, dass Bismarck nicht mehr ausschließlich mit Essensresten gefüttert wurde. Wenn kein Fleisch im Haus war, kochte ich ihm einen salzfreien Eintopf aus Kartoffeln, Gemüse und Getreideschrot mit einer dicken Portion Schmalz.

Im Winter war Schlachtezeit. Da es keine Kühlschränke gab, musste alles, was nicht geräuchert oder gepökelt wurde, bald verzehrt werden. Es war üblich, die „Werschtebrieh", das ist die Brühe, in der die Würste gekocht wurden, sowie die gebrühten Würste an Nachbarn und Freunde zu verteilen. Kleine runde Mettwürste wurden geräuchert und luftgetrocknet. Sie hielten sich nach dieser Behandlung sehr lange und wurden mit der Zeit knüppelhart. Die Bezeichnung „ahle Worschd" für diese Spezialität ist nicht abwertend gemeint; denn je älter und härter sie war, desto besser schmeckte sie.

Da wir so abgelegen wohnten, bekamen wir selten etwas ab von Brühe und Wurst. Ich entwickelte mich zur perfekten Schnorrerin. Während der Schlachtezeit wanderte ich mit Bismarck nicht mehr durch Wald und Flur, sondern ging durchs Dorf, sprach mit den Leuten auf der Straße, wurde auch oft eingeladen zu einem Schwätzchen am warmen Küchenherd. Und so erfuhr ich ganz nebenbei, wo als nächstes geschlachtet werden würde. Beim Schlachtfest tauchte ich dann mit Bismarck „ganz zufällig" auf, zückte meinen Skizzenblock und fertigte kleine Zeichnungen von dem blutrünstigen Ereignis an, die ich freigiebig verschenkte. So hatte ich einen guten Grund, so lange zu verweilen, bis es ans Verteilen von Brühe, Würsten und Abfällen ging. Mit der Zeit wurden selbst die arroganten Großbauern ganz zugänglich. Als Großbauer galt hier schon, wer vier Kühe und ein Pferd hatte.

Anfangs musste ich versuchen, mir eine Kanne zum Transport der Brühe zu leihen, was nicht immer gelang. Aber nach einiger Zeit waren Bismarck und ich zum festen Bestandteil aller Schlachtfeste geworden und ich brachte gleich unsere eigene grau emaillierte Milchkanne mit. Für Bismarck konnte ich so viele Knochen mitnehmen wie ich wollte. Die kochte ich dann aus und Bismarck hatte tagelang leckere Fleischbrühe zu seinem Fressen. Wenn ich außer Brühe auch noch etwas Fleisch und Schwarten ergattert hatte, gab es abends „Weggewerch". Das Fleisch wurde fein gehackt, mit in Brühe eingeweichtem Brot, Zwiebeln, Salz und Majoran verknetet, diese Masse dann in der großen Eisenpfanne scharf angebraten. Eine fettige Angelegenheit, aber sehr lecker. Dazu gab es Pellkartoffeln.

So verging der Winter und die Tage wurden langsam wieder länger. Wenn Wilhelm von der Arbeit nach Hause kam, brachte er meistens eine Zeitung mit. Mal war es die Hessische Morgenpost, mal die Casseler Allgemeine Zeitung, mal die Hessische Post. Mutter konnte es kaum erwarten, bis ich ihr am nächsten Tag alles vorlas.

Sie hatte einen unstillbaren Hunger nach Neuigkeiten und glaubte jedes Wort, das in der Zeitung stand. Sie vergaß nichts von dem, was sie gehört hatte. Wenn der Vater zu Hause war, wechselten wir uns mit dem Vorlesen ab.

Bei meinen Ausflügen ins Dorf hatte ich nun immer etwas zu erzählen und wurde bald zur lebenden Tageszeitung. Ich musste mich hüten, meine aus der Zukunft mitgebrachten dürftigen Geschichtskenntnisse in meine Berichte einfließen zu lassen.

Als wir erfuhren, dass Reichskanzler Bismarck zurückgetreten war, bemerkte Wilhelm mit Genugtuung: „Hat der Kaiser den krummen Hund endlich vor die Tür gesetzt? Endlich sind wir den Lumpenkerl los!" Dafür schimpfte er wie ein Rohrspatz, als die Stadt Kassel am 11. April Bismarck zum Ehrenbürger ernannte: „Wie kann eine anständige Stadt diesen Menschenschinder zum Ehrenbürger ernennen?" Er konnte es nicht fassen.

Wilhelm war blass, mager und wortkarg geworden. Auch ein bisschen schwerhörig, wie mir schien. Der Lärm in den Fabrikhallen musste unerträglich sein. Immer noch voller Empörung über die unverdiente Ehrung seines Erzfeindes machte sich Wilhelm am nächsten Tag in aller Frühe mit der Armbrust auf den Weg.

Stunden später kam er zurück und zog triumphierend zwei Fasanen aus dem Rucksack. „So, Mutter, den einen brätst du für uns, den werden wir Bismarck zu Ehren verspeisen. Den anderen bringe ich gleich dem Carl." „Was ist mit deiner Arbeit?" fragte Mutter. „Am Montag gehe ich wieder hin", konstatierte Wilhelm, „Aber am Monatsende ist Schluss. Wir haben Besseres zu tun als unsere Knochen hinzuhalten, damit die Geldsäcke noch reicher werden."

Ich war unsagbar erleichtert. Unsere Schulden waren fast bezahlt. Von Wilhelms letzter Lohnzahlung würde sogar noch ein wenig übrig bleiben, so dass wir eine kleine Reserve hatten.

Es wurde auch höchste Zeit, unsere kleinen Äcker zu bestellen. Es gab drei davon. Den einen kannte ich noch gar nicht. Er hatte ein Jahr brachgelegen und sollte dieses Jahr mit Kartoffeln bepflanzt werden. Das Pflügen besorgte Carl mit seinem Ochsengespann gegen die übliche Bezahlung in Naturalien.

Als Wilhelm seinem Frondienst endlich entkommen war, lebte er wieder auf. Ich konnte jetzt gut verstehen, warum er lieber wildern ging als seine Gesundheit durch die unmenschliche Fabrikarbeit ruinieren zu lassen. Wenn ein junger, starker Mann nach wenigen Wochen schon körperlich so heruntergekommen war, wie lange sollte er das durchhalten? Nach zehn Jahren wäre er ein Wrack. Kein Wunder, dass viele Männer mit 30 Jahren schon aussahen wie Greise. Den Blutsaugern, die sich an der sogenannten industriellen Revolution dumm und dämlich verdienten, fehlte es nicht an Nachwuchs für ihre Produktionsstätten. Sie sahen keinen Grund, sich um Gesundheit und Wohlergehen ihrer Sklaven zu kümmern.

## Kapitel 16

Eines Tages fragte ich Wilhelm: „Was meinst Du, ob ich nicht ein paar Aquarelle verkaufen kann? In Kassel gibt es doch eine Kunsthandlung." Als die Kartoffeln gepflanzt und der Weizen gesät war, machte ich mit Wilhelm einen Ausflug nach Kassel. Die Maisonne wärmte schon kräftig. Ich suchte aus meinen Zeichnungen und Aquarellen, von denen sich schon ein ganzer Stapel angesammelt hatte, etwa zwei Dutzend aus und zog mein Hochzeitskleid und die Sandalen an. Es würde warm und sonnig bleiben. Auf Wilhelms Wettervoraussagen konnte man sich unbedingt verlassen. Mutter schwatzte mir trotzdem das wollene Umschlagtuch auf. Kaum waren wir außer Sichtweite, da stopfte ich das Tuch zusammen mit meinem Kopftuch in den Rucksack. Ich wollte den Wind in meinen Haaren spüren, die schon fast wieder schulterlang waren.

Wir ließen uns Zeit und brauchten knapp zwei Stunden für den Weg, den Wilhelm sonst in weniger als der halben Zeit zurückgelegt hatte. In Kassel steuerten wir direkt die Buch- und Kunsthandlung Appel am Königsplatz an. Ein gesetzter älterer Herr mit eindrucksvollem Schnurrbart empfing uns und fragte höflich nach unseren Wünschen, wobei er es sich nicht verkneifen konnte, mich von oben bis unten zu mustern. Ich legte ihm meine Bilder vor und er besah sie sich eingehend. Meine Rötelzeichnungen von den winterlichen Schlachtfesten und verschiedene Porträts der Dorfbewohner schienen ihn besonders zu interessieren.

„Junge Frau, das ist ganz außergewöhnlich", bemerkte er. „Sie haben wohl nicht an der hiesigen Kunstschule studiert?" „Nein, ich habe das Malen bei meiner Oma gelernt", klärte ich ihn wahrheitsgemäß auf. Ich hatte auch zwei Südsee-Aquarelle mitgenommen. „Haben Sie noch mehr davon?" wollte der Schnurrbart wissen. „So etwas ist jetzt sehr gefragt. Jeder redet von den Kolonien."

„So viele sie wollen", beeilte ich mich, ihm zu versichern. „Nur schade, dass Ihre Aquarelle so klein sind. Größere Formate lassen sich besser verkaufen", gab er zu bedenken. Trotzdem kaufte er mir alle Bilder ab.

Ich hatte keine Ahnung, zu welchen Preisen Bilder gehandelt wurden, und nahm sein erstes Angebot an. Wilhelms erstaunter Gesichtsausdruck ließ mich vermuten, dass ich einen guten Preis erzielt hatte. Beim Abschied forderte mich der nette Mensch auf, ihm weitere Bilder zu liefern, möglichst etwas größere und vor allem Südseebilder. Dann erst stellte er sich förmlich vor als „Konrad Eggenbacher. Ich bin der Geschäftsführer", wobei er eine akkurate Verbeugung vollführte und uns anschließend die Hand schüttelte. Draußen auf der Straße sagte Wilhelm: „Du hast für die paar Bilder mehr bekommen als ich in einer Woche bei Henschel verdient habe." „Dann brauchst du nie wieder in der Fabrik zu arbeiten", versicherte ich ihm, „und wildern musst du auch nicht mehr." Aber davon ließ sich Wilhelm nicht abbringen. Es machte ihm Spaß, durch die Wälder zu streifen und der Obrigkeit ein Schnippchen zu schlagen.

Wir kauften gleich neues Aquarellpapier. Ich musste nicht mehr sparsam damit umgehen. Für größere Bilder brauchte ich dickere Pinsel. Ich kaufte drei Marderhaarpinsel in verschiedenen Größen. Sie waren sehr teuer. Nachdem wir noch ein paar Besorgungen erledigt hatten, traten wir fröhlich und voller Übermut den Heimweg an. Wilhelm war gar nicht sauer, dass meine Pinselei mehr Geld einbrachte als seine Fabrikarbeit. Am frühen Nachmittag waren wir wieder zu Hause und konnten stolz das Geld auf den Küchentisch legen. Mutter fragte ungläubig: „Wo habt ihr das viele Geld her?" „Das haben wir alles für Sonjas

Bilder bekommen", erklärte Wilhelm. „Und die Kunsthandlung will noch mehr davon haben." „Nein, das ist doch nicht möglich", rief Mutter verwundert aus.

Nachdem wir zu Mittag gegessen hatten, machten wir noch einen langen Ausflug mit Bismarck. Heute war ein Feiertag für uns. Wilhelm war von der Fabrikarbeit befreit, ich hatte eine neue Verdienstmöglichkeit gefunden. Das Leben war wieder schön. Abends kam Vater von seiner Tour zurück. Mutter konnte es gar nicht abwarten, ihm von unserem Erfolg zu erzählen. „Na, dann ist eure Zukunft ja gesichert", schmunzelte er anerkennend. Ja, dachte ich, da hat er Recht. Es ist gut, ohne Geldsorgen leben zu können. Nun konnte uns nichts mehr passieren. Wie gut, dass ich die unmittelbare Zukunft nicht kannte.

## Kapitel 17

Das warme Wetter hielt sich. Hin und wieder gab es einen willkommenen Frühlings-Regenschauer. Die Hennen hatten eifrig gebrütet und im Obstgarten tummelte sich ein glückliches Hühnervolk mit vielen flauschigen gelben Küken, aufmerksam bewacht von Heinrich, dem Hahn, der seine Pflichten ernst nahm und seine Hennen fleißig begattete. Der eingezäunte Obstgarten lag hinter dem Gemüsegarten und lieferte uns Äpfel, Birnen, Zwetschen, Pflaumen, Mirabellen und Kirschen. Die Hühner wurden von den belaubten Baumkronen vor Raubvögeln geschützt. Und außerdem war ja auch noch Heinrich da, der flügelschlagend und laut krähend seinen Harem zusammentrieb, sobald er Gefahr witterte. Wir hatten immer reichlich Hühnerfleisch zu essen; denn von den ausgebrüteten Küken war die Hälfte männlichen Geschlechts und die kamen in den Kochtopf.

Mitte Mai ging es wieder ins Heu. Wir fingen mit der kleinen Wiese an, die nah beim Dorf in einem schmalen, feuchten Tal zwischen Tannenwäldern lag. Der Vater, Wilhelm und ich zogen wieder mit dem Handwagen los. Bismarck durfte uns begleiten. Ich trug seit den ersten warmen Tagen keine Kopftücher mehr. Die Leute im Dorf hatten wieder etwas zu staunen, als sie mich plötzlich mit kurzen schwarzen Haaren sahen. „Das Sonja hat sich die Haare gefärbt", rief eine alte Frau, die gerade die Straße mit einem Reisigbesen fegte. „Nein, Lawise-Oma, vorher, die roten, die waren gefärbt. Das ist jetzt meine Naturfarbe", stellte ich richtig. „Lawise" war die ortsübliche Aussprache des Namens Louise.

Wilhelm und ich nahmen an der kleinen Wiese unsere Gerätschaften vom Handwagen. Der Vater zog weiter zur großen Wiese, um dort das Gras zu mähen. Während Wilhelm die Sense schwang, hatte ich nichts zu tun. Ich legte meine Malsachen zurecht und schöpfte mit einem Blechbecher Wasser aus dem Graben, der die Wiese durchzog. Diesen Becher benutzte ich nur zum Malen, denn manche der Farben waren giftig.

Zur Mittagszeit gingen wir zur großen Wiese, um mit Vater gemeinsam zu essen. Die Laube war viel kleiner geworden. Wilhelm schnitt die Äste zurück, während ich zur Nachbarwiese ging, um Willy, Mariechen und ihre Kinder zu begrüßen. Nun war das neue Baby bei ihnen, das friedlich schlafend in einem Körbchen im Schatten lag. Mariechen zeigte mir stolz ihre neuen Sandalen. Der Schuster hatte Fantasie, stellte ich wieder einmal fest. Er hatte schon so viele Sandalen für die Dorfbewohner angefertigt, aber kein Paar glich dem anderen. Dann hörte ich Wilhelm nach mir rufen und ging zurück zur Laube, die jetzt wieder zu einer geräumigen Höhle geworden war.

Nach einer ausgedehnten Siesta ging ich mit Wilhelm zurück zur kleinen Wiese. Ich fing an, das Gras zu wenden. Wilhelm mähte weiter. Gegen Abend hatte er die ganze Wiese gemäht. Der Vater kam mit dem Handwagen an und wir zogen wieder nach Hause.

Am nächsten Tag musste Bismarck zu Hause bleiben, um Haus und Hof zu bewachen. Wilhelm half seinem Vater beim Mähen der großen Wiese. Mutter und ich wendeten zuerst das Heu auf der kleinen Wiese und gingen dann mit unseren Rechen über der Schulter zur großen Wiese, um dort weiterzumachen. Am Nachmittag war auch diese Wiese gemäht.

Die Eltern ruhten sich in der kühlen Laube aus. Wilhelm und ich gingen zum Bach, planschten übermütig im Wasser herum und vertrieben die Fische. Es gab Forellen im Bach. Wir wanderten eine Strecke am Bachufer hinunter und in einer Biegung sah Wilhelm eine große Regenbogenforelle. „Die holen wir uns", kündigte er an. „Wie denn?" wollte ich wissen. Er hatte weder Angel noch Kescher oder was man sonst zum Fischefangen brauchte. „Pass nur auf, die habe ich gleich", ließ er mich wissen und stieg barfuß und mit aufgekrempelten Hosenbeinen in den Bach. Wilhelm pirschte sich ganz langsam von hinten an die Forelle heran und schwupp! hatte er sie auch schon mit beiden Händen gepackt. Mit einem Schwung warf er den zappelnden Fisch ein paar Meter weit ins Gras. Dann griff er einen Stein aus dem Bachbett und beförderte damit die Forelle ins Jenseits. Ich war inzwischen so abgehärtet von den Schlachtfesten, wo ich die Tötung von Schweinen, Schafen, Ziegen und Rindern miterlebt hatte, dass ich kein Bedauern um den hübschen Fisch empfand. Ich erinnerte mich nur an den köstlichen Duft und Geschmack von Forellen, die auf offenem Holzkohlefeuer gegrillt wurden.

Meine Mitmenschen in der Zukunft würden mich als Barbarin betrachten. In der modernen Zeit liegen die portionierten Fleischstücke sauber verpackt in den Kühlregalen der Supermärkte und haben keine Ähnlichkeit mehr mit dem Tier, von dem sie stammen. „Was machen wir jetzt damit?" wollte ich wissen und schlug vor: „Wenn wir ein Feuer machen, können wir sie gleich hier grillen." Mir lief schon das Wasser im Munde zusammen. „Ach Sonja, auch die Fische im Bach gehören dem Kaiser wie alles was kreucht und fleucht", sagte Wilhelm und watete wieder in den Bach. Nun war mir klar, warum er sich ständig nach allen Seiten umschaute. Er wollte nicht erwischt werden. Wenn Nieste an der Küste läge, wäre Wilhelm sicher Pirat geworden. „Hol schon mal den Rucksack her!" beauftragte er mich. „Und bring mein Messer und das Geschirrtuch mit. Ich will versuchen, noch ein paar von den Biestern zu erwischen." Ich stiefelte den ganzen langen Weg über die Wiese zurück zur Laube und holte die Sachen.

Als ich wieder unten am Bach war, hatte Wilhelm eine weitere Forelle gefangen und bald darauf eine dritte. Wilhelm schuppte und säuberte die Fische gleich im Bach. „Fischfutter", sagte er, als die Innereien davon schwammen. Plötzlich hörten wir Kinderstimmen. Wilhelm warf mir die letzte Forelle zu. Ich griff mir schnell eine Handvoll Heu, wickelte die Fische mit dem Heu in das Geschirrtuch und verstaute sie im Rucksack. Kaum hatte Wilhelm das Messer in seiner Hosentasche verschwinden lassen, da kamen auch schon die Kinder angetrabt. Es waren die zwei jüngsten Söhne des Dorfschmieds mit ihrer zwölfjährigen Schwester.

„Was macht ihr hier?" wollte der größere Junge wissen. „Och, wir wollten schwimmen, aber das Wasser ist noch zu kalt", erklärte ich. „Kannst du denn schwimmen?" fragte Dorchen, die große Schwester. „Ja klar. Du etwa nicht?" Es stellte sich heraus, dass keines der Kinder schwimmen konnte. „Soll ich euch das Schwimmen beibringen?" fragte ich. „Es ist ganz einfach." Die beiden Jungs waren Feuer und Flamme. Dorchen stimmte nur zögernd zu.

Ich kannte viele Stellen im Bachlauf, wo das Wasser mehr als einen Meter tief war. In den Biegungen unter den großen Weiden, wo das Wasser nicht so schnell strömte und tiefe Kolke ausgewaschen hatte, konnte man schon einige Schwimmzüge machen. Ich überlegte schon, was ich zum Schwimmen anziehen könnte. Badeanzüge waren unbekannt. Am liebsten würde ich nackt schwimmen gehen, aber das war hier natürlich völlig ausgeschlossen.

Wilhelms Stimme riss mich aus meinen Gedanken: „Sonja, wir müssen wieder an die Arbeit." Während wir langsam über die Wiese gingen, sagte Wilhelm plötzlich: „Ich kann auch nicht schwimmen." „Ihr habt einen Swimmingpool direkt vor der Haustür und du kannst nicht schwimmen?" fragte ich entgeistert. „Einen was?" Wie sagte man das denn auf Deutsch? Ich überlegte eine Weile.

Diese englischen Worte sind schon so in unseren Sprachgebrauch übergegangen, dass man die deutschen Ausdrücke vergessen hat. Für „Handy" gibt es gar kein deutsches Wort. „Mobiltelefon" ist viel zu lang und „mobil" ist lateinischen Ursprungs und „tele" kommt, glaube ich, aus dem Griechischen, ist also auch kein deutsches Wort. Außerdem passt „Handy" viel besser, da Handys am Handgelenk getragen werden. Dank Nanotechnologie enthalten die Handys nicht nur eine Zeitansage sondern auch eine Kamera. Wer will, kann weitere praktische Funktionen wie Pfadfinder, Datenbank, voice recorder installieren. Handys sind sprachgesteuert. Das Display, mit Nanooberfläche, ist kratzfest, stoßfest und Schmutz abweisend. Im off-modus zeigt es Farbspiele oder Ornamente. Texte oder Bilder können auf jede halbwegs glatte Fläche projiziert werden.

Aber ich wollte ja Swimmingpool übersetzen. „Schwimmbecken", fiel mir ein. „Ich meine den Teich. Ein Swimmingpool ist so etwas wie ein künstlich angelegter Teich." „Aber das Wasser im Teich ist eiskalt", gab Wilhelm zu bedenken. „Das macht doch nichts", erwiderte ich. „Es gibt sogar Leute, die hacken im Winter das Eis von den Seen und gehen baden." „Das muss eine verrückte Welt sein", lachte Wilhelm. „Sieh mich an: Bin ich verrückt?" forderte ich ihn heraus. „Nun ja." Wilhelm blieb stehen, musterte mich von oben bis unten und fügte mit einem unverschämten Grinsen hinzu: "Du bist schön, aber verrückt." „Klar doch. Ich muss verrückt sein, weil ich dich so wahnsinnig liebe", gab ich zu.

Am oberen Ende der Wiese hatten die Eltern schon angefangen, das Heu zu Haufen aufzuschichten. Wilhelm schlug vor: „Vater, wollt ihr beiden nicht zur kleinen Wiese gehen? Wir machen hier weiter und bringen den Handwagen heim." „Wir haben Forellen gefangen", brüstete ich mich, „drei Stück." „Aber Wilhelm, wenn dich wer gesehen hat", flüsterte Mutter. „Keine Bange, Mutter. Die Forellen sind im Rucksack. Wir bringen sie dann mit", beschwichtigte Wilhelm.

Wir setzten uns in die Laube und tranken noch einen Schluck Tee. Dann schulterten Friedrich und Liese ihre Rechen und verließen uns. Wilhelm nahm mich in die Arme und küsste mich, dass mir ganz heiß wurde. „Ich möchte jetzt mit meiner verrückten Frau etwas Verrücktes anstellen", flüsterte er mir ins Ohr. „Hier sind doch noch überall Leute", wand ich halbherzig ein. „Ach was. Hier ist kein Mensch mehr. Und jetzt sind wir ja verheiratet." Dabei hatte er schon die Hand unter meiner Bluse. „Du musst es ja wissen", murmelte ich, bevor ich mich Wilhelms Gelüsten hingab.

Wir kamen spät nach Hause. Mutter hatte mit dem Abendessen auf uns gewartet und ein frisches Brot gebacken. Den Teig hatte sie schon frühmorgens angesetzt. Bald gesellte sich das Aroma gebratener

Forellen zu dem köstlichen Brotgeruch, der in der Küche schwebte.

## Kapitel 18

Als Wilhelm und ich abends allein beim Licht der Petroleumlampe in unserem Wohnzimmer saßen, zeichnete ich Osamas Haus mit dem Grundstück, der hohen Hecke und dem Swimmingpool. „Das ist ja ein Schloss!" rief Wilhelm aus. „Da wohnt ja unser Kaiser nicht besser. Soviel Platz für nur drei Leute." Er konnte es nicht fassen. Er glaubte ja, ich wohne mit meinen Eltern dort. „Für zwei Leute und ihre Dienerschaft", sagte ich kleinlaut. Es kam mir plötzlich wie ein Vertrauensbruch vor, dass ich Wilhelm meine Ehe mit Osama verschwiegen hatte. Kurz entschlossen erzählte ich ihm die ganze Geschichte.

„Du bist schon verheiratet?" fragte Wilhelm mit tonloser Stimme, als ich geendet hatte. „Dann ist unsere Ehe gar nicht gültig?" Er war sichtbar betroffen. „Aber Liebster, das stimmt so nicht. Ich werde in 154 Jahren einen anderen Mann heiraten", versuchte ich ihn zu trösten. Den Hinweis, dass meine Ehe mit Wilhelm sowieso ungültig war wegen der gefälschten

Dokumente, verkniff ich mir wohlweislich. Wilhelm sagte immer noch nichts. Er musste die Neuigkeit wohl erst mal verdauen. „Warum hast du mir das bisher verschwiegen?" wollte er schließlich wissen. „Ich hatte Angst, dass du mich dann nicht mehr liebst."

Wilhelm fand seinen Humor wieder: „Was habe ich doch für ein dummes Weib geheiratet!" rief er lachend, wobei er mir den Rock hochschob und mit der Hand den Oberschenkel hinauffuhr. „Und dass du keine Unschuld vom Lande bist, habe ich in unserer ersten Nacht schon gemerkt", fügte er mit einem unverschämten Grinsen hinzu. Puh, die Klippe hatten wir umschifft. Ich war so erleichtert, dass ich aufsprang und im Zimmer herumtanzte. „Komm, geliebter Gatte, lass uns zu Bett gehen!"

Die Tage wurden wärmer. Mutter und ich wuschen nach und nach die ganze Wäsche, die sich den Winter über angesammelt hatte, und ließen sie auf der Bleiche trocknen. Im Sommer wurde die Wäsche auf die Bleiche gelegt. Das heißt, die Wäschestücke wurden auf einer Wiese zum Trocknen ausgebreitet, wobei die Sonne dabei half, den Gilb auszutreiben. Für Leute, die keine geeignete Wiese besaßen, gab es im Dorf eine Gemeinschaftsbleiche. Die Kinder mussten dann aufpassen, dass die freilaufenden Gänse nicht über die mühsam gesäuberte Wäsche liefen. Meine Aufgabe war es, Bismarck klarzumachen, dass er nicht über unsere Wäsche trampeln durfte.

Als das Heu eingefahren war, mussten wir im Garten und auf dem Feld Unkraut jäten. Wilhelm brachte von seinen nächtlichen Waldgängen reichliche Beute mit. Im Dorf hörten wir Gerüchte, dass Waldbesitzer und Förster einem Phantom nachjagten, dem sie in ihrem Aberglauben übernatürliche Kräfte andichteten. Die Aufpasser wagten sich nachts kaum noch in den Wald. Wilhelm freute sich wie ein Schneekönig, dass es ihm gelungen war, seine Feinde ins Bockshorn zu jagen.

Ich nähte mir eine Art Overall mit Trägern und kniekurzen Hosenbeinen, vorne geknöpft und in der Taille mit einem Durchzugband versehen. „Was wird das?" wollte Mutter wissen, als ich anfing. Ich zeigte ihr meine Skizze und erklärte: „Das wird ein Badeanzug." Mutter verstand den Zweck des Kleidungsstücks nicht. Inzwischen war es Mitte Juni und die Sonne hatte das Wasser im Teich etwas erwärmt. Als mein Badeanzug fertig war, stieg ich damit in den Teich. Das Wasser war immer noch sehr kalt. Nach anfänglichem Schaudern fing meine Haut an zu prickeln und ein Gefühl von angenehmer Wärme breitete sich in meinem Körper aus.

Nie hatte ich Mutter so entsetzt gesehen. Sie stand auf der Plattform und lamentierte, während ich vergnügt im Teich herum schwamm. Wilhelm steckte vorsichtig seine nackten Beine ins Wasser. „Komm wieder raus, Sonja. Das ist viel zu kalt", rief er. „Nein. Komm du rein! Es ist wunderbar." „Ich kann doch nicht schwimmen." „Dann musst du es lernen!" rief ich und stieg aus dem Wasser. „Holst du mir meinen Rock und die Bluse?" bat ich Wilhelm.

Ich wollte gleich ausprobieren, wie ich den nassen Badeanzug gegen meine trockenen Sachen wechseln konnte, ohne gegen Anstand und Sitte zu verstoßen. Es gelang ganz gut. Den langen Rock hängte ich über die Schultern und zog das Taillenband an, so dass er nicht hinunterrutschen konnte. Unter dem Rock knöpfte ich den Badeanzug auf und ließ ihn zu Boden fallen. Danach zog ich die Bluse über und zog den Rock zur Taille hinunter. Das funktionierte ja einwandfrei. Niemand hatte mehr von mir gesehen als nackte Arme und Beine.

Nachdem ich den Badeanzug auf die Wäscheleine gehängt hatte, fragte ich Wilhelm: „Kennst du eine Stelle, wo die Nieste tief ist und wo keine Leute hinkommen?" Er kannte ein halbes Dutzend solcher Stellen. „Gut, dann kriegst du morgen deinen ersten Schwimmunterricht", eröffnete ich ihm. Wilhelm war nicht so richtig überzeugt davon, dass er überhaupt schwimmen lernen wollte. Trotzdem zogen wir am nächsten Tag nach Erledigung unseres Tagewerks los zu einer einsamen Bachbiegung mit weit überhängenden alten Bäumen. Bismarck nahmen wir natürlich mit. Wilhelm hatte eine alte Unterhose und ein Unterhemd mitgenommen. Ich trug meinen Badeanzug unter meiner üblichen Kleidung, Rock und Bluse und sonst nichts. Mutter hatte es aufgegeben, mir von Schicklichkeit zu predigen. Ich begleitete sie nach wie vor fast jeden Sonntag in die Kirche. Und das machte wohl einiges von meinem anstößigen Verhalten wett.

Das Wasser des Baches war sehr viel wärmer als das des Teiches. Ich erklärte Wilhelm, dass man im Wasser nicht untergehen kann, wenn man es richtig anstellt. Zur Demonstration ließ ich ihn eine überhängende Baumwurzel greifen, die Füße vom Grund heben und sich lang ausstrecken. Er fing automatisch an, mit den Füßen zu paddeln. Als Wilhelm wieder Grund unter den Füßen hatte, zeigte ich auf Bismarck, der gerade mit allen vier Pfoten paddelnd einem Stöckchen hinterher schwamm. „Sieh dir Bismarck an. Du brauchst nur Hände und Füße zu bewegen und schon kommst du vorwärts." Ich führte es ihm vor, indem ich einige Meter gegen die schwache Strömung schwamm. Dann legte ich mich flach aufs Wasser und ließ mich mit der Strömung wieder zurücktreiben. „Nur immer ganz gerade ausstrecken, dann geht das wie von selbst", erklärte ich.

Ängstlich war Wilhelm jedenfalls nicht. Er legte sich prompt aufs Wasser, wie er das bei mir gesehen hatte, und ließ sich treiben, wobei er mit den ausgestreckten Armen paddelte. Das ging ja schneller als ich dachte. „Und nun wieder zurück. Jetzt musst du schwimmen", forderte ich ihn auf und führte ihm die Schwimmbewegungen vor. Wilhelm versuchte es auch sogleich. Die Koordination von Armen und Beinen klappte nicht so richtig und er schluckte eine Portion des kristallklaren Wassers. Lachend und prustend stellte er sich auf die Füße, versuchte es dann gleich aufs neue und bald hatte er den Bogen raus. Ich konnte nicht genug davon kriegen, mich immer wieder mit der Strömung den Bach hinab treiben zu lassen, bis das Wasser zu flach wurde. In lebendigem Wasser zu schwimmen, war eine ganz neue Erfahrung für mich.

Das abgestandene Wasser in einem Swimmingpool war damit nicht zu vergleichen.

Die Sonne stand schon tief im Westen, als wir endlich genug hatten. Weit und breit war kein Mensch zu sehen. Und so zogen wir ohne große Umstände unsere nassen Badesachen aus und ließen uns von Wind und Sonne trocknen. So hatte Wilhelm also in Nullkommanichts das Schwimmen gelernt. Noch ein bisschen Übung, dachte ich, dann können wir zusammen im Teich schwimmen.

Unsere Badestelle blieb nicht lange geheim. Bald folgten uns neugierige Dorfkinder und schauten uns beim Schwimmen zu. Sie durften nicht ins Wasser. Nackt baden war wegen der allgemeinen Prüderie verboten. Badesachen hatten die Kinder nicht und ihre Alltagskleidung würde nicht trocken werden, bevor sie heim zu Mami mussten. So saß meistens ein Trüppchen Kinder im Ufergras und schaute zu, wie Wilhelm und ich und natürlich auch Bismarck im Wasser herumtobten. Ich führte den Kindern die Bewegungen des Brustschwimmens vor. „Wenn ihr mal in tiefes Wasser fallt, dann erinnert ihr euch daran. Dann macht ihr es genau so", suggerierte ich Ihnen, während ich langsam gegen die Strömung schwamm. „Macht die

Armbewegungen mal nach", forderte ich sie dann auf. Ich musste lachen, als ich sah, was die Zwerge da veranstalteten. Einige hatten sich hingestellt und wirbelten die Arme wild herum wie Windmühlenflügel bei Sturm. Die meisten Mädchen saßen im Gras und ruderten mit den Armen nach vorne. Das würde ein Entenschwimmen ergeben mit erhobenem Kopf und herabhängenden Beinen. Eine Kleine hatte sich bäuchlings ins Gras geschmissen, zappelte mit den Beinen und machte mit den Armen schon ganz akkurate Schwimmbewegungen. Ich ging zu den Kindern und forderte jedes einzelne auf, sich wie die Kleine auf den Bauch zu legen. Dann übte ich mit ihnen die Schwimmbewegungen. Vielleicht würden sie sich ja irgendwann daran erinnern. Zu schade, dass die Eltern das Schwimmen für eine überflüssige Kunst hielten.

Als ich eines Tages mit Bismarck am Bach entlang ging, hörte ich ein Plätschern hinter den Bäumen. Ich schaute nach und sah Peter, den elfjährigen Sohn des Dorfschullehrers. Nackt wie Allah ihn schuf hockte er im Wasser und machte mit den Armen Schwimmbewegungen. „Bist du denn ganz allein hier, Peter?" fragte ich ihn erschrocken. „Sonja, du verrätst mich doch nicht? Ich will schwimmen lernen", teilte er mir mit, ohne sich seiner Nacktheit zu schämen.

Nun konnte ich nicht einfach zu dem nackten Jüngling ins Wasser steigen. „Peter, komm bitte raus und zieh dich an", forderte ich ihn auf. „Nackt baden ist das Schönste, was es gibt. Aber ich kann dir so keinen Schwimmunterricht geben. Du musst wenigstens eine Unterhose anhaben." „Warum denn?" wollte das unschuldige Naturkind wissen. Gute Frage!

Während Peter seine Kleidung überzog, die er im Gebüsch versteckt hatte, erklärte ich ihm, dass so etwas gegen Anstand und Sitte verstoße und dass die Leute im Dorf sich darüber aufregen würden, wenn sie davon erführen. Ich kam mir vor wie ein Moralapostel. „Weißt du was, Peter? Der Wilhelm wird dir das Schwimmen beibringen", schlug ich vor. „Hast du morgen Abend Zeit?" Peter bejahte. „Dann treffen wir uns morgen nach dem Abendessen an Schmidts Wiese", schlug ich vor. Diese Wiese lag ein ganzes Stück vom Dorf entfernt unterhalb dieser Stelle. „So weit weg?" fragte Peter. „Haben deine Eltern dir erlaubt zu schwimmen?" fragte ich zurück. „Ich habe nicht gefragt", gab Peter etwas kleinlaut zu. „Ja, siehst du! Dann müssen wir schon etwas weiter laufen. Uns soll doch keiner sehen, nicht wahr?" erklärte ich ihm. Bevor sich Peter auf den Heimweg machte, schärfte ich ihm ein, am nächsten Tag auf jeden Fall eine zusätzliche Unterhose mitzubringen. Wilhelm war schon zu Hause, als ich zurückkam. Ich eröffnete ihm, dass er einen Schwimmschüler habe. „Was, der Peter? Das wird seinen Vater aber gar nicht freuen", stellte Wilhelm lachend fest. Er hatte den Lehrer als dummen, engstirnigen Mann kennengelernt. Dieser Lehrer hatte ihn verspottet, als er auf die Frage: „Was ist die Mehrzahl von Sonne?" geantwortet hatte „Sonnen", woraufhin der Lehrer ihn auslachte und sagte: „Es gibt ja nur eine Sonne." Dann hatte der Lehrer noch einen draufgesetzt und Wilhelm nach der Mehrzahl von „Mond" gefragt. Für die Antwort „Monde" wurde Wilhelm vom Lehrer wieder als Dummkopf hingestellt. Diese Demütigung hatte Wilhelm nie vergessen. Mit dem Lehrer hatte er noch ein Hühnchen zu rupfen.

So kam es, dass Wilhelm und ich mit Bismarck in den folgenden Tagen lange Ausflüge zu Schmidts Wiese unternahmen und Peter das Schwimmen beibrachten. Unser Tun blieb nicht lange geheim. Vielleicht hatte uns jemand beobachtet oder Peter hatte mit seinen Schwimmkünsten geprahlt. Jedenfalls stellte der empörte Dorflehrer Wilhelm bei einem zufälligen Treffen zur Rede. Nach diesem unerfreulichen Gespräch weigerten wir uns, weiteren Kindern das Schwimmen beizubringen. Immer mehr Kinder wollten schwimmen lernen. Die Jungen beneideten Peter um seine Kunst. Jeder, der uns um Schwimmunterricht bat, wurde an Peter verwiesen: „Der Peter weiß wie es geht. Lasst es euch von ihm zeigen!" Wilhelm und ich kamen dann ganz zufällig zu den Schwimmstellen, passten auf die Kinder auf und wiesen sie auf Gefahren hin. Wir schwammen nun lieber in unserem tiefen Teich. Die Verbote der Eltern hatten nichts genützt. Bald konnten die meisten Kinder und Jugendlichen schwimmen. Die Erwachsenen zeterten eine Zeitlang und waren gar nicht gut auf mich zu sprechen. Aber bald legte sich die Aufregung und hin und wieder traf ich Mütter und Väter an, die ihren Sprösslingen stolz beim Schwimmen zusahen.

### Kapitel 19

An einem klaren Julimorgen packten Wilhelm und ich unsere Rucksäcke. Wir wollten durch das Niestetal wandern, die Verwandtschaft in Großalmerode besuchen und den Hohen Meißner besteigen. Als wir aufbrachen, sprang Bismarck freudig kläffend um uns herum. Aber wir hatten uns entschlossen, ihn zu Hause zu lassen. Mutter musste ihn an die Kette legen, damit er uns nicht folgte. Das gefiel ihm ganz und gar nicht.

Sein Heulen und Winseln verfolgte uns noch eine ganze Weile.

Gemächlich trotteten wir am Ufer des Bachs entlang und genossen die frische Morgenluft und den Gesang der Vögel. Wir folgten kilometerweit dem Bachlauf der Nieste, die durch grüne Wiesen floss. Das Tal wurde immer enger und schließlich waren wir im Wald. Wir mussten uns durch Gestrüpp und über umgestürzte Bäume kämpfen, bis wir die Quelle unseres geliebten Bächleins erreichten. Ein kleiner Tümpel mit feinem rotem Sand.

Wir waren mitten im dichten Wald. Es gab keinen Pfad und keinen Weg. Wir orientierten uns am Sonnenstand und mir wurde ein bisschen unheimlich. Nur gut, dass Wilhelm sich in den Wäldern auskannte. Ich hätte mich hoffnungslos verirrt. Wir kletterten weiter durchs Unterholz und hielten uns in südöstlicher Richtung. Nach einer guten halben Stunde sahen wir Wasser durch die Bäume schimmern und standen bald am Ufer eines traumhaft schönen Sees mit türkisblauem Wasser. Ich fühlte mich wie im Märchen. Die Sonne stand hoch am Himmel. Inmitten von Fingerhut- und Lupinenblüten fanden wir eine trockene, grasbewachsene Stelle am Ufer. „Oh, ist das schön hier", rief ich, „lass uns eine Rast einlegen." Und schon saß ich im Gras und holte meinen Skizzenblock aus dem Rucksack. Wilhelm breitete Brot und Wurst, kleine runde Ziegenkäse und kalte Pellkartoffeln auf einem Geschirrtuch aus und wir ließen es uns schmecken. Unsere Feldflaschen hatten wir unterwegs mit frischem Quellwasser nachgefüllt. Es schmeckte köstlich.

Eine Weile saßen wir schweigend, während ich die Lichtung skizzierte. Wie so oft, wollte Wilhelm mehr über das Leben in der Zukunft erfahren. Vor allen Dingen interessierte ihn die Entwicklung des Sozialismus. „Ja, es gab eine starke sozialistische Partei in Deutschland. Eigentlich sogar zwei", erklärte ich ihm, „schließlich gab es vierzig Jahre lang zwei deutsche Staaten, aber mit völlig unterschiedlichen Ideologien." „Dann müssen sich die beiden deutschen Staaten doch recht ähnlich gewesen sein", war Wilhelms Schlussfolgerung.

Ich kam ins Grübeln. Die Politpropaganda in Westdeutschland hatte zwar immer darauf herumgehackt, dass die BRD der bessere und freiere Staat sei, während die DDR-Bürger unfrei und unterdrückt seien. Aber war es wirklich so? „Also pass auf", fing ich meine langwierige Erklärung an, „nach dem

Zweiten Weltkrieg wurde Deutschland von den Siegermächten besetzt. Die Amis rissen sich Westdeutschland unter den Nagel, die Russen Ostdeutschland. Die Franzosen saßen im Rheinland und sie hatten den Elsass zurück gekriegt. Im Norden waren englische Truppen stationiert. Die Grenze zur russischen Besatzungszone verlief von der Lübecker Bucht an der Elbe entlang, dann quer durch den Harz. Das Eichsfeld und alles östlich der Werra gehörte zum Osten, der Thüringer Wald auch. Und dann lief die Grenze auf die Tschechoslowakei zu. Die östliche DDR-Grenze lief quer über Usedom, dann an der Oder und der Neiße entlang bis zur tschechischen Grenze.

Alle Gebiete östlich davon wurden Polen zugeschlagen. Berlin wurde in vier Sektoren aufgeteilt, in denen die Russen, die Amerikaner, die Engländer und die Franzosen das Sagen hatten. Berlin lag wie eine Insel mitten in der Sowjetischen Besatzungszone. Darum wurde Bonn zur Hauptstadt Westdeutschlands gemacht. Ostberlin blieb die Hauptstadt der DDR. „Das ist ja völlig verrückt", warf Wilhelm ein. Ich musste lachen. „Das glaubst du jetzt vielleicht. Aber es ging noch viel verrückter weiter. Anfangs war Deutschland nur in Besatzungszonen aufgeteilt. Die Siegermächte wollten nicht, dass Deutschland je wieder eine

Militärmacht wird, kein Heer, keine Flotte." „Das ist sehr vernünftig", unterbrach mich Wilhelm, „das Geld, das für Kriegsspielzeug verpulvert wird, kann sinnvoller verwendet werden."

Ich gab ihm recht. „Aber waren Politiker schon jemals vernünftig?" gab ich zu bedenken. Es dauerte keine zehn Jahre, da baute Westdeutschland schon wieder eine Kriegsmaschinerie auf. Nicht etwa, weil es sinnvoll gewesen wäre, sondern weil die Amerikaner ein Bollwerk gegen die Russen haben wollten. Vor nichts hatten die amerikanischen Kapitalisten mehr Angst als vor dem Kommunismus. In Amerika wurde jeder Mensch, der auch nur ansatzweise eine kommunistische Gesinnung durchblicken ließ, wie ein Verbrecher behandelt.

In beiden Teilen Deutschlands fanden jahrzehntelang unerträgliche Hetzkampagnen statt. In der BRD wurde in allen Medien die Politik der DDR verteufelt, und umgekehrt. Die Regierungen bespitzelten ihre Bürger mit allen Mitteln, vor allen Dingen das Privatleben. In der DDR hatte jeder Bürger Angst vor der Stasi, dem Staatssicherheitsdienst. Die Regierung der BRD verhielt sich aber nicht besser, sie agierte nur unauffälliger. Aber ein Mensch, der einmal in den Verdacht geraten war, ein Kommunist zu sein, hatte auch in der BRD keine Chance mehr, ein Beamter oder Lehrer zu werden. Also Gehirnwäsche auf beiden Seiten gleichermaßen. Nur, dass die Bundesbürger das nicht so mitgekriegt haben. Da lief ja auch das sogenannte Wirtschaftswunder auf vollen Touren. Alle hatten Arbeit und verdienten gutes Geld. Dass sie auf Pump lebten, weil die ganze Knete nur von den Amis geliehen war, kriegten sie nicht mit.

Die Amis führten sich auf wie die großen Gönner und rissen sich nebenbei ganz unbemerkt einen Industriebetrieb nach dem anderen unter den Nagel." „Du hältst wohl nicht viel von den Amis?" fragte Wilhelm. „Ich halte nichts von dem Haifischkapitalismus, den die Amis in der ganzen Welt verbreitet haben. Diese Art des Kapitalismus lief darauf hinaus, dass letzten Endes höchstens zehn Prozent der Menschen riesige Vermögen angehäuft hatten, während der Rest der Menschheit verhungerte oder knapp genug verdiente, um sich schlecht zu ernähren." Dann meinte Wilhelm nachdenklich: „Wenn Kommunismus und Kapitalismus die großen Gegensätze waren, wo standen dann die Sozialisten?" Ich fand es gar nicht so einfach, die Mutation der Sozialisten zu erklären. „Anfangs waren die Sozialisten eindeutig vom Kommunismus geprägt.

Aber im Laufe der Zeit haben sie sich immer mehr dem kapitalistischen System untergeordnet, bis nicht mehr viel von den ursprünglichen Ideen übrig war. Die Sozialisten haben eine Zeitlang viel erreicht: Bessere Arbeitsbedingungen und höhere Löhne für die Arbeiter, Krankenversicherung, Rentenversicherung.

Aber für alles mussten die Arbeiter erst mal einen großen Anteil ihrer Löhne abgeben. Aber der Kapitalismus baute auf falschen Grundlagen auf und deshalb funktionierte das nicht lange. Die Arbeiter wurden wieder entrechtet und ausgebeutet, um die Lügen und Fehler des Kapitalismus noch ein paar Jährchen länger zu vertuschen.

Der Kommunismus in Osteuropa war genau so eine Lügengeschichte. Angeblich gehörten alle Produktionsstätten den Arbeitern. Komischerweise wurden nach dem urplötzlichen Zusammenbruch des Kommunismus alle Firmen an westliche Kapitalisten verramscht und das Geld verschwand irgendwo hin. Die ehemaligen Arbeiter der „volkseigenen" Betriebe kriegten davon nichts zu sehen. Irgendwer hat mal gesagt: Der Kapitalismus ist die Ausbeutung des Menschen durch den Menschen. Im Kommunismus ist es umgekehrt."

„Aber der Kapitalismus ist doch auch zusammengebrochen." Wilhelm hatte gut aufgepasst. „Ja, zum Glück. Das war irgendwie auch unvermeidlich. Aber vorher ist der Kommunismus zusammengebrochen. Die UdSSR war riesengroß und eigentlich unregierbar. Die Russen steckten ihr ganzes Geld in die Rüstung und auch in die Raumfahrt. Sie unterdrückten die von ihnen vereinnahmten Länder. Das war nicht nur die DDR, sondern auch Polen, Ungarn, die Tschechoslowakei, Bulgarien, Rumänien und Jugoslawien.

Die Amis machten sich in der restlichen Welt breit und beuteten Länder in Südamerika, Afrika und Asien aus. Den Russen ging es vielleicht mehr um die Ideologie. Den Amis ging es nur um Geld. Aber beide Seiten pumpten unvorstellbare Mengen Geld in die Rüstung. Raketen, Atombomben, Kampfflugzeuge, Schlachtschiffe. Sogar Atom-UBoote. Mit ihren Atomversuchen vergifteten sie ganze Landstriche. Und dann fingen sie auch noch an, Atomkraftwerke zu bauen." „Atomkraftwerke für den Krieg?" fragte Wilhelm entgeistert. „Ach ne, ich bin ganz vom Thema abgekommen", gab ich zu. „Atomkraftwerke erzeugten Strom. Die sollten angeblich nur friedlichen Zwecken dienen. Aber die Idioten haben sich überhaupt keine

Gedanken darüber gemacht, dass sie mit den Abfallstoffen die ganze Welt verseuchen. Und das nicht nur für ein paar Jahre, sondern für tausende, zehntausende, bei manchen Reststoffen für hunderttausende von Jahren. Aber Politiker denken immer nur bis zum Ende ihrer Amtszeit. Was danach kommt, ist denen egal."

„Aber hat denn keiner etwas gegen diesen Wahnsinn unternommen?" wollte Wilhelm wissen. „Wie denn? Die Bevölkerung hat riesige Demonstrationen gegen den Bau der Atomkraftwerke veranstaltet. Aber die wurden mit Gewalt unterdrückt. Demokratie hieß damals: Das Volk durfte frei seine Meinung äußern, aber die Politiker haben die Meinung des Volkes ignoriert. So einfach war das." „Dann war das keine Demokratie", stellte Wilhelm fest.

„Sobald politische Parteien ins Spiel kommen, ist Demokratie nicht mehr machbar. In manchen europäischen Staaten gab es noch die Möglichkeit des Volksentscheids. Das heißt, in wichtigen Fragen durfte die gesamte Bevölkerung abstimmen. In Deutschland gab es noch nicht einmal diese Möglichkeit. Den Bürgern wurde die EU übergestülpt, die Atomkraftwerke, dann kam die neue Währung, der Euro, dann der Abbau des Sozialstaates mit Minijobs, Leiharbeit und den Hartz IV-Gesetzen, und schließlich regierten die wild gewordenen Politiker das Land ohne jede Rücksicht auf das Allgemeinwohl. Die große Geldverteilung an Banken und Konzerne nach dem Platzen etlicher Spekulationsblasen führte dann zum endgültigen Zusammenbruch des Kapitalismus. Es wurden Gesetze erlassen, die eindeutig kriminell waren in ihrer Ungerechtigkeit. Und keiner konnte etwas dagegen machen. Die Bosse in der Regierung waren allesamt von der Industrie gekauft. Und die Abgeordneten im Bundestag waren durchweg Lobbyisten der großen Konzerne. Total pervers, das Ganze."

„Hast du das alles in der Schule gelernt?" wollte Wilhelm wissen. „Oh nein! In der Schule wurde uns die deutsche Geschichte als reine Erfolgsstory verkauft. Wir wurden gezielt darauf getrimmt, uns an das bestehende System anzupassen. Aber meine Oma hat mir erzählt, wie es wirklich war. Sie hat das meiste davon selbst erlebt." „Aber die Sozialdemokraten ... du hast mir doch erzählt, dass die eine starke Partei waren und hin und wieder das Land regiert haben." Ich schaute Wilhelm an. Er sah richtig verzweifelt aus. „Die SPD war auch nichts weiter als eine politische Partei mit Eigeninteressen. Sicher haben sie anfangs noch für die Arbeiter gekämpft. Aber die meiste Zeit war die CDU an der Macht. Und jedes Mal, wenn die CDU den Karren total in den Dreck gefahren hatte, durften mal wieder die Sozialdemokraten an die Regierung. Und denen wurden dann flugs die Folgen der ganzen Fehlentscheidungen aus CDU-Zeiten in die Schuhe geschoben. Dann brüllten die CDU-Politiker dem Volk in die Ohren: „Seht ihr wohl, Die machen es noch schlechter als wir." Und bei der nächsten Wahl stimmte das Volk wieder für die CDU." „Aber es kam ja noch viel schlimmer", fuhr ich fort. „Der Untergang der SPD wurde von einem SPD-Politiker verursacht: Gerhard Schröder. Oma nannte ihn immer einen machtgeilen Emporkömmling. Schröder sorgte für neue Gesetze und drückte die finanzielle Unterstützung für Menschen ohne Arbeit und Einkommen auf ein Niveau weit unter dem offiziellen Existenzminimum. Danach verschwand er in der Versenkung, genau wie die SPD, die er aus Eigennutz oder Dummheit zugrunde gerichtet hatte."

Wilhelm sagte immer noch nichts. Ich sah wie seine Gedanken sich überschlugen. Ich ließ ihn auch gar nicht erst zu Wort kommen. „Wie es weiterging, habe ich dir ja schon erzählt. Der Bankencrash und die weltweite Wirtschaftskrise brachten dann auch die CDU zu Fall. Die hatten ja lauthals versprochen, die

Staatsverschuldung zu reduzieren und die Arbeitslosenzahlen zu halbieren. Die Aktienmärkte bestanden schon seit Jahren nur noch aus heißer Luft. Jedem denkenden Menschen hätte das klar sein müssen. Aber erst im Jahr 2008 kam das ganze Ausmaß des Desasters ans Tageslicht.

Auf der ganzen Welt saßen die meisten Banken und Investmentfirmen auf faulen Krediten. Die Regierungen schenkten den Banken unvorstellbare Geldsummen und übernahmen Bürgschaften für noch größere Summen. Die deutsche Regierung stellte anfangs 500 Milliarden Euro für die Banken zur Verfügung. Letzten Endes wurde es doppelt soviel. Vergleich das mal mit dem Geld, das sie pro Jahr für rund sieben Millionen Arbeitslose bezahlen mussten, denn das waren nur 40 Milliarden.

Und da hatten sie immer gestöhnt, die Arbeitslosen würden den Staat in den Ruin treiben. Aber plötzlich konnten sie ohne mit der Wimper zu zucken 500 Milliarden Euro locker machen? Wie sollte das gehen? Und, ob du es glaubst oder nicht, selbst diese ungeheuren Summen, die sie in die Banken pumpten, verkauften sie dem Volk noch als soziale Tat für die Allgemeinheit. Und das Volk fiel darauf herein und wählte auch 2009 und 2013 noch einmal die CDU. Ein Volk, das so dumm ist, hat es nicht besser verdient, sagt Oma." Ich musste erst mal Luft schnappen.

„Na komm, lass uns weitergehen. Das muss ich erst mal verdauen", sagte Wilhelm. Wir erhoben uns und schnallten unsere Rucksäcke um. Die Sonne war ein ganzes Stück weiter gewandert. Und wir wollten ja nicht allzu spät in Großalmerode ankommen. Nach einer Weile meinte Wilhelm: „Wenn das in hundert Jahren so aussieht, dann können wir doch eigentlich mit unserem Kaiser Wilhelm ganz zufrieden sein. Zumindest bis jetzt." Beim Weitergehen erzählte ich Wilhelm, dass fast alle europäischen Staaten von den Arabern übernommen wurden, mit Ausnahme von Schweden, Norwegen und der Schweiz. Wilhelm: „Warum sind gerade diese Länder unabhängig geblieben?" „Vor allem wohl deshalb, weil sich diese Länder nicht der Eurozone angeschlossen hatten", erklärte ich. „Die gemeinsame Währung, der Euro, war ja sowieso ein totgeborenes Kind. Schon nach wenigen Jahren wurden die Regierungen immer wieder gezwungen, den Banken und Spekulanten Geld in den Rachen zu stopfen, um den Zusammenbruch des Systems zu verhindern oder jedenfalls so lange wie möglich zu verzögern. Bald danach waren ganze Länder bankrott. Und auch die wurden mit Hunderten Milliarden Euro künstlich am Leben erhalten. Die Regierungen konnten oder wollten nicht zugeben, dass die EU und mit ihr die gemeinsame Währung auf tönernen Füßen stand. Sie druckten lieber massenhaft neues Geld und machten großmäulige Propaganda über das tolle Wirtschaftswachstum und Deutschlands riesige Exportwirtschaft. Davon merkte die arbeitende Bevölkerung allerdings nichts. Deren Löhne wurden immer niedriger, während die Gewinne der Konzerne scheinbar stiegen."

„Und die Schweiz hat sich ja schon immer weise aus allem herausgehalten", fuhr ich fort. „Außerdem profitierten die Schweizer von der „freundlichen Übernahme" Europas durch die Araber. Auf Schweizer Konten lagen ja Billionenbeträge aus Europa und aller Welt. Nach den neuen Gesetzen durfte aber jede Privatperson nur ein Vermögen von höchstens einer Million € besitzen. Die Inhaber der Konten hätten also sowieso nichts mit ihrem gebunkerten Geld anfangen können. Um zu verhindern, dass sie das Geld vom Ausland her abrufen, wurden die Konten gesperrt. Dann tüftelten unsere und die Schweizer Regierung ein neues System aus. Die Schweiz verpflichtete sich, alle Konten von Kunden aus der VASE offenzulegen. Auf jedem Konto wurde eine Million € gelassen, vom Rest des

Geldes ging ein Drittel an die Schweizer Regierung, der Rest an die VASE. Mit diesem Geld hatte die VASE-Regierung schon mal eine solide finanzielle Basis. Und die Schweizer hatten eine fürstliche Entschädigung für ihre Verluste."

„Eine Million? Wie kann ein einzelner Mensch denn soviel Geld anhäufen?" fragte Wilhelm entgeistert. „Mit ehrlicher Arbeit geht das ganz bestimmt nicht", gab ich zu. „Das geht nur, wenn ein Einzelner die Arbeitskraft von vielen Menschen ausbeutet." Da ich gerade so schön in Fahrt war, fuhr ich gleich fort mit meinem Bericht. Das meiste davon hatte mir Oma erzählt.

Unsere neue Regierung hat sämtliche Schulden der früheren Länderregierungen ersatzlos gestrichen. Banken und Finanzhaie gingen pleite. Unsere Regierung richtete das Bankensystem neu ein. Und da die Regierung Investitionen mit zinsfreien Krediten fördert, sind Banken nur noch für Kontenverwaltung und anderen Kleinkram nötig. Und für die Bearbeitung der Regierungskredite. Alle Banken im gesamten ehemaligen EU-Gebiet wurden verstaatlicht. Bankfilialen wurden in der Fläche verteilt, also auch in kleineren Orten. Die Landesbanken kamen auch wieder unter staatliche Kontrolle. Alle Banken müssen ihre

Auslandsgeschäfte über die Schweiz abwickeln. Wertpapiergeschäfte mit dem Ausland sind nur in Ausnahmefällen unter strenger Aufsicht erlaubt. Als erstes musste der Geldverkehr geregelt werden. Der Euro wurde als Währung beibehalten. In jeden Geldschein wurde ein Mikrochip mit Sender, eingebaut, der sich aus etwa zehn Metern Entfernung orten lässt. Geldtransfers ins Ausland wurden in der ersten Phase komplett verboten, sowohl für Unternehmen als auch für Privatpersonen. Dann wurde schnellstmöglich der Auslandsgeldverkehr über die Schweiz organisiert. Mit der Schweiz besteht ein Abkommen, alle Geldgeschäfte mit VASE-Bürgern und -Firmen offenzulegen. Auch wenn ein Millionär heimlich mit einem Köfferchen voll Bargeld über die Grenze schleicht, kann er sein Geld nicht in der Schweiz bunkern. Die Schweizer Banken durften ja 30 % des Geldes einstreichen, das auf ihren Nummernkonten oder auch offiziell bei ihnen gebunkert war. Und sie verdienen weiterhin gut an den Gebühren für sämtliche Auslands-Geldgeschäfte der VASE. Somit haben sie keinen Grund, sich zu beklagen. Wie die Schweiz mit dem Geld von Nicht-VASE-Staaten umgeht, kümmert die VASE-Regierung nicht.

„Dann kann also keiner mehr sein Vermögen ins Ausland schaffen", stellte Wilhelm fest. „Na ja …

nicht so ganz. Wer unbedingt mit seinem Vermögen abhauen will, findet Mittel und Wege. Gold, Edelsteine und andere kleine Wertgegenstände lassen sich ziemlich einfach ins Ausland schaffen. Aber auf diese Art Millionen oder Milliarden außer Landes zu bringen, ist dann doch schon eine größere Aufgabe. Und die Regierung lässt Privatleute und kleinere Unternehmen ja ohne weiteres ziehen mitsamt ihren Vermögen. Nur bei Vermögen von über 50 Mio € wird geprüft, auf welche Weise das Geld erwirtschaftet wurde. Wenn eine Firma enteignet wird, kann die Hälfte des Barvermögens an die Mitarbeiter verteilt werden, denn die haben das Geld ja eigentlich erwirtschaftet. Aber meistens geht so eine Firma ins Eigentum der Mitarbeiter über und wird in eine Genossenschaft umgewandelt. Die Mitarbeiter wählen sich ihre Chefs selbst und haben Mitspracherecht bei wichtigen Entscheidungen. Der Staat stellt auf Wunsch kostenlose Berater zur Verfügung."

Die größte Dummheit der abgesetzten Regierungen war das Predigen von ständigem Wachstum. Die Politiker waren so fern von jedem gesunden Menschenverstand, dass „Wachstum" Jahrzehntelang das am häufigsten benutzte Schlagwort des Kapitalismus war. Aber eine Firma muss nicht ständig wachsen, nicht immer mehr Umsatz und Gewinn machen. Und eine Volkswirtschaft auch nicht. Irgendwann ist Wachstum nur noch durch Preissteigerungen möglich.

Vor 200 Jahren haben ein paar alte Männer schlaue Bücher über den Kapitalismus geschrieben. Auf deren Ideen gründete sich sehr viel später eine Wissenschaft. An den Universitäten wurden Wirtschaftswissenschaften, Volkswirtschaft, Betriebswirtschaft als Studiengänge eingeführt. Wehe dem Betrieb, der dann unter die Fuchtel eines studierten Betriebswirtes kam! Da wurde dann sofort der Rotstift angesetzt und Kosten eingespart, zum Schaden aller, nur zum kurzfristigen Nutzen der Eigentümer oder Aktionäre.

Aber Kapitalismus gab es schon zu Urzeiten. Sklavenhaltung ist reinster Kapitalismus. Die Besitzenden herrschen über die Nichtbesitzenden, bestimmen deren Leben, beuten deren Arbeitskraft aus und sorgen dafür, dass die nie zu Besitz kommen. Von den wenigen Familien, die schon im Mittelalter große Vermögen zusammengerafft hatten, schafften es einige, ihren Reichtum über die Jahrhunderte zu erhalten und zu vermehren. Aber es gab einen Krieg nach dem anderen. Da wurden immer wieder Werte vernichtet und mussten neu geschaffen werden. Wer Geld,

Grundstücke, Ländereien, Fabriken, Maschinen usw. besaß, konnte mühelos sein Vermögen vermehren. Alle anderen mussten immer wieder bei null anfangen.

Im 20. Jahrhundert gab es die letzten großen Kriege in Europa. Danach wurde der Lauf des Kapitals von keinem Krieg mehr auf Anfang zurückgefahren. Die Konkurrenz, der Kommunismus in der Sowjetunion, gab ihr Geschäftsmodell Ende des 20. Jahrhunderts auf und schwenkte zum Kapitalismus über. Das gab dem Kapitalismus noch mal so richtig Auftrieb, auch wenn er schon in den letzten Zügen lag. Die großen Konzerne, Aktiengesellschaften, Banken, Stromversorger, Pharmakonzerne, Agrarindustrie usw. diktierten der Regierung die Gesetze. Die Gewinne der Firmen wurden immer größer, dafür sanken die Löhne der Arbeiter. Riesige Kapitalmengen flossen auf die Konten einiger weniger Millionäre bzw. Milliardäre. Das Kapital wurde nicht mehr in die Produktion investiert, sondern auf dem Finanzmarkt eingesetzt. Zuerst gab es riesige Renditen, zumindest für einige Zeit. Bis das ganze Geldsystem kurz vor dem Zusammenbruch stand. Jedes Jahr höhere Inflation, niedrigere Löhne, Arbeitslosigkeit.

Ich hätte noch stundenlang weiter erzählen können. Aber Wilhelm unterbrach mich: „Jetzt dauert es nicht mehr lange, bis wir in Großalmerode sind." Nach Süden zu stieg das Gelände an und der Wald sah undurchdringlich aus. Wir hielten uns in Richtung Osten und kamen zu einem weiteren kleinen See, dessen Wasser dunkelblau war. Wir gingen am südlichen Ufer entlang, überquerten eine dicht bewaldete Bergkuppe, dann ging es bergab über grasbewachsene Lichtungen. „Jetzt müssen wir uns allmählich nach Süden halten", sagte Wilhelm.

Die Sonne stand schon schräg im Westen, als wir das Haus von Onkel Rudolf erreichten. Vor dem Haus spielten Kinder. Als wir uns näherten, liefen sie mit lautem Geschrei ins Haus. Gleich darauf kam eine kleine, dicke Frau aus der Haustür, wischte sich die Hände an der Schürze ab und rief: „Na so was, der Wilhelm! Guten Tag auch." „Und du bist die Sonja, nicht wahr?" wandte sie sich an mich. Wir schüttelten uns die Hände und sie forderte uns auf einzutreten. Wir folgten ihr in die Küche. „Das ist Tante Martha", klärte Wilhelm mich auf. Tante Martha machte sich am Herd zu schaffen. „Setzt euch doch. Bernhard und Ursula sind noch im Garten. Aber sie kommen gleich nach Hause. Ich koche gerade das Abendessen. Dauert gar nicht mehr lange."

Von Wilhelm erfuhr ich, dass Bernhard der Sohn von Onkel Rudolf und Tante Martha ist und somit Wilhelms Vetter, und Ursula dessen Frau. Tante Martha scheuchte die Kinder aus der Küche, schenkte uns Kaffee ein und redete wie ein Wasserfall. Vater Friedrich hatte unseren Besuch schon angekündigt und nun wollte Tante Martha alles Mögliche von uns wissen. Bald kamen auch Bernhard und Ursula, und nach der gemeinsamen Mahlzeit unterhielten wir uns noch bis in die späten Abendstunden.

Am nächsten Morgen standen wir mit den Hühnern auf. Tante Martha servierte uns ein handfestes Frühstück und packte uns reichlich Wegzehrung ein. Wir bedankten uns herzlich für die Gastfreundschaft und setzten unsere Wanderung fort. In der frischen Morgenluft kamen wir zügig voran. Bis zum Hohen Meißner waren es noch etwa zehn Kilometer. Wir marschierten in östlicher Richtung quer durch ein breites Tal. Und dann lag der Hohe Meißner vor uns. Immerhin 760 Meter hoch, wie mir Wilhelm erklärte.

Es war schon Nachmittag, als wir endlich auf der höchsten Stelle standen, der Kasseler Kuppe, von der wir weit ins Land blicken konnten. Ringsum ein Meer von grün bewaldeten Hügeln. Die wenigen Dörfer blieben in den Talsenken verborgen. Ein kühler Wind blies uns ins Gesicht. So hielten wir uns nicht lange auf und machten uns auf den Rückweg. Nachdem wir den Abstieg geschafft hatten, folgten wir der Landstraße nach Norden und umgingen die unwegsamen Wälder in großem Bogen.

Während wir stramm marschierten, sagte Wilhelm: „Ich kann mir immer noch nicht vorstellen, dass die Menschen in den kommenden hundert Jahren nichts dazulernen. Wie kann das sein?" „Die Reichen haben durchaus dazugelernt. Sie sind raffinierter geworden in ihren Methoden, die Armen auszubeuten, dumm zu halten und hinters Licht zu führen."

Und dann hielt ich ihm einen Vortrag über das kapitalistische Europa, in dem es sichtbare und unsichtbare Regierungen gab. Die sichtbare Regierung wurde scheinbar vom Volk gewählt. In Wirklichkeit hatte das Volk nur die Wahl zwischen Teufel und Beelzebub, denn die zur Wahl Freigegebenen waren nur Marionetten einer Handvoll Superreicher, die hinter den Kulissen die Fäden zogen und das Schicksal der Welt bestimmten. Diese unsichtbaren grauen Herrscher waren so durchgeknallt, dass sie nur noch in Kategorien von Macht und Geld denken konnten. Menschen wurden als „Arbeitskräfte" bezeichnet, hatten als Produktionsmittel zu dienen, nur dass sie, im Gegensatz zu Maschinen, Geld für ihre Arbeit verlangten. Und das ärgerte die Besitzer der Produktionsmittel.

„Sieh dir Firma Henschel an. Wie viele Mitarbeiter haben sie jetzt wohl?" fragte ich. Wilhelm wusste es nicht. „Bestimmt Tausende", vermutete er. „Der Firmenbesitzer brüstet sich damit, dass er den Menschen Lohn und Brot gibt. Aber du hast am eigenen Leibe erlebt, wie diese Firma deine Lebenskraft ausgesaugt hat wie eine hungrige Spinne. Und Herrn Henschel war das völlig egal. Er sieht nur seinen Profit, nicht die Arbeiter, die ihm diesen Profit erst möglich machen", führte ich aus. Wilhelm lachte laut auf. „Sonja, du bist die radikalste Sozialistin, die ich kenne!" Und, wieder ernst werdend: „Lass solche Reden nur niemanden hören, sonst landest du ruckzuck im Zuchthaus." „Ja, siehst du!" ereiferte ich mich, „das sind genau die Methoden, mit denen die Geldfürsten ihre Macht sichern: Sie spannen die Regierung – mit Polizei und Militär – dafür ein, ihnen aufmüpfige Menschen vom Hals zu schaffen und damit gleichzeitig alle anderen einzuschüchtern. So wird jeder Widerstand im Keim erstickt. Und die Kirche stand immer auf Seiten der Könige und Kaiser anstatt auftragsgemäß den Ärmsten beizustehen." Wilhelm hatte mir die ganze Zeit schweigend zugehört: „Oho, eine Ketzerin bist du also auch noch!" rief er jetzt aus. „Was habe ich nur für eine gefährliche Frau geheiratet!" „Na, ein Wilddieb, der die Obrigkeit verarscht, ist auch nicht ganz ungefährlich", erwiderte ich lachend.

Als die Sonne hinter den Hügeln verschwand, erreichten wir die ersten Häuser von Nieste und kamen in der Dämmerung auf der Teichmühle an.


**Kapitel 20**

Alle drei bis vier Wochen besuchten wir die Kunsthandlung in Kassel und verkauften meine Bilder. Der schnauzbärtige Herr Eggenbacher fragte immer wieder nach Bildern von Südseeinseln. Die deutschen Kolonien waren wieder das Tagesgespräch. Aber die sommerliche Pracht ringsum verdrängte alle exotischen Gefilde aus meinem Kopf. Dann kam mir der Gedanke, dass ich Südseebilder mit Öl auf Leinwand malen könnte. Ich durfte nur Gauguin keine Konkurrenz machen. Und die Bilder nicht mit meinem Namen signieren. Ein schlichtes S würde genügen. Aquarelle waren vergänglich. Die würden kaum 150 Jahre überdauern. Ölbilder dagegen... Hatte ich in meiner Zeit von einer unbekannten Malerin mit der Signatur S gehört? Eigentlich nicht. Dann würden meine Ölbilder also auch nicht die Zeiten überdauern. Es lagen ja auch zwei große Kriege dazwischen.

Ich versprach Herrn Eggenbacher, ihm im nächsten Frühjahr einen ganzen Stapel Ölbilder zu liefern. Wir kauften auch gleich Leinwand, Farben, Leinöl, Pinsel und weiteres Zubehör. Staffelei und Palette konnte mir Fritz anfertigen. Nachdem wir noch weitere Einkäufe erledigt hatten, gingen wir zur Bank und eröffneten ein Konto, auf dem sich im Laufe der Zeit das Geld geradezu anhäufte. Wir hatten bei unserem genügsamen Leben kaum Verwendung für Geld. So konnte der Vater einen großen Teil seines Einkommens auf die hohe Kante legen. Und vom Verkaufserlös meiner Bilder kauften wir die nötigen Dinge wie Stoffe, Unterwäsche und Haushaltsbedarf. Der Rest wanderte aufs Sparbuch.

Wie konnte es nur passieren, dass hundert Jahre später alles nur noch vom Geld abhing? Ich erzählte Wilhelm vom I. Weltkrieg. „1914 bist du doch schon zu alt, um noch in den Krieg ziehen zu müssen, oder?" fragte ich ihn. „Dann bin ich 43, ein alter Mann", lachte Wilhelm. „Wir müssen unser Geld auf jeden Fall vor 1914 in Sicherheit bringen", kam ich zum Wesentlichen zurück. Es war schon komisch, dachte ich, kaum hatten wir ein bisschen Geld, schon machte ich mir Sorgen um dessen Verlust und überlegte, wie wir unser Vermögen vermehren konnten. Trotzdem schlug ich Wilhelm vor, Gold zu kaufen oder, falls wir bis dahin genug Geld ansammeln konnten, Äcker zu erwerben, von denen ich wusste, dass sie bald Bauland sein würden.

Ich erklärte Wilhelm, dass 1918 der Krieg beendet sein wird und Kaiser Wilhelm II. nach Holland abhaut. „Danach kommt die Inflation. Das Geld verliert seinen Wert und zum Schluss musst du für ein Ei eine Million Mark bezahlen." Wilhelm staunte nicht schlecht. „Ein paar Jahre später", fuhr ich fort, „beschließt die Regierung, eine neue Währung einzuführen. Für eine Billion Reichsmark kriegst du dann eine Rentenmark." „Was für eine Regierung ist das? Der Kaiser sitzt doch in Holland." Wilhelm interessierte sich weniger für Geld als für Politik. Ich musste mein Geschichtswissen, soweit vorhanden, hervorholen. „Die Zeit nennt sich die Weimarer Republik. Das Volk konnte seine Vertreter in der Regierung selbst wählen. Friedrich Ebert wird Reichspräsident. Die SPD hat viele Sitze in der

Regierung." Ich erzählte auch von der Ermordung Rosa Luxemburgs und Karl Liebknechts. Die Geschichte über den Zusammenbruch der SPD rund hundert Jahre später hatte ich Wilhelm ja schon erzählt.

Nur gut, dass er nicht mehr erleben würde, wie der mächtigste Mann in der Partei mit unglaublicher Arroganz sämtliche sozialistischen Werte aus eigensüchtigen Motiven verriet. Also kam ich wieder auf das Geld zu sprechen. „Es sollte auch keiner eine Lebensversicherung abschließen; denn die werden bei der Inflation wertlos", warnte ich.


**Kapitel 21**

Im August freute ich mich schon wieder aufs Heumachen. Wilhelm und ich überließen die kleine Wiese den Eltern und bearbeiteten die große Wiese allein. Nicht ohne Hintergedanken. Durch die körperliche Arbeit und viel Bewegung an frischer Luft war ich schlank und sehnig geworden und meine Haut war tiefbraun. Ich hatte sogar gelernt, mit der Sense zu mähen, wenn ich auch bei weitem nicht so schnell und ausdauernd war wie Wilhelm. Wenn wir alle vier mit

Heumachen beschäftigt waren, musste Bismarck das Haus hüten und wurde wieder an die lange Kette gelegt.

Auf dem Weg zur Wiese pflückten wir wilde Erdbeeren, die ein unbeschreiblich köstliches Aroma hatten. Die Böschung am Wegrand war übersät mit Walderdbeeren. Der Fuchsbandwurm war noch unbekannt. Wir konnten die Erdbeeren, genau wie Heidelbeeren, Himbeeren und Brombeeren ungewaschen genießen, ohne Angst um unsere Gesundheit haben zu müssen. Abends, wenn alle Wiesen menschenleer waren, liebten wir uns in der Laube. Wir polsterten den Boden mit Heu, legten das Segeltuch darüber und hatten damit ein duftendes Lager. Nun war ich schon ein ganzes Jahr mit Wilhelm zusammen und es knisterte immer noch zwischen uns. Nach unseren ausgiebigen sexuellen Freuden badeten wir nackt im Bach. Die Dämmerung verbarg uns vor zufälligen Beobachtern. Die Eltern hatten sich schon daran gewöhnt, dass wir erst mit der Dunkelheit nach Hause kamen. Mutter sah uns nur an und wusste Bescheid. Die Nachglut der Leidenschaft ließ sich nicht verbergen. Der Vater schmunzelte nur.

Ende August hatte ich ein ganz seltsames Gefühl. Ich spürte, dass sich etwas in meinem Körper verändert hatte. Obwohl meine Regel noch nicht fällig war, wusste ich ohne jeden Zweifel, dass ich schwanger war. Wilhelm freute sich fast noch mehr als ich. Den Eltern wollten wir die frohe Botschaft erst verkünden, wenn wir sicher sein konnten. Aber bald darauf wurde mir beim Frühstück so übel, dass ich hektisch aufsprang und nach draußen lief. Ich kotzte in hohem Bogen in die Brennnesseln. Mutter stand an der Küchentür und stellte lakonisch fest: „Sonja, du bist schwanger." „Ja, Mutter, nun ist es wohl sicher", bestätigte ich.

Die Mutter verbot mir rigoros, schwere Sachen zu heben, und ich hielt mich daran. In diesem Moment wunderte ich mich gar nicht darüber, dass Mutter das Thema Schwangerschaft so freimütig ansprach. Im allgemeinen war eine schwangere Frau eher etwas Peinliches, das man am besten gar nicht zur Kenntnis nahm. Unter den langen, weiten Röcken der Frauen ließ sich ein Babybäuchlein gut verbergen.

„Komm, Sonja, du musst etwas essen, dann geht die Übelkeit vorbei", riet mir Mutter Liese. Ich lief zum Teich, um mir den Mund auszuspülen, und ging dann wieder in die Küche. Mutter hatte Recht. Nachdem ich ein Brot mit Pflaumenmus gegessen hatte, ging es mir wieder gut.

Ich hielt mich ausnahmsweise an Mutters Rat und vermied es, schwere Lasten zu tragen. Aber von meinem üblichen Bad im kalten Teich konnte mich auch Mutters aufgeregter Protest nicht abhalten. Mein Körper war so abgehärtet, dass ich die Kälte kaum noch spürte. Außerdem ersparte mir ein Vollbad im Teich die umständliche Waschprozedur mit einer Schüssel voll Wasser und einem kleinen Lappen.

Es war gut, dass ich zum Ende des Sommers schwanger wurde. Im Herbst war ich hauptsächlich mit dem Ernten und Verarbeiten von Obst und Gemüse beschäftigt. Auf dem Acker las ich die Kartoffeln auf, schleppte aber die schweren Säcke nicht mehr zum Handwagen. Auch wenn wir von Sonnenaufgang bis Sonnenuntergang arbeiteten, kam nie Hektik ins Spiel. Wir verrichteten unsere Arbeit mit fröhlicher Gelassenheit. Am Abend waren wir müde, aber nicht erschöpft. Wer sich immer nur abhetzt oder angetrieben wird, verausgabt sich viel schneller als wenn er ruhig und stetig arbeitet. Daher war die Fabrikarbeit auch so schädlich für die Menschen. Die Arbeiter mussten Tag für Tag, Jahr für Jahr immer die gleiche eintönige Arbeit verrichten, zwölf Stunden am Tag in Lärm und Dreck. Und die Unternehmer, die sich an der Leistung ihrer Arbeiter bereicherten, trieben ihre Lohnsklaven zu immer größerem Arbeitstempo an. Wozu das führte, hatte ich ja an Wilhelm gesehen, der nach knapp fünf Monaten Fabrikarbeit kaum noch Energie hatte. Es war ja nicht so, dass die Fabrikbesitzer und die Obrigkeit nicht gewusst hätten, was sie den Lohnarbeitern antaten. Im Gegenteil! Es war genau so geplant und die Methode wurde bis weit ins 21. Jahrhundert beibehalten. Die Arbeiter sollten nichts anderes tun, als zum Wohle ihrer Ausbeuter so schwer schuften, dass sie abends nur noch todmüde ins Bett fallen konnten. Dadurch wurde verhindert, dass sie private Kontakte pflegten und sich möglicherweise zusammentaten, um gegen die Zustände zu protestieren. Und sie durften nur so wenig Lohn für ihre Arbeit erhalten, dass sie knapp davon überleben konnten. Es musste auf jeden Fall verhindert werden, dass sich die arbeitende Bevölkerung Geld auf die hohe Kante legte; denn ausbeuten lässt sich nur jemand, dessen nackte Existenz bedroht ist.

Mitte September war es vorbei mit dem Baden im Teich. Wilhelm hielt noch ein paar Tage länger durch als ich. Aber schließlich wurde es auch ihm zu ungemütlich, zumal es regnerisch und windig wurde. Die Kartoffeln waren im Keller, das Getreide gedroschen, Mutter und ich kochten Pflaumenmus und dörrten Obst. Das Pflaumenmus füllten wir in kleine

Steinguttöpfe, gossen einen Schuss Schnaps obendrauf und banden den Topf mit einem Leinentuch zu. Wilhelm war wieder nächtelang mit der Armbrust im Wald und versorgte den „Wilden Eber" mit den erbeuteten Delikatessen. Wilhelm und ich machten lange Wanderungen. Bismarck freute sich, dass wir wieder mehr Zeit für ihn hatten.

Meine morgendliche Übelkeit ließ langsam nach. Ich fühlte mich pudelwohl. Über die Geburt unseres Kindes machte ich mir keine Sorgen. Schließlich war Kinderkriegen ein ganz natürlicher Vorgang, sagte ich mir. Auch wenn Mutter allerhand abergläubisches Zeug zum besten gab. Die meisten Geburten fanden zu Hause statt. Die alte Anne fungierte als Wehfrau. Heute würde man Hebamme dazu sagen.

Eigentlich war Anne gar nicht so alt. Sie war Mitte vierzig, sah aber wie viele Frauen abgearbeitet und verhärmt aus und trug nur schwarze Kleidung. Schwarz war die Farbe der Trauer und nach einem Todesfall in der Familie musste ein Jahr lang Schwarz getragen werden. Da die Familien mit ihrer angeheirateten Verwandtschaft sehr groß waren, kamen manche Frauen aus den schwarzen Kleidern gar nicht mehr heraus. Die Männer wurden offenbar milder beurteilt.

Aber mit schwarzer Kleidung auf den Feldern zu arbeiten, wäre auch nicht zumutbar gewesen. So war das Dorf voller schwarzer Trauergestalten weiblichen Geschlechts, die bedrückt herumhuschten und kaum zu lachen wagten. Diese Unterdrückung der Lebensfreude nahm ich der Kirche übel. Eigentlich sollte der Todestag ein Freudentag sein, da er uns aus diesem irdischen Jammertal befreit.

Meine Brüste wurden nicht nur größer, sondern ausgesprochen kälteempfindlich. Schon im Oktober holte ich meinen selbst gestrickten Pullover aus dicker, kratziger Schafwolle aus dem Schrank und wickelte mich zusätzlich in ein Umschlagtuch ein. Es half alles nichts. Meine Brustwarzen zogen sich schmerzhaft zusammen. Mutter versicherte mir, dass sei ganz normal, kein Grund zur Aufregung. Das half mir, die Schmerzen mit Gelassenheit zu ertragen.

Auf einem unserer Spaziergänge fragte ich Wilhelm: „Wann musst du denn zum Militärdienst?" Richard, Wilhelms Freund aus Hannoversch Münden, war vor kurzem eingezogen worden und ich befürchtete, dass Wilhelm das gleiche passieren könnte. „Ich bin zurückgestellt worden, weil ich der einzige Sohn meiner Eltern bin", erklärte er mir, „sie sind auf meine Hilfe angewiesen. Und jetzt habe ich Frau und Kind, also werden sie mich wohl vorerst nicht holen." „Aber sicher ist das nicht, oder?" wollte ich wissen. „Was ist schon sicher in dieser Welt?" gab Wilhelm lachend zurück.

„Wenn wir schlau wären, würden wir nach Amerika auswandern", fabulierte ich. „Was willst du denn in Amerika?" fragte Wilhelm entgeistert. „Amerika wird bald das reichste Land der Welt sein und alle anderen Länder ausbeuten und unterdrücken. Wenn wir es richtig anstellen, können wir dort zu Millionären werden", erklärte ich. „Willst du denn in einem solchen Land leben?" Wilhelm schaute mich an, als sei ich nicht ganz bei Trost. „Nein", gab ich ehrlich zu, „für mich gibt es keinen schöneren Ort auf der Welt als Nieste. Aber wir könnten ein paar Monate Urlaub in Arabien machen. Ich spreche perfekt arabisch und auf unserem Sparkonto hat sich schon viel Geld angesammelt." Ich hatte wohl meinen spinnerten Tag. Solche Gespräche hatten wir in letzter Zeit öfter geführt und Wilhelm wunderte sich nicht mehr über meine Fantasien. In Wirklichkeit wollte ich gar nicht weg. Aber es machte mir Spaß, Wilhelm von fernen Ländern zu erzählen.

Als es kälter wurde, stürzte ich mich wieder auf die Malerei. Wir besorgten einen großen Vorrat an

Leinwand aus Kassel. Fritz baute mir die Rahmen und bespannte sie mit Leinwand. Ich malte eigentlich nur für Wilhelm. Auf das Geld kam es uns nicht an. Aber Wilhelm sollte sehen, wie die Gegenden aussahen, von denen ich ihm erzählte. So entstanden unter meinen Händen Bilder von Arabien und weitere Gemälde von der Südsee, auch Szenen aus dem alltäglichen Dorfleben und von der Arbeit auf den Feldern, die ich alle mit einem schlichten „S" signierte.

## Kapitel 22

Der Winter verging wie im Fluge. Mein Bauch wurde dicker und ich wurde langsam und schwerfällig. Hin und wieder tauchte Anne auf, erkundigte sich nach meinem Befinden und gab mir gute Ratschläge. Trotz ihres ältlichen Aussehens war sie eine agile, energische Frau. Sie sprach selten über sich und ihr Leben. Aber aus dem Dorfklatsch hatte ich erfahren, dass sie in früher Jugend einen Fehltritt begangen hatte. Sie hatte sich von einem fahrenden Händler bezirzen lassen und war schwanger geworden. Der Händler zog weiter und ließ sich nie wieder blicken. Der Skandal im Dorf schlug hohe Wellen. Annes Kind starb bald nach der Geburt. Anne war gerade 17 Jahre alt, ein junges, unerfahrenes

Ding. Aber ihr Leben war schon versaut. Kein Mann wollte eine Frau mit dieser Vorgeschichte heiraten. Anstatt das Dorf zu verlassen und anderswo neu anzufangen, blieb sie im Haus ihrer Eltern, die einen der größeren Bauerhöfe bewirtschafteten. Der älteste Bruder übernahm den Hof, als die Eltern aufs Altenteil zogen. Nach dem Tode der Eltern blieb Anne, wie das so üblich war, als alte Jungfer unter der Obhut ihres Bruders, mit dem sie sich zum Glück gut verstand. Wie sehr sie sich über ihre vergeudete Jugend gegrämt hatte, sah man an den harschen Linien in ihrem Gesicht. Aber irgendwann hatte sie sich wohl mit ihrem Schicksal abgefunden und führte ein relativ freies Leben. Ihr trockener Humor brachte mich immer wieder zum Lachen.

An einem sonnigen Märztag kutschierte uns Fritz mit dem Einspänner seines Vaters und einer Ladung Ölgemälde nach Kassel. In der Bilderhandlung Appel begrüßte uns ein neuer Mitarbeiter, der sich als Ernst Giesemann vorstellte. Herr Eggenbacher war in den Ruhestand getreten. Wilhelm und Fritz schleppten meine Bilder in den Laden und Herrn Giesemanns Augen wurden immer größer. Ich hatte großformatige Bilder gemalt, da wir ja nicht mehr an Leinwand und Farbe sparen mussten. „Wir sollten eine Ausstellung mit

Ihren Bildern machen", schlug Herr Giesemann vor. „Oh nein! Auf gar keinen Fall!" lehnte ich entsetzt ab. „Ich verstehe Sie nicht", wandte der Verkäufer ein. „Wenn Sie sich einen Namen machen, können Ihre Bilder sehr viel höhere Preise erzielen."

„Halt, Wilhelm, warte mal! Wir müssen hier erst etwas klären", rief ich meinem Mann zu, als er mit einer Ladung Bilder wieder ins Geschäft trat. „Hören Sie, Herr Giesemann", wandte ich mich an den Verkäufer, „Mit Herrn Eggenbacher habe ich ausgemacht, dass mein Name geheim bleibt. Sie stellen nur jeweils ein oder zwei Bilder in den Laden, der Rest bleibt im Lager. Und wenn Sie irgend jemandem verraten, woher die Bilder kommen, verklage ich Sie und Ihren Arbeitgeber!"

Wilhelm gab noch einen drauf: „Und wenn du dich nicht an unsere Vereinbarung hältst, gebe ich dir höchstpersönlich eine aufs Maul", drohte er dem Verkäufer. Herr Giesemann trat erschreckt einen Schritt zurück und sein Gesicht lief puterrot an. „Ich verstehe nicht...", stammelte er verlegen. „Das müssen Sie auch nicht", unterbrach ich ihn rüde. „Werden Sie sich an die Abmachung halten oder sollen wir die Bilder woanders verkaufen?" „Nein, nein. Selbstverständlich. Ganz wie

Sie wünschen", beeilte er sich, auf unsere Forderungen einzugehen.

Fritz stand noch draußen bei Pferd und Wagen. Ich rief ihn herein und forderte Herrn Giesemann auf: „So, nun bestätigen Sie mir vor Zeugen noch mal unsere Vereinbarung!" Herr Giesemann überschlug sich fast vor Beflissenheit. Selbstverständlich werde er unseren Wünschen entsprechen und immer nur ein oder zwei Bilder im Laden ausstellen. Er würde ganz bestimmt niemandem verraten, woher die Bilder kommen. Ich überlegte kurz, mir das auch noch schriftlich bestätigen zu lassen, verwarf den Gedanken dann aber. Wenn Herr Giesemann plaudern wollte, konnten wir nichts machen. Aber es war eine Zeit, als sich die Menschen noch an mündliche Abmachungen hielten. Und Wilhelms Androhung von körperlicher Gewalt würde ein Übriges tun. Wilhelm und Fritz schafften die restlichen Bilder herein.

Herr Giesemann schaute sich jedes einzelne Bild genau an und bot uns dann einen lächerlich niedrigen Preis. Der Kerl wurde mir immer unsympathischer. Hielt er uns etwa für bescheuert? Schließlich wussten wir doch, zu welchen Kursen Firma Appel meine Gemälde weiterverkaufte. Ich machte kurzen Prozess und nannte ihm meinen Preis, wobei ich aus taktischen Gründen gleich zehn Prozent aufschlug. „Wir sind nicht darauf angewiesen, die Bilder zu verkaufen. Und schon gar nicht an Sie", fügte ich hinzu. „Entweder Sie bezahlen einen anständigen Preis oder wir gehen zur Konkurrenz." Es war offensichtlich, dass Herr Giesemann solche Töne aus dem Munde einer Frau nicht gewohnt war. Er verfärbte sich schon wieder rosa. „So einen großen Einkauf darf ich nicht ohne Erlaubnis des Inhabers tätigen", erklärte er gestelzt. „Dann holen Sie doch Ihren Chef her", forderte ich ihn auf. „Das geht nicht. Er ist auf Geschäftsreise und kommt erst übermorgen zurück." Schließlich einigten wir uns darauf, die Bilder vorerst im Geschäft zu lassen, und ließen uns eine Empfangsbestätigung mit genauer Auflistung der Bilder ausstellen. Das dauerte geraume Zeit.

Als wir endlich fertig waren und den Laden verließen, mussten wir uns mit unseren restlichen Besorgungen beeilen. Wir kauften Stoff für Windeln, Tücher und Stoffe für den Haushalt, Stickgarn für Mutter, einige Kilo Zucker und Salz, ein paar Werkzeuge. In einem Kolonialwarenladen gab ich viel Geld aus für Zimt, Pfeffer, schwarzen Tee und Kakao. Die Preise für die exotischen Kostbarkeiten sollten wir Mutter lieber nicht verraten, schlug ich Wilhelm vor. Anschließend aßen wir eine kräftige Mahlzeit in einem Gasthaus. Wilhelm kaufte schnell noch eine Flasche Schnaps für die Heimfahrt und bald waren wir wieder in Richtung Nieste unterwegs.

Kaum hatten wir die Stadtgrenze von Kassel hinter uns gelassen, holte Wilhelm die Schnapsflasche hervor. Auch ich nahm hin und wieder einen kleinen Schluck des wärmenden Gesöffs. Unsere Stimmung wurde immer ausgelassener. Das Pferdchen kannte den Weg und trabte gemächlich dahin. Wir ließen unsere Verkaufsverhandlung noch mal Revue passieren und erzählten Fritz, der davon nichts mitgekriegt hatte, in allen Einzelheiten, was vorgefallen war. Dabei fielen wir vor Lachen beinahe vom Wagen. Es war aber auch zu komisch. Dieser junge Stadtschnösel, der uns über den Tisch ziehen wollte, musste vor den wüsten Drohungen einer Frau und eines Dorfjungen den Schwanz einziehen. Wir konnten uns gar nicht mehr einkriegen.

Als wir an der Teichmühle abstiegen, fing immer wieder einer von uns an zu kichern. „Sonja, du bist ja betrunken!" entrüstete sich Mutter Liese, als sie meiner ansichtig wurde. Dabei waren Wilhelm und Fritz beträchtlich angeheiterter als ich, die nur ein paarmal am

Schnaps genippt hatte. Geduldig und schuldbewusst hörte ich mir Mutters Vortrag über die Schädlichkeit von Alkohol während der Schwangerschaft an. Sie hatte ja Recht. Mich wunderte nur, dass sie überhaupt davon wusste. Warum nur halten wir unsere Vorfahren immer für dümmer als uns selbst?

## Kapitel 23

Unsere Tochter wurde am Dienstag, dem 12. Mai 1891, geboren. Wir nannten sie Layla Elisabeth Henriette. In den letzten Wochen vor meiner Niederkunft kam Anne fast jeden Tag, um nach mir zu sehen. Sie brachte mir Kräutertees mit und erklärte mir den Geburtsvorgang ausführlich. Sie verschwieg mir auch nicht, dass eine Geburt eine schmerzhafte Angelegenheit ist.

Als die Wehen anfingen, war es kurz nach Mitternacht. Ich weckte Wilhelm mit dem wohl klassischen Satz: „Ich glaube, es geht los." Wilhelm sprang aus dem Bett wie ein geölter Blitz, zog sich hektisch Hemd, Hose und Schuhe an und raste aus dem Haus. Bismarck fing an zu kläffen, als Wilhelm in gestrecktem Galopp über den Hof rannte. Dadurch wurden die Eltern wach. Mutter kam herüber zu mir und fragte aufgeregt, wie ich mich fühle. In ihrem langen weißen Nachthemd und mit offenen Haaren sah sie aus wie ein Nachtgespenst. So hatte ich sie noch nie gesehen. Ich musste mir ein Grinsen verkneifen. „Alles in Ordnung, Mutter. Es ist genau so wie Anne es mir beschrieben hat", beruhigte ich sie.

Ich war inzwischen aufgestanden und wanderte im Zimmer hin und her. Mutter deckte das Bett mit den bereitliegenden Decken und Laken ab. „Ich schüre jetzt das Feuer und setze einen Kessel mit Wasser auf", erklärte sie mir und beeilte sich, in die Küche zu kommen.

Nach einer knappen halben Stunde kamen Wilhelm und Anne, beide ziemlich aus der Puste. Wilhelm hatte die Strecke wohl in Rekordzeit zurückgelegt, denn der Hof von Annes Bruder lag am anderen Ende des Dorfes. Anne verbannte Wilhelm aus unserem Schlafzimmer, um mich zu untersuchen. Ich hörte ihn unten im Wohnzimmer rumoren, wo er den Ofen anheizte. Die Anwesenheit des Ehemanns bei einer Geburt war damals absolut undenkbar. Auch ich hielt nichts von diesem modernen Mist. Warum sollte ich meinem geliebten Mann ein Trauma verpassen von Blut,

Stöhnen und Schmerzen? Ja, ich muss zugeben, mir flossen die Tränen und ich jammerte lautstark, als die Wehen in immer kürzeren Abständen kamen. Die Mutter hatte sich in der Zwischenzeit angezogen und war bei uns. Ich schätze, es war sechs Uhr früh, als ich mit einer letzten großen Anstrengung meine Tochter zur Welt brachte.

Das Glücksgefühl, als ich die Kleine zum ersten Mal in den Armen hielt, kann ich nicht beschreiben. Ich hatte mir so sehr ein Mädchen gewünscht. Und hier war sie, meine kleine Layla, so winzig, rot und schrumpelig. Sie hatte schwarze Haare und blaue Augen. Anne erklärte mir, dass alle Babys mit blauen Augen geboren werden und auch die Haarfarbe könne sich durchaus noch ändern. Laylas erster Schrei hatte Wilhelm und den Vater angelockt. Sie standen vor der Tür und warteten, dass sie herein durften. Anne säuberte das Baby und mich, entfernte die besudelten Laken und legte frische auf, half mir beim Anziehen eines sauberen Nachthemdes, wickelte unser Baby in weiche Tücher und legte es mir in die Arme. Erst dann ließ sie die Männer zu mir.

Mir kullerten schon wieder die Tränen aus den Augen, als ich Wilhelms Freude und Erleichterung sah.

Aber dieses Mal waren es Glückstränen. „Bist du nicht enttäuscht, dass es ein Mädchen ist?" flüsterte ich Wilhelm ins Ohr. „Nein. Ich wollte nichts anderes haben. Ein Mädchen, genau wie du." Wilhelms Stimme war ganz heiser vor Aufregung. „Sie ist so wunderschön", fügte er hinzu und strahlte übers ganze Gesicht. Kann man soviel Glück überhaupt aushalten, fragte ich mich. Ein gesundes Kind und ein liebevoller Mann, der sich über eine Tochter freut in Zeiten, wo ein Mann an der Zahl seiner Söhne gemessen wird und Töchter nichts wert sind.

Als ich am Nachmittag aus tiefem Schlaf erwachte, stand eine Wiege neben dem Bett und Layla lag darin. Beim Aufstehen wurde mir ein bisschen schwindelig und ich fühlte mich sehr schwach. Ich hob Layla aus der Wiege und stellte fest, dass sie wie ein Paket verschnürt war, so dass sie nur ihre Arme bewegen konnte.

Ich setzte mich aufs Bett und legte die Kleine an die Brust, wo sie auch bald zu saugen anfing. Es kam noch keine Milch. Erschöpft vom Saugen schlief sie ein und ich legte sie wieder in die Wiege. Langsam zog ich mich an und legte eine frische Leinenbinde um. Von unten aus dem Wohnzimmer hörte ich Stimmen. Ich stieg vorsichtig die Treppe hinunter. Wilhelm saß mit Fritz am Tisch, zwischen ihnen eine Flasche Schnaps. Das Baby musste begossen werden, damit es gut gedeiht, erklärten sie mir.

Ich musste aufs Klo und füllte mir aus dem Topf, der immer auf dem Ofen stand, heißes Wasser in den verbeulten alten Blechkrug. Klopapier gab es noch nicht. Auf unserem Plumpsklo waren kleingerissene Zeitungen und Packpapier an einem Nagel aufgespießt. Da es mir widerstrebte, mich mit Altpapier und Druckerschwärze zu säubern, hatte ich bald nach meiner Ankunft das moslemische System der Reinigung eingeführt. Als Ersatz für ein Bidet mischte ich in der großen Blechkanne lauwarmes Wasser an und spülte mich damit sauber. Zum Abtrocknen nahm ich ein Stück Leinen mit, das ich gleich anschließend im Teich wusch. Anne war von dieser Methode begeistert und empfahl sie allen schwangeren Frauen. Ob die sich daran hielten, weiß ich nicht. Über solche Dinge wurde in diesen prüden Zeiten nicht gesprochen. Meine Familie benutzte jedenfalls weiterhin das unhygienische Altpapier.

Wilhelm erhob sich, um mich zum Häuschen zu begleiten. „Du kannst nicht allein gehen. Nicht, dass du mir noch umfällst", sagte er fürsorglich, nahm mir die gefüllte Kanne ab und legte seinen Arm stützend um mich. „Eigentlich sollst du noch gar nicht aufstehen." Den Frauen wurde nach der Geburt eines Kindes strenge Bettruhe verordnet, mindestens vier Wochen lang. In der Zeit wurden sie verwöhnt und mit Leckerbissen gefüttert. Es war eine Art wohlverdienter Urlaub, den die Frauen in vollen Zügen genossen, sofern alles ohne Komplikationen verlief. Nach dieser Ruhepause fand dann die Taufe statt. Die Kindersterblichkeit war sehr hoch. Viele Kinder starben in den ersten Tagen nach der Geburt an so unheimlichen Krankheiten wie „Schäuerchen" oder „Frieseln", was immer das auch sein mochte. Wenn ein Baby die ersten vier Wochen überstanden hatte, war die größte Gefahr vorbei.

Auf dem Rückweg vom Häuschen wusch ich mir gründlich die Hände im Abfluss des Teiches, wo ich in einem Blechkästchen ein Stück Kernseife deponiert hatte. Ich setzte mich zu Fritz an den Tisch und bat Wilhelm, unsere Kleine herunterzuholen, um sie Fritz zu zeigen. Als Fritz unsere Tochter behutsam im Arm hielt, fing sie an zu weinen. Ein dünnes, klägliches Miauen. „… so klein", murmelte Fritz, während er staunend die zarten Fingerchen berührte. Layla umfasste sofort

Fritzes Zeigefinger. Ihr Weinen verebbte und ihre blauen Augen irrten suchend in Richtung von Fritzes Gesicht, der leise auf sie einredete. „... so ein schönes kleines Mädchen. Siehst du wohl, bei Onkel Fritz brauchst du nicht zu weinen", konnte ich heraushören. „Du bist ja ein richtiger Frauenkenner", sagte ich zu Fritz. Fritz schaute auf: „Habt ihr denn schon einen Namen für sie?" „Layla Elisabeth Henriette", sagte ich. „Elisabeth nach Mutter Liese, Henriette nach meiner Oma und Layla, weil uns der Name gefällt."

Layla hieß meine beste Freundin. Als sie heiratete und mit ihrem Mann nach Djidda zog, hatten wir nur noch spärlichen Kontakt. Außerdem mochte ich Namen mit L. Layla Elisabeth, das passte doch gut zusammen, fand ich.

In diesem Frühjahr konnte ich nicht mit ins Heu gehen. Wilhelm und der Vater mussten die ganze Arbeit allein machen. Mutter blieb mit mir zu Hause und versuchte, mich zu mästen. Ich müsse jetzt für zwei essen, behauptete sie und verwöhnte mich mit lauter guten Sachen. Sie holte sogar Kuhmilch und Sahne aus dem Dorf, da unsere Ziegenmilch angeblich nicht gehaltvoll genug war. Fast jeden zweiten Tag backte sie einen Kuchen mit vielen Eiern und Rosinen. Unsere

Hühner legten fleißig und die aus Kassel mitgebrachten Rosinen hatte Mutter in einen fruchtigen Birnengeist eingelegt. Trotz dieser üppigen Ernährung wurde ich nicht dicker. Das Stillen verbrauchte doch eine Menge Energie. Dafür nahm Layla zu. Die schrumpelige Haut glättete sich und wurde rosig. Ich widerstand allem Zureden von Mutter Liese, die mich dazu bringen wollte, im Bett liegen zu bleiben, wie das andere Wöchnerinnen mit Genuss taten. Mein einziges Zugeständnis an die damaligen Gepflogenheiten war, dass ich nicht ins Dorf ging, sondern mich die meiste Zeit in Haus und Küche beschäftigte.

Als ich Bismarck unsere Kleine vorstellte, beschnupperte er sie ganz vorsichtig und schaute mich dann schwanzwedelnd mit großen Augen an. Ich erklärte ihm, dass Layla jetzt zur Familie gehört und er einen neuen Schützling hat.

Nachdem die Nabelschnur abgefallen und der Nabel verheilt war, wollte ich Layla nicht mehr so fest verpacken, wie es Anne mir gezeigt hatte. Ich nähte Windeln aus dem weichen Stoff, den wir aus Kassel mitgebracht hatten, und strickte aus dünner, von Mutter gesponnener Schafwolle, einen Strampelanzug.

Zwei Wochen nach der Entbindung fühlte ich mich wieder kräftig genug, um kleine Ausflüge zu machen, auf die ich Layla und Bismarck mitnehmen wollte. Mutter war entsetzt: „Du kannst doch nicht mit Hund und Kind herumwandern. Was sollen die Leute denken?" Üblicherweise musste ein Neugeborenes monatelang im geschlossenen Raum bleiben, noch nicht einmal die Fenster wurden geöffnet. Offenbar hielt man frische Luft für schädlich. Diesen Unsinn wollte ich nicht mitmachen.

In meiner Zeit tragen manche Frauen ihre Babys in Tragetüchern. Ich wusste aber nicht, wie ein solches Tragetuch funktionierte. Also nähte ich aus festem Wollstoff ein breites Band, dessen Enden ich zusammennähte, und probierte so lange herum, bis ich den Bogen raus hatte. Nun konnte ich Layla vor meinem Bauch in das Tuch setzen, das über meinem Rücken verkreuzt war, und hatte die Hände frei. Mit Sonja im Tragetuch fragte ich: „Na Bismarck, wollen wir ausgehen?" Bismarck rannte mit freudigem Kläffen zur Gartenpforte. Ich hatte schon wochenlang keine Ausflüge mehr mit ihm gemacht und er war ganz aufgeregt vor Begeisterung.

Ich schlug weite Bögen um die Wiesen und Äcker, auf denen die Dorfbewohner arbeiteten. Dabei hätte ich so gerne allen unser Baby gezeigt. Aber das durfte ich erst nach der Taufe, bei der Layla offiziell als neues Mitglied in die Gemeinschaft aufgenommen wurde. Ich beging so oft Regelverletzungen, bewusst und unbewusst, aber in diesem Fall wollte ich die öffentliche Meinung nicht allzu sehr provozieren.

Die Zeit bis zur Taufe verging wie im Fluge, mit täglichen Ausflügen, gehaltvoller Nahrung und entspannter Arbeit im Haushalt. Meine Milch floss reichlich und Layla gedieh. Bei Bismarck war keine Eifersucht auf unser Kind aufgekommen, da ich mich ausgiebig mit ihm beschäftigte. Wilhelm und ich waren die glücklichsten Eltern, die man sich vorstellen kann.

Die Taufe fand am 26. Juli 1891 nach dem sonntäglichen Gottesdienst statt. Laylas Großeltern wurden als Taufpaten in das Kirchenbuch eingetragen, womit sie sich verpflichteten, immer für Layla zu sorgen. Nach der kirchlichen Zeremonie luden wir jeden, der mitkommen wollte, in den „Wilden Eber" zu einer Feier ein, bei der unser Familienzuwachs gebührend bewundert wurde.

Was wir auch unternahmen, Layla war immer dabei. Ich hatte Mutters geflochtenen Wäschekorb ausgepolstert. Wenn ich im Garten beschäftigt war, stand Laylas Korb am Beetrand. Saß ich im Hof und putzte Gemüse oder machte Handarbeiten, lag Layla im Körbchen neben mir und Bismarck meistens zu meinen Füßen. An trockenen Tagen stellte ich meine Staffelei auf den Hof und Layla konnte mir beim Malen zusehen. Ich redete mit ihr und sang ihr englische, französische und arabische Lieder vor. Sie konnte zwar die Worte nicht verstehen, aber ich war sicher, dass etwas davon haften blieb. Ich wollte ihr soviel wie möglich von meinen Kenntnissen weitergeben. In der Dorfschule würde sie nur gerade eben lesen, schreiben und die Grundrechenarten lernen. Von mir konnte sie so viel mehr lernen. Bildung würde ihren Horizont erweitern und ihr durch schwere Zeiten helfen. Zu Beginn des ersten Weltkriegs wäre sie 23 Jahre alt und wer weiß, was dann alles geschehen würde.

## Kapitel 24

Anfang August machten Wilhelm und ich nach langer Zeit mal wieder eine Wanderung nach Kassel. Layla kam natürlich mit. Wir wechselten uns beim

Tragen ab, das heißt, die meiste Zeit trug Wilhelm unsere Kleine und ich spazierte unbeschwert nebenher. In der Kunsthandlung war ein neuer Mitarbeiter. Herr Giesemann, der junge Schnösel, hielt sich im Hintergrund, während der Neue, der sich als Rudolf Reimers vorstellte, uns begrüßte und uns mitteilte, dass man selbstverständlich bereit sei, für die im Mai gelieferten Bilder den von mir geforderten Preis zu zahlen. Zu Hause hatte ich sechs fertige Südseebilder und eine Winterlandschaft liegen. Herr Reimers war sehr interessiert und bat um möglichst baldige Lieferung. Südseebilder gingen offensichtlich weg wie warme Semmeln.

Die Kaiserin war gerade in Kassel und hielt sich auf Schloss Wilhelmshöhe auf. Sie verbrachte jedes Jahr ein paar Sommerwochen in Kassel. Wir fuhren mit der Straßenbahn zum Schloss und hofften, einen Blick auf sie werfen zu können. Layla nahm all die neuen Eindrücke mit großen staunenden Augen auf. Die Kaiserin bekamen wir leider nicht zu sehen.

Auf dem Heimweg war Wilhelms Rucksack schwer bepackt mit unseren Einkäufen. Trotzdem ließ er es sich nicht nehmen, Layla zu tragen. „Die paar Pfund spüre ich doch gar nicht", behauptete er, „und außerdem ist sie ein guter Ausgleich zum Gewicht des Rucksacks."

Die Heumahd im Frühjahr hatte ohne mich stattfinden müssen, aber im August wollte ich unbedingt wieder dabei sein. Wir transportierten Laylas ausgepolsterten Wäschekorb auf dem Handwagen, den Wilhelm und Vater zogen, und ich trug unsere Kleine im Tragetuch vor dem Bauch. Für den Weg durchs Dorf brauchten wir doppelt so lange wie sonst. Jeder, der uns sah, wollte unsere Tochter begutachten. Die Frauen sahen sich neugierig mein Tragetuch an. Layla schaute mit großen blauen Augen in jedes neue Gesicht, dass sich über sie beugte. Mir schien es, als genieße sie die Aufmerksamkeit, die ihr von allen Seiten entgegengebracht wurde.

Es war noch früh am Morgen, als wir unsere Wiese erreichten. Ein lauer Wind wehte und dicke weiße Wolkenschiffe segelten über den blauen Himmel. Wir stellten Laylas Korb an den Rand der Wiese und breiteten die Heuhaufen aus, während Layla friedlich schlummerte. Ich bearbeitete den oberen Teil der Wiese, um in Laylas Nähe zu bleiben. In der heißen Mittagszeit verzog ich mich mit Layla in die schattige Laube. Wilhelm und der Vater leisteten mir in der

Mittagspause Gesellschaft. Laylas Windeln wechselte ich unten am Bach. Zum Säubern tauchte ich sie bis zur Hüfte ins kühle Wasser. Nach anfänglichem Protest schien sie es zu genießen. Auf dem Rückweg zur Laube machte ich einen Abstecher zur Nachbarwiese und hielt ein Schwätzchen mit Mariechen.

Nachmittags, als die Sonne nicht mehr so hoch stand, parkte ich Layla wieder im Körbchen auf der Wiese und machte mit dem Heuwenden weiter.

Das Wetter hielt sich und wir kriegten das Heu innerhalb weniger Tage unter Dach. Bald waren auch die Kartoffeln gerodet, das Getreide gemäht und gedroschen, Obst und Gemüse verarbeitet und eingelagert und der lange, dunkle Winter kam.

Der Winter war die Zeit der Reparaturarbeiten. Mutter und ich beschäftigten uns mit dem Flicken von Wäsche und Kleidung, Strümpfe stopfen, Stricken, Spinnen und Nähen, während Wilhelm und der Vater Werkzeuge und Geräte reparierten, Zäune und Gebäude instand setzten. Wilhelm hatte wieder Zeit, mit Fritz auf Jagd zu gehen, und ich nutzte die hellen Mittagsstunden zum Malen. Wilhelm und ich machten Ausflüge mit Bismarck. Wenn es nicht allzu kalt war, nahmen wir Layla mit. Wir besuchten unsere Freunde im Dorf und sonntags begleitete ich Mutter in die Kirche.

Im Herbst wurden wie jedes Jahr die Matratzen mit frischem Stroh aufgefüllt. Matratzen ist eigentlich nicht der richtige Ausdruck. In jedem Bett lagen drei große Säcke aus schwerem Segeltuch, in die das Stroh möglichst gleichmäßig hineingestopft werden musste. Diese recht harte Unterlage wurde mit einem federgefüllten Unterbett bedeckt, darauf kam das Bettlaken aus schwerem Leinen. Layla wuchs schnell, und so baute Wilhelm mit Fritzes tatkräftiger Hilfe ein Gitterbett für sie, das wir in unserem Schlafzimmer aufstellten. Die Wiege verschwand wieder auf dem Dachboden.

Als im Frühjahr der Schnee fast weggeschmolzen war, bat ich den Vater, bei Firma Appel nachzufragen, ob man dort an weiteren Gemälden von mir interessiert sei. Dazu fertigte ich eine Art Katalog an. Auf großen Bögen Aquarellpapier malte ich Miniskizzen der Bilder, schrieb zu jedem Bild fein säuberlich in Sütterlinschrift den Titel und die Maße sowie eine kurze Beschreibung des dargestellten Motivs. Unser letzter Besuch in Kassel lag schon Monate zurück und ich hatte in der Zwischenzeit mehr als ein Dutzend Bilder gemalt. Vater kam mit der Nachricht zurück, dass mir die Kunsthandlung alle Bilder abkaufen wollte. Und so fuhren wir an einem trockenen, windstillen Frühlingstag wieder einmal mit Fritzes Einspänner und einer Ladung Bilder nach Kassel. Layla kam natürlich mit, denn Flaschennahrung gab es noch nicht.

Einen Teil des vereinnahmten Geldes gaben wir für notwendige Vorräte und Gebrauchsgegenstände aus. Den Rest trugen wir zur Bank. Fritz fuhr noch in die Fischerstraße und kaufte Beschläge und Werkzeuge ein.

**Kapitel 25**

Die Monate vergingen und wir lebten im Rhythmus der Natur. Layla wurde größer, lernte sitzen und krabbeln, bekam die ersten Zähnchen, konnte bald aufrecht stehen und machte die ersten Gehversuche. Laylas erstes Wort war ein diplomatisches „Ama". Mutter Liese interpretierte es als „Oma", ich als „Mama". Bald danach versuchte sie, ihren eigenen Namen auszusprechen und es kam „Lillie" dabei heraus. Fortan wurde sie nur noch Lillie gerufen.

Als Lillie vierzehn Monate alt war, stillte ich sie ab. Sie wurde mit Ziegenmilch und zerkleinertem Gemüse gefüttert und kaute auch gerne an Brotrinden herum. Als Lillie richtig laufen konnte, musste ständig jemand ein Auge auf sie haben. Sie war flink wie ein Wiesel und wollte alles erforschen. Bismarck blieb ständig in Lillies Nähe. Wenn sie zum Teich laufen wollte, stellte sich Bismarck ihr in den Weg und drängte sie sanft zurück. Auch zu den Ziegen ließ er sie nicht. Die hatte er als unangenehme Genossen kennengelernt. Aber wir konnten nicht die ganze Zeit auf Lillie aufpassen. Sie entwickelte einen enormen Forscherdrang. Halb auf allen Vieren krabbelnd, halb laufend versuchte sie, den Hof zu erkunden. Trotz Bismarcks aufmerksamer Fürsorge machte ich mir Sorgen, dass sie in den Teich fallen könnte und nahm mir vor, ihr so bald wie möglich das Schwimmen beizubringen.

Aber bis dahin musste ich mir etwas einfallen lassen. Den Gedanken an einen Laufstall verwarf ich schnell wieder. Dadurch würde ihr Bewegungsdrang zu sehr eingeschränkt werden. Mutter schlug vor, unser Kind an einem Strick anzubinden. „An einem Strick? Wie einen Hund?" rief ich entsetzt. „Ja, warum denn nicht? Das machen viele Leute so", erklärte Mutter. Ich dachte über die Sache nach. Auf jeden Fall hätte Layla mehr Auslauf als in einem kleinen Laufstall. „Wir können es ja mal ausprobieren", gab ich schließlich nach. Mutter brachte mir einen langen Strick, den ich Layla um die Taille band. Das andere Ende befestigte ich an einem Haken in der Hauswand. Auch wenn mir diese Methode im ersten Moment barbarisch vorkam, erfüllte sie ihren Zweck und Layla schien damit ganz zufrieden zu sein.

Ich wunderte mich manchmal, dass ich nicht erneut schwanger wurde. Wie gerne hätte ich Wilhelm noch einen Sohn geschenkt. Aber das Schicksal wollte es anders. Im August 1893 war Lillie zwei Jahre und drei Monate alt. Ich fand, es war höchste Zeit, ihr das Schwimmen beizubringen. Schließlich konnten wir sie nicht jahrelang an den Strick anbinden. Und der Teich schien mir eine zu große Gefahr zu sein.

Als wir zum Heuen auf der großen Wiese waren, ging ich mit ihr zum Bach und ließ sie im flachen Wasser planschen. Es machte ihr Spaß. Sie schien kein bisschen wasserscheu zu sein. Bald ließ ich sie in einem etwas tieferen ruhigen Kolk nackt auf meinen Armen im Wasser schweben und zeigte ihr, wie sie Arme und Beine bewegen sollte. Die Koordination klappte noch nicht so richtig. Ich drehte sie auf den Rücken und sagte, sie solle sich ganz lang machen, das Bäuchlein nach oben strecken und die Arme seitlich ausbreiten. Vorsichtig senkte ich meine Arme und erklärte ihr: „Siehst du, das Wasser trägt dich ganz von alleine." Mein Töchterchen quietschte vor Vergnügen, zappelte herum und versank prompt unter Wasser. Ich fischte sie auf und erwartete ängstliches Gebrüll. Aber sie strahlte mich an und sagte: „Mama, nochmal."

Es dauerte nicht lange, und sie schwamm wie ein Fisch, oder eher wie ein Frosch. Die nächste Lektion fand in knietiefem strömendem Wasser statt. Lillie lernte, sich bäuchlings oder auf dem Rücken liegend in meine Arme treiben zu lassen. Sie versuchte, gegen die Strömung zu schwimmen. Wir hatten soviel Spaß in diesem Sommer. Gegen Ende August stieg ich mit ihr in unseren Teich. Sie war verdutzt über die Kälte des Wassers, paddelte aber sofort los. Bismarck, der am Ufer gelegen und zugesehen hatte, sprang ins Wasser und versuchte, Lillie zum Ufer zurückzudrängen. Als wir nach wenigen Minuten wieder an Land stiegen, erklärte ich Lillie eindringlich, sie dürfe auf keinen Fall allein im Teich schwimmen. „Warum?", wollte sie wissen. „Du hast noch nicht genug Ausdauer. In dem kalten Wasser kannst du einen Krampf im Bein bekommen. Dann musst du gleich die Rückenlage einnehmen und auf jeden Fall laut rufen. Aber das wird nicht passieren, weil du NICHT ALLEIN INS WASSER GEHST!", erklärte ich mit Nachdruck. „Ja, Mama", sagte mein braves Kind und schaute mich mit großen Augen an.

In diesen glücklichen Jahren führte ich hunderte von Gesprächen mit Wilhelm und beschrieb ihm die Welt der Zukunft. Als ich ihm erzählte, dass jeder Bürger 1.500 € pro Monat vom Staat erhält, ohne für das Geld arbeiten zu müssen, meinte er: „Dann will doch keiner mehr arbeiten." "Ja, genau davor hatten alle Angst, die von der Arbeit anderer Menschen lebten," erwiderte ich, „und darum haben sie sich mit Händen und Füßen gegen ein bedingungsloses Grundeinkommen gewehrt. Diese Ausbeuter und Sklavenhalter dachten, dass alle Menschen so sind wie sie. Dabei waren die es, die den Leuten die Lust am Arbeiten ausgetrieben haben. Durch unmenschliche Arbeitsbedingungen, Hungerlöhne, fehlende Anerkennung. Unsere Regierung ist klüger. Es gibt Belohnungen und Auszeichnungen für besondere Leistungen. Das geht von Orden und offiziellen Ehrungen bis zur Erfüllung besonderer Wünsche. Das ist nicht so, dass jemand, wie früher im Kommunismus, als „Held der Arbeit" gefeiert wird, sondern viel individueller. Das BABEL … das ist das Belohnungsamt für besondere Leistungen, schickt Mitarbeiter los, die in

Familie und Bekanntenkreis herumfragen, was der größte Wunsch eines Menschen ist, und versucht, ihm diesen Wunsch zu erfüllen. Ein junger Mann – ich weiß jetzt gar nicht, was er Besonderes geleistet hatte – wollte unbedingt mal in einem Tauchboot zum Meeresgrund fahren. Es wurde für ihn organisiert. Eine Witwe, Mutter von 4 Söhnen, die sie allein aufgezogen hat und die alle besonders gute Schulabschlüsse gemacht hatten, wollte durch das australische Outback wandern. Es wurde ihr ermöglicht. Der größte Wunsch einer jungen Frau war es, einmal im Leben mit Sixpack – das ist die berühmteste Rockband unserer Zeit – auf der Bühne zu stehen. Kein Problem. Verstehst du? Die Menschen werden glücklich gemacht. Kaum einer legt sich auf die faule Haut. Die Menschen haben keine Angst mehr vor der Zukunft, vor Armut oder gar Obdachlosigkeit. Und das setzt einen unglaublichen Tatendrang frei. Nicht zu vergessen die Kreativität.

Und dann gibt es ja auch noch die gemeinnützige Arbeit. Unangenehme oder langweilige Arbeiten werden ausgeschrieben. Und jeder, der weniger als 1.000 Stunden im Jahr gearbeitet hat, muss im Folgejahr 300 Stunden Arbeitszeit für einen gemeinnützigen und unbezahlten Job aufwenden. Es gibt Ausnahmen – Krankheit, Weiterbildung, Betreuung von Alten, Kranken oder Kindern und dergleichen. Und außerdem erwirbt man sich mit gemeinnütziger wie auch mit normaler Arbeit Rentenansprüche. Und die sind nicht knapp. Auch besondere Leistungen können mit Rentenpunkten honoriert werden. Wer sein ganzes Leben lang nicht arbeitet und nur die jährlichen 300 Stunden unbezahlten Sozialdienst abgeleistet hat, muss eben im Rentenalter mit der Grundsicherung plus der Zusatzrente für die Sozialstunden auskommen. Rentenalter ab 60. Andere, die fleißig gearbeitet oder besondere Leistungen erbracht haben, können mit einem Vielfachen davon rechnen. Und nicht zu vergessen: Wer sein Alter im Ausland verbringen will, erhält zwar, wenn er seine 5 Jahre Auslandsaufenthalt verbraucht hat, keine Grundsicherung mehr. Aber die Rente wird ihm auch ins Ausland überwiesen. Darauf hat er einen Anspruch erworben.

Jedes Arbeitsjahr in Vollzeit bringt einen Rentenanspruch von derzeit 100 € monatlich, und zwar unabhängig vom Verdienst, womit die größte Ungerechtigkeit schon mal ausgeschaltet wurde. Früher war es so, dass die Höhe der Rente sich nach der Höhe der eingezahlten Rentenbeiträge richtete. Wer fett verdiente bekam später auch eine fette Rente. Wer für einen Hungerlohn oder gar in einem Minijob malochte, konnte sich die Hoffnung auf eine menschenwürdige Rente von vornherein abschminken, was auch nicht zu besonderem Arbeitseinsatz motivierte."

Wilhelms Einwand: „Aber der Staat braucht doch auch Geld. Wo soll das herkommen?" hatte ich schon kommen sehen. „Die großen Konzerne wurden verstaatlicht und so fließt der Gewinn direkt in die Staatskasse. Es gibt einen Mindestlohn und – was viel wichtiger ist – eine Obergrenze für Einkommen. Jeder Lohnarbeiter erhält vom Arbeitgeber zusätzlich zur Grundsicherung mindestens 1.500 €. Die Obergrenze für das Einkommen liegt zur Zeit bei 6.000 € monatlich. Jeder kann soviel Geld anhäufen wie er will, aber wenn er stirbt, erbt er Staat das Geld. Firmen, die in Privatbesitz sind, können steuerfrei vererbt werden. Häuser, Autos und Wertgegenstände können bis zu einer bestimmten Grenze steuerfrei in die Hände der Nachfolger übergehen. Aber Geldvermögen, das eine Million € übersteigt, fällt dem Staat zu. Es lohnt sich einfach nicht mehr, dem schnöden Mammon nachzujagen."

Ich sah Wilhelm an, dass er nicht wirklich überzeugt war. Vielleicht hatte ich das Ganze auch nur zu umständlich erklärt. „Du wirfst hier mit Zahlen um dich, dass mir ganz schwindlig wird", sagte er dann. „1.500 im Monat. Soviel könnte ich im ganzen Jahr nicht verdienen." „Das ist nicht so viel wie es sich anhört", stellte ich richtig. „Die Verbrauchssteuern liegen bei 30 %, bei Luxusgütern oft über 50 %. Wer nicht arbeitet, muss sehr sparsam leben."

## Kapitel 26

Im April 1894 spielte Layla im Hof, am Sicherheitsstrick angebunden, mit Holzklötzchen und Steinen. Ich war im Garten und bereitete die Beete vor. Gartenarbeit machte ich immer barfuß. Ich liebte es, das weiche, kühle Erdreich unter den Füßen zu spüren, und außerdem wollte ich meine Schuhe nicht verdrecken. Nach der Arbeit wusch ich mir die Beine im Teich. Das ging wesentlich schneller, als erdverkrustete Schuhe zu putzen.

Ein böiger Wind peitschte die Wolken über den Aprilhimmel. Ich genoss die wärmenden Sonnenstrahlen und war ganz in das Auslesen von Queckenwurzeln vertieft, als mich ein lauter Schmerzensschrei Laylas aus meiner Versonnenheit riss. Erschrocken fuhr ich hoch und rannte los. Ich nahm die Abkürzung durch die Brennnesseln am Teichrand, spürte einen kurzen, scharfen Schmerz in meiner Fußsohle, den ich aber gleich wieder vergaß. Mutter Liese stürzte aus der Küche und hob Layla hoch. Meine Kleine schluchzte erbarmungswürdig und konnte vor lauter Luftholen nichts sagen. Sie streckte mir anklagend ihre Hand mit erhobenem Daumen entgegen. „Da", brachte sie schließlich heraus, „tut weh."

Erst bei genauem Hinsehen entdeckte ich den Bienenstachel. Ich zog ihn vorsichtig heraus. Mutter drückte mir Layla in die Arme und lief in die Küche. Sie kam mit einer halbierten Zwiebel zurück, mit der sie Laylas Daumen einstrich. „Das ist bald wieder gut", tröstete ich meine Tochter, „eine Biene hat dich gestochen." Layla hörte auf zu schluchzen und betrachtete interessiert ihren Daumen, an dem sich eine rote Schwellung bildete. Hoffentlich ist sie nicht allergisch gegen Bienengift, dachte ich voller Angst. „Sonja, dein Fuß blutet", sagte Mutter plötzlich mit einem alarmierten Ton in ihrer Stimme. Ich schaute nach unten und sah die roten Spuren auf den Pflastersteinen. Im gleichen Moment spürte ich den brennenden Schmerz in meiner linken Fußsohle. Layla wurde wieder auf Mutters Arme verfrachtet, die vor sich hin murmelte: „Ein Unglück kommt selten allein." Ich setzte mich auf die

Bank und untersuchte meinen Fuß. „Mama auch Aua?" fragte Layla und war von ihrem eigenen Schmerz abgelenkt. „Ja, Mäuschen, ich bin wohl in etwas reingetreten. Vielleicht ein Nagel", stellte ich fest. „Aber das ist nicht so schlimm, nur ein ganz kleines Loch", fügte ich beruhigend hinzu.

Ich humpelte zum Teich und wusch mir die Füße. Mutter hatte Layla wieder auf den Boden gestellt und kam mit einem Handtuch und einem Streifen Leinen zu mir. Nachdem sie mir den Fuß verbunden hatte, sagte sie: „Warte hier, ich hole deine Sandalen, damit der Verband nicht schmutzig wird." Am nächsten Tag spürte ich außer einem leisen Pochen nichts mehr von meiner Verletzung, und so achtete ich nicht weiter darauf. Es war nur noch ein kleiner Schorf und eine leichte Rötung zu sehen, aber das Pochen blieb.

Vor der Heuernte wollten wir wieder eine Ladung Bilder nach Kassel transportieren. Nach dem Besuch in der Galerie waren noch einige Einkäufe zu erledigen. Ich fühlte mich gar nicht gut und blieb mit Fritz auf dem Wagen sitzen, während Wilhelm alles erledigte. Auf der Rückfahrt fühlte ich mich schwindelig und Schweißperlen bildeten sich auf meiner Stirn. „Sonja, du siehst so blass aus. Ist dir nicht gut?" Wilhelm sah mich besorgt an. „Ich weiß nicht, mir ist so komisch. Vielleicht habe ich einen Sonnenstich", sagte ich kläglich.

Als wir wieder zu Hause waren, verfrachtete mich Wilhelm sofort ins Bett und ging dann los, um Anne zu holen. Ich erzählte ihr von dem rostigen Nagel, in den ich getreten war. Anne sah sich meinen Fuß an. An der Innenseite meines linken Beins hatte sich ein dünner roter Strich gebildet, der bis zur Wade lief. Anne bemerkte, dass ich Fieber und Schüttelfrost hatte. „Du hast eine Blutvergiftung", stellte sie fest. „Das ist gefährlich und du kannst daran sterben. Ein Mittel dagegen habe ich nicht." „Aber ich kann nicht sterben. Ich will Layla und Wilhelm nicht allein lassen", protestierte ich hilflos. „Du musst sofort nach Kassel ins Krankenhaus", sagte Anne mit besorgtem Gesicht, „dort können sie dir bestimmt helfen."

Nachdem Anne sich verabschiedet hatte, setzte sich Wilhelm zu mir ans Bett und sagte: „Ach, Sonja, du musst wieder gesund werden. Was sollen wir denn nur machen? Kannst du nicht zurückgehen in deine Zeit und dich heilen lassen"? Auf diese Idee war ich in meinem umnebelten Hirn noch gar nicht gekommen. Ich war matt und schläfrig und konnte nicht mehr klar denken. „Ich muss es schaffen. Gleich heute nacht", sagte ich. „Ich gehe zurück, lasse mich heilen und komme dann sofort wieder."

Bald nachdem die Eltern schlafen gegangen waren, holte Wilhelm den Zeitgürtel aus der Truhe und half mir beim Anlegen. Ich behielt mein Nachthemd an, Wilhelm half mir in die Sandalen und wickelte mich in eine Wolldecke. Er trug mich auf den Armen aus dem Haus. Im Hof sprach er leise auf Bismarck ein, um ihn zu beruhigen. Dann standen wir vor dem Gartentor in der Nähe der Stelle, wo ich mein Auto geparkt hatte. Noch eine letzte Umarmung, dann drückte ich den grünen Knopf am TGap. Wieder hatte ich das Gefühl des Fallens. Doch diesmal lag ich wirklich am Boden, nackt auf eiskaltem Schnee. Nur mühsam kam ich auf die Beine. Dabei zitterte ich wie Espenlaub. Ich tastete mich zum Auto und stolperte über meine zurückgebliebene Kleidung. Der Schweiß brach mir aus und wurde vom kalten Wind getrocknet.

Wie in Zeitlupe zog ich mich notdürftig an. Dann tastete ich am kalten Boden herum, bis ich meine Handtasche fand. Kraftlos hievte ich schließlich meine Reisetasche ins Auto und kroch hinterher. „Starten!" befahl ich der stimmgesteuerten Automatik. Dann fuhr ich im Schneckentempo ins Dorf und parkte das Auto vor dem „Wilden Eber". Ich weiß nicht mehr, wie ich es geschafft habe, mein Zimmer zu erreichen. Der Schweiß lief mir in Strömen über den Rücken, meine Knie zitterten und ich sah alles doppelt. Halb ohnmächtig fiel ich aufs Bett. Mein einziger Gedanke war: „Jetzt nur nicht einschlafen, sonst wache ich nie wieder auf." Mit letzter Kraft nahm ich mein Handy und ließ mich von der Auskunft mit einem Arzt verbinden, dem ich meinen Zustand beschrieb. „Ich glaube, ich habe eine Blutvergiftung. Kommen Sie bitte sofort her." Ich nannte ihm die Adresse des „Wilden Ebers" und meine Zimmernummer und erklärte ihm, dass ich die Haustür und meine Zimmertür unverschlossen gelassen habe. Er solle möglichst niemanden im Haus wecken.

Ich kam wieder zu mir, als ich heftig geschüttelt wurde. Ein großer blonder Mann beugte sich über mich und legte eine kühle Hand auf meine Stirn. „Sie haben hohes Fieber", stellte er fest. Er untersuchte mich und bestätigte dann: „Wie Sie schon sagten, sie haben eine Blutvergiftung. Aber warum haben Sie es so weit kommen lassen? Sie hätten schon viel früher einen Arzt aufsuchen müssen." Ich schloss die Augen und schwieg. „Ich werde Ihnen jetzt eine Spritze geben", erklärte er mir, „und danach sollten Sie sich gründlich ausschlafen. Nach acht Stunden ist das Schlimmste vorbei und sie werden sich besser fühlen." Dann legte er mir eine Packung Tabletten auf den Nachttisch und instruierte mich: „Sie müssen drei Tage lang pünktlich alle zwölf Stunden eine Tablette nehmen. Das ist sehr wichtig für eine vollständige Heilung. Vergessen Sie es nicht!" Der Arzt verabschiedete sich freundlich und wünschte mir gute Besserung.

Als ich aufwachte, war es schon früher Nachmittag. Ich hatte über zwölf Stunden geschlafen. Meine Kleidung, die ich immer noch trug, war durchgeschwitzt, aber im Kopf fühlte ich mich wieder klar. Es war höchste Zeit für die erste Tablette. Die Schachtel lag auf dem Nachttisch und die Freigabeautomatik hatte schon eine Tablette bereitgestellt. Ich zog mich aus, legte den TGap ab, ging ins Bad und schluckte die Tablette mit etwas Wasser hinunter. Dann genoss ich die erste heiße Dusche seit fünf Jahren. Die ganze Zeit fühlte ich mich als stünde ich neben mir und beobachte mich wie eine fremde Person.

Meine Reisetasche lag noch im Auto. So zog ich meinen Kimono über, der noch im Schrank hing, und hängte meine verschwitzte Kleidung auf Bügel, um sie auslüften zu lassen. Dann bestellte ich telefonisch ein Frühstück mit viel Kaffee. Der neugierige Wirt bemerkte

leutselig: „Na, das ist wohl spät geworden letzte Nacht."
Das konnte ich ihm ohne zu lügen bestätigen. „Stellen
Sie das Frühstück bitte vor meiner Zimmertür ab. Ich
möchte jetzt erst mal duschen", erklärte ich ihm. Ich
wollte keine Fragen über mein verändertes Aussehen
beantworten. Meine schwarzen Haare waren gerade
abgeschnitten und hingen mir formlos über die
Schultern. Beim ersten Blick in den großen Spiegel im
Badezimmer erkannte ich mich kaum wieder. Meine
Hüftknochen stachen hervor wie bei einem alten Gaul.
Mein Bauch war flach und fest, Arme und Beine sehnig
und mit harten Muskeln. Auch meine Brüste hatten sich
verändert, sie waren voller geworden und hatten
ausgeprägte Brustwarzen. Meine Haut hatte immer noch
etwas Sonnenbräune, die auch im Winter nie ganz
verschwand. Zu Hause – bei Wilhelm – gab es nur einen
kleinen Spiegel. Und selbst den hatte ich selten benutzt.
Dem heutigen Schönheitsideal entsprach ich jedenfalls
in keiner Weise. Die Araber bevorzugen runde,
weibliche Formen und blasse Haut.

Das Klopfen an meiner Zimmertür schreckte
mich aus meinen Gedanken. Ich wartete eine Weile und
holte dann das Tablett mit dem Frühstück, das auf einem
kleinen Rollwägelchen stand, ins Zimmer. Während ich
meine zweite Tasse Kaffee mit Genuss schlürfte, griff ich

zu meinem Handy. Ich wollte Oma anrufen. Aber dann zögerte ich. Was sollte ich ihr sagen? Eigentlich wollte ich sofort zu Wilhelm zurückspringen. Ich war wohl doch noch ziemlich verwirrt. Mühsam versuchte ich, meine Gedanken zu ordnen.

Es war Donnerstag Nachmittag. Ich musste drei Tage lang regelmäßig die Tabletten einnehmen, um restlos geheilt zu werden. Also konnte ich nicht sofort zu Wilhelm zurückkehren; denn die Tabletten würden ja nicht mit transportiert werden. Ich konnte aber auch nicht drei Tage lang hier im Gasthaus bleiben. Osama würde das Fehlen des TGap sofort bemerken und konnte mich mühelos über meine Handydaten aufspüren oder das Auto anpeilen. Womöglich würde er die Polizei auf mich hetzen und mich als Werksspionin verhaften lassen. Es nützte auch nichts, wenn ich mein Handy zerstörte und das Auto zurückließ. Ich konnte mich in keinem Hotel einmieten. Und drei Nächte im Freien verbringen war genau so unmöglich.

Schweren Herzens entschloss ich mich zurückzufahren. Ich rief Oma an, sagte ihr, dass ich etwas länger gebraucht habe als geplant und dass ich jetzt die Rückfahrt antreten würde. Dann zog ich mich an, wobei ich meine Haare sorgfältig unter dem Kopftuch verbarg, packte meine Sachen zusammen und verließ das Zimmer.

Im Gastraum bezahlte ich meine Rechnung beim Wirt und verabschiedete mich. Die Fahrt bis zur Autobahn erforderte meine ganze Konzentration. Dort konnte ich endlich die Automatik einschalten. Es wurde schon wieder dunkel, als ich das Auto vor der „Ölquelle" parkte.

## Kapitel 27

Mein erster Weg führte mich zu Oma. Ich war so glücklich, sie wiederzusehen, dass ich sie überschwänglich umarmte und gar nicht mehr loslassen wollte. „Sonjakind, was ist denn los?" wunderte sich Oma. „Du tust ja so, als hätten wir uns monatelang nicht gesehen!" „Ach Omilein, ich war viel zu lange weg", murmelte ich in ihr Haar. Sie schob mich mit ausgestreckten Armen von sich: „Du siehst so anders aus. Warum trägst du denn so ein dunkles Make-up?" Ich nahm Kopftuch und Schleier ab. Oma setzte sich auf einen Hocker und starrte mich mit offenem Mund an. „Bitte frag jetzt nicht, Oma", sagte ich schnell, „ich erkläre dir alles später. Ich bin so müde. Ich möchte mich nur hinlegen." Mit weichen Knien ging ich zum Sofa. Oma legte eine Wolldecke über mich. „Du wirst doch nicht krank werden?" sorgte sie sich. „Vielleicht habe ich mir eine Erkältung eingefangen", wiegelte ich ab. „Aber was hast du nur mit deinen Haaren gemacht? Dein Mann wird dich nicht wiedererkennen."

Ich konnte ihr nicht mehr antworten, weil ich eingeschlafen war. Es war reiner Zufall, dass ich rechtzeitig zur Einnahme meiner Medizin wach wurde. Oma hatte eine Lampe brennen lassen und mich mit einer Daunendecke zugedeckt. Ich hatte brennenden Durst. Die Uhr zeigte halb zwei Uhr nachts. Auf dem Tisch lag ein Zettel: „Deine Sachen sind in deinem Zimmer. Die Bilder habe ich in die Galerie bringen lassen." In Omas Küche stürzte ich zwei große Gläser Apfelsaft hinunter und nahm meine Tabletten ein. Ich programmierte das Alarmsignal meines Handys auf ein Uhr nachts und ein Uhr nachmittags. Ich durfte nicht versäumen, die Tabletten regelmäßig einzunehmen. Die Zeiten waren sehr günstig. Da Osama und ich in getrennten Zimmern schlafen, würde er nichts davon mitkriegen. Und über Mittag blieb er meistens in der Firma.

Ich verfrachtete die Daunendecke in mein Zimmer und kuschelte mich ins Bett. Aber schlafen konnte ich nicht mehr. Im Kopf fühlte ich mich seltsam leicht und meine Stirn kam mir heiß vor. Vielleicht hatte ich mich wirklich erkältet, als ich in der Nacht zuvor nackt in der eisigen Winterluft stand. Einen Impfstoff gegen Schnupfen hat die moderne Medizin immer noch nicht gefunden.

Ich döste vor mich hin, bis ich Oma in der Küche hantieren hörte. Mein Hals kratzte und meine Nase war verstopft. Beim Frühstück erklärte ich Oma, ich würde gerne ein paar Tage bei ihr bleiben und meine Erkältung auskurieren. Dann rief ich Osama an und teilte ihm mit, dass ich ihn wegen meiner Erkältung nicht vom Flughafen abholen könne. Er erklärte mir, dass er noch bis Montag in Riad bleiben müsse.

Für den Nachmittag meldete ich mich im Schönheitssalon an. Oma war rücksichtsvoll und stellte keine weiteren Fragen wegen meines Aussehens. Wir sprachen über die mitgebrachten Bilder und ich berichtete ausführlich, wie ich sie gefunden hatte.

Mittags fuhr ich mit meinem Sportflitzer nach Hause. Ich ging gleich in Osamas Arbeitszimmer und legte den TGap und die Münzen in den Tresor. Dann zog ich mich um, wobei ich darauf achtete, dass kein schwarzes Haar unter dem Kopftuch hervorschaute, und packte ein paar Sachen zusammen, die ich zu Oma mitnehmen wollte. Auf dem Weg zu Oma besorgte ich mir an einem Apotheken-Terminal Medikamente zur Linderung meiner Erkältung. Meine Nase lief jetzt wie ein Wasserfall, ich hatte explosive Niesanfälle und mein Husten hörte sich an wie Hundegebell. Aber ich hatte nur leichtes Fieber und fühlte mich nicht allzu schlecht. Zumindest körperlich. Meine Seele war wie betäubt. Ich musste immer wieder die Gedanken an Wilhelm und Layla verdrängen, sonst hätte ich nur noch heulen können.

Im Schönheitssalon hatte ich eine lange Sitzung. Meine Füße hatten Hornhaut vom Barfußlaufen, meine Nägel waren rissig, meine Haut musste gebleicht werden. Als ich nach dreistündiger Prozedur endlich fertig gestylt war, konnte ich mich wieder sehen lassen. Meine Haare hatten einen perfekten Schnitt und waren wieder rot gefärbt. Es war einfacher, sie vor meiner Rückkehr zu Wilhelm wieder schwarz färben zu lassen als Osama mit nicht nur abgeschnittenen, sondern auch noch schwarzen Haaren zu schocken. In Nieste durfte ich natürlich nicht mit roten Haaren auftauchen. Schließlich wollte ich nicht wieder als Hexe verschrien werden. Und das würde mit Sicherheit passieren, wenn ich praktisch über Nacht nicht nur spontan von einer tödlichen Krankheit geheilt sein würde, sondern gleichzeitig auch wieder rote Haare hätte.

Am nächsten Tag fühlte ich mich wieder schlechter. Das Fieber stieg an und ich fühlte mich so schlapp, dass ich den ganzen Tag im Bett blieb. Oma beobachtete mich mit besorgtem Blick. Als ich abends Schweißausbrüche und Schüttelfrost bekam, ließ sie den Arzt kommen, der eine leichte Lungenentzündung feststellte. Ich wagte es nicht, ihm von meiner Blutvergiftung zu erzählen, und hoffte einfach, dass die verschiedenen Medikamente sich vertragen würden. Außerdem war mir sowie alles egal. Wenn ich nicht zu Wilhelm und Layla zurückkehren konnte, hatte mein Leben keinen Sinn mehr, dann wollte ich lieber sterben.

Aber die heutige Medizin ist sehr wirksam. Schon nach drei Tagen ging es mir wieder besser. Osama kam erst am Dienstag zurück und eilte gleich an mein Krankenlager. Er war so erschrocken, als er mich so blass und mager sah, dass er kein Wort über meine kurzen Haare verlor. Vielleicht waren sie ihm vor Sorge um mich auch gar nicht aufgefallen.

Als ich wieder aufstehen konnte, ohne dass mir gleich schwarz vor Augen wurde, zog ich mich an, was eine ganze Weile dauerte, weil ich doch noch ziemlich klapperig war. Oma hantierte in der Küche. Bei meinem Anblick fuhr sie zusammen, als hätte sie ein Gespenst gesehen. „Sonja, was hast du vor? Du solltest im Bett bleiben", rief sie erschrocken.

Was ich vorhatte, musste ich ihr verschweigen; denn ich wollte nichts weiter als so schnell wie möglich zurück zu Wilhelm und Layla. Diese wenigen Tage ohne meine „richtige" Familie waren mir wie die längsten meines Lebens vorgekommen. Ich erklärte Oma, dass ich nur mal kurz nach Hause fahren und ein paar Sachen holen wolle. „Fahr bloß vorsichtig! Du siehst aus, als würdest du jeden Moment zusammenklappen", gab sie mir mit auf den Weg. So fühlte ich mich auch.

Ich stieg in meinen Sportwagen, der noch vor der Galerie stand. Ich würde nichts einpacken, nur den TGap umlegen und sofort nach Nieste losfahren. In meiner Handtasche hatte ich Kreditkarten, etwas Bargeld und die Fahrzeugpapiere. Mehr brauchte ich nicht. Dieses Mal würde ich mir in Kassel ein Zimmer nehmen, um die Zeit bis nach Mitternacht abzuwarten, und dann nach Nieste fahren und nach 1894 zurückspringen. Wilhelm wartete sicher noch an der gleichen Stelle auf mich, wo ich vor seinen Augen verschwunden war. Für ihn würden ja nur fünf Minuten vergangen sein. Und ich durfte nicht vergessen, in Kassel meine Haare wieder schwarz färben zu lassen.

Die Vorfreude auf das Wiedersehen mit Wilhelm ließ mich selbst diesen trüb-grauen Januarmorgen als schön empfinden. Meine Blutvergiftung war kuriert, die Lungenentzündung überwunden. Bei Wilhelm konnte ich mich erholen und wieder zu Kräften kommen. Als ich ankam, war Osama schon aus dem Haus. Ich vergewisserte mich, dass die Luft rein ist und ging schnurstracks in sein Büro. Mir zitterten die Hände und mein Herz raste, als ich den Tresor öffnete. Der TGap war weg! Schwindel erfasste mich und die Knie knickten mir weg. Als ich wieder zu mir kam, lag ich vor dem offenen Tresor auf dem Teppich. Mein Kopf fühlte sich an wie ein ausgehöhlter Kürbis. Ich rappelte mich auf, schloss den Tresor, nahm meine Handtasche und verließ das Haus.

Mein Denken war ausgeschaltet. Ich handelte rein mechanisch. Wie im Traum fuhr ich zu Oma zurück. Oma, die immer noch in der Küche vor einer Tasse Kaffee saß, sprang auf und fasste mich an beiden

Armen. „Was ist passiert? Hattest du einen Unfall?" fragte sie und schaute mir alarmiert in die Augen. „Ich muss wieder ins Bett. Das war einfach zuviel", murmelte ich. Oma verkniff sich jeden Kommentar und führte mich in mein Zimmer. Ich fiel angezogen aufs Bett und muss wohl auf der Stelle eingeschlafen sein.

Als ich erwachte, war es 18 Uhr und schon wieder dunkel. Ich hatte den ganzen Tag verschlafen. Langsam wich auch die Betäubung aus meinem Hirn. Hatte der TGap wirklich nicht im Tresor gelegen oder war das alles nur ein furchtbarer Albtraum? Bestimmt würde Osama ihn wieder mitbringen, redete ich mir ein. Ich brauchte also nur abzuwarten. Ich zog die Kleider aus, in denen ich geschlafen hatte, und ging ins Bad. Als das Wasser in die Wanne lief, klopfte Oma an die Tür und fragte, was ich essen will. „Ganz egal, Oma. Irgendwas", rief ich ihr zu.

Nach dem Bad zog ich mein langes rotes Hauskleid an und ging in die Küche. Oma hatte ein opulentes Mahl zubereitet und ich aß soviel ich konnte, wenn auch ohne richtigen Appetit. Aber schließlich wollte ich so schnell wie möglich wieder gesund und stark sein. „Omilein, bitte sag Osama nichts von meinem Ausflug. Er würde mir nur Vorwürfe machen", bat ich.

„Aber er wird es doch bestimmt vom Personal erfahren", wandte Oma ein. „Lassen wir es darauf ankommen", schlug ich vor, „aber er muss ja nicht erfahren, wie sehr ich mich dabei überanstrengt habe. Oma war wie immer auf meiner Seite: „Ja, das ist wohl besser so."

Nach dem Essen holte Oma eine Flasche Champagner hervor. Das war ein ganz seltenes Ereignis und ich wunderte mich: „Omi, willst du mich betrunken machen?" „Champagner bringt den Kreislauf in Schwung und hellt die Stimmung auf", erwiderte Oma, „und ich finde, das hast du nötig." Wie pragmatisch sie doch manchmal sein konnte. Bald darauf kam Osama. „Ihr lasst es euch ja gutgehen", stellte er mit einem Blick auf die Champagnerflasche fest, „gibt es etwas zu feiern?" „Na, wenn Sonjas Genesung kein Grund zum Feiern ist", stellte Oma fest und bot Osama auch ein Glas an. Er lehnte ab und bat Oma statt dessen um ein Stück von dem guten Schwarzen. Beim Bröseln bemerkte er: „Ich gehe dann zu Fuß nach Hause. Ein bisschen Bewegung wird mir guttun." Während der Joint kreiste, fragte Osama: „Willst du nicht bald wieder nach Hause kommen, Sonja?" „Ach, zu Hause bin ich doch den ganzen Tag allein. Lass mich noch ein paar Tage bei Oma bleiben, bis ich wieder richtig fit bin", sagte ich, und Osama hatte nichts dagegen. Wir verbrachten den

Abend in fröhlicher Stimmung. Alle Gedanken an den TGap hatte ich aus meinem Kopf verdrängt. Vielleicht war es unlogisch, dass ich nicht mit Osama nach Haus ging, um jeden Tag im Tresor nachzusehen, ob der TGap wieder darin lag. Aber irgendwie hatte ich das sichere Gefühl, dass ich ihn nicht vorfinden würde. Und so schob ich den Tag meiner Rückkehr immer wieder hinaus und klammerte mich an das kleine Fünkchen Hoffnung, das tief in meinem Inneren glomm und mir immer wieder ein „vielleicht doch" suggerierte. Ich blieb noch acht Tage bei Oma. Dann entschloss ich mich, zu Osama zurückzukehren. Der TGap lag immer noch nicht wieder im Tresor. Ich redete mir ein, dass er bestimmt bald auf den Markt käme und ich dann die Möglichkeit hätte, zu Wilhelm zurückzukehren. Der Schmerz um meinen Verlust nagte mit spitzen Zähnen an meinem Herzen.

Zu meinem 19. Geburtstag am 14. Februar wurde eine Riesenparty veranstaltet. Osama überraschte mich mit einer Reise in die Südsee. Er hatte sich ganze drei Monate freigenommen, was mich noch mehr überraschte. Im April würden wir nach Riad fahren, um an der Hochzeit seiner Nichte Dina teilzunehmen, und anschließend nach Australien, Neuseeland, Tasmanien, den Fidschi-Inseln, Tuvalu, Kiribati, Samoa, den Cook-Inseln, Tonga, Tahiti und Hawaii. Ich war überwältigt. Nicht so sehr von der Kostspieligkeit dieses Geschenks, sondern von der Zeit, die Osama dafür opferte. „Wenn es dir gefällt, können wir unseren Urlaub auch noch verlängern", hatte er mir gesagt. Und: „Ich habe dich in letzter Zeit viel zu lange vernachlässigt. Aber jetzt ist unser wichtigstes Projekt abgeschlossen, da wird die Firma auch mal eine Zeit lang ohne mich auskommen." „Was war denn das für ein wichtiges Projekt?" konnte ich mir nicht verkneifen zu fragen. Mir war klar, das konnte nur der TGap sein. „Sonja, das darf ich dir nicht sagen. Wir haben das Patent an das Militär verkauft. Das ist jetzt ein Staatsgeheimnis."

Oh, Allah, jetzt war alles aus. Der TGap würde nie auf den Markt kommen. Ich nahm schnell einen Schluck von meinem Cocktail und versuchte, meinen Schock zu überwinden. Auf dem Tisch stand ein Behälter mit vorgedrehten Joints. Ich griff mir einen, zündete ihn an und sog den Rauch tief ein. Osama schaute mich erstaunt an. „Du rauchst doch sonst nie auf Partys", stellte er fest. „Heute ist mein Geburtstag. Und ich freue mich so auf die Südsee." Mir fiel keine andere Erklärung ein. „Komm, lass uns tanzen!" forderte ich ihn dann auf. Angenehm benebelt schwebte ich mit Osama über die Tanzfläche und wendete meine inzwischen erprobte Verdrängungstaktik an, um nicht mehr an Wilhelm und Layla denken zu müssen. An den dumpfen Schmerz in meinem Herzen hatte ich mich schon fast gewöhnt. Wie lange würde Wilhelm wohl auf der Wiese bleiben und auf mich warten?

Am 10. April sollte unsere Reise losgehen. Wir mussten Hochzeitsgeschenke und Mitbringsel für die Familie einkaufen. Und wir brauchten Garderobe und Strandkleidung, die der gängigen Mode an unseren Urlaubszielen entsprach. Ich kaufte mir sogar einige Bikinis, was Osama nicht sonderlich zu erschüttern schien. Er war so liebevoll und fürsorglich zu mir, dass ich langsam anfing, mich wirklich auf unseren Urlaub zu freuen.


**Kapitel 28**

Wir hatten eine Menge Gepäck, als wir nach Riad abflogen. Allein die Geschenke für unsere große Familie füllten schon zwei Koffer. Von Riad aus würden wir mit leichtem Gepäck nach Sydney weiterfliegen. Die arabische Kleidung konnten wir in Riad lassen. Die Hochzeit war laut und bunt und ähnelte eher einem Volksfest als einer Familienfeier. Wir feierten eine ganze

Woche lang. Ich lernte auch die entferntesten Mitglieder der Verwandtschaft kennen und traf nach langer Zeit meine Freundin Layla wieder. Sie hatte zwei Kinder, süße kleine Zwillingsmädchen im Alter von zweieinhalb Jahren. „Dies ist Layla und das ist Sonja", wurden sie mir von ihrer Mutter vorgestellt. Ich ging in die Hocke, umarmte und küsste die Kleinen. Sie erinnerten mich sehr an meine Lillie. Wie gern hätte ich meiner liebsten Freundin von meiner kleinen Layla erzählt, die ich nie wiedersehen würde.

Layla sah mich erschrocken an, als mir die Tränen kamen. Ich konnte mein Schluchzen nicht unterdrücken. Layla umarmte mich und versicherte mir tröstend: „Du musst doch nicht traurig sein. Bestimmt wirst du auch bald schwanger." Ich schluchzte nur um so mehr, während Layla auf mich einredete wie auf ein krankes Pferd. Sie konnte es gar nicht fassen, dass ich wegen meiner Kinderlosigkeit so untröstlich war. Aber ich konnte ihr den wahren Grund für meine Verzweiflung nicht verraten. So lieb ich sie hatte, wusste ich doch, dass in kürzester Zeit die gesamte Verwandtschaft von meinem Geheimnis erfahren würde. Arabische Frauen konnten keine Geheimnisse bewahren.

Als die Feier zu Ende war, blieben wir noch drei Tage und besuchten Freunde und Bekannte von Osama. Nach einem tränenreichen Abschied von der Familie flogen wir weiter nach Sydney. Es gab so viel zu sehen, dass ich gar keine Zeit zum Grübeln fand. Es fiel mir leicht, nur in der Gegenwart zu leben, von einem Tag zum andern, all die schönen Sachen zu genießen und nicht mehr an die ferne Vergangenheit zu denken.

Neuseeland war ein ganz besonderes Erlebnis. Wir mieteten uns ein Wohnmobil und erkundeten drei Wochen lang die Südinsel, wobei wir uns ohne Plan und Ziel von einem schönen Fleckchen Erde zum anderen treiben ließen.

Anschließend fuhren wir nach Tasmanien, um meine Eltern zu besuchen, die sich in Georgetown ihr neues Leben aufgebaut hatten. Ich konnte es gar nicht fassen, als uns Mutter erklärte, sie hätten ihrer Firma zwei Wochen Betriebsferien verordnet, um Zeit für uns zu haben.

Meine Eltern hatten sich am Stadtrand ein großes Haus bauen lassen. Für die Firma haben sie ein Gebäude in der Innenstadt gemietet und im Hafen liegt ihre Luxusjacht. Vater kutschierte uns mit seinem allradgetriebenen MegaVan zu allen erreichbaren Naturschönheiten. Und davon gab es reichlich.

Wir machten Ausflüge mit der Jacht und die Zeit verging wie im Fluge. So fröhlich und entspannt hatte ich meine Eltern noch gar nicht kennengelernt. Ich fand Tasmanien fast noch schöner als Neuseeland. Nur die Auswirkungen des Ozonlochs sind in Tasmanien noch schlimmer als in Australien und Neuseeland. Wir mussten Sonnenbrillen tragen und uns ständig mit UV-Schutz einsprühen.

Zum Reisen gehören Abschiede, die auch durch die Vorfreude auf das nächste Ziel nicht erleichtert werden. Wir mussten meinen Eltern zum Abschied versprechen, sie bald wieder zu besuchen. Weiter ging es mit einem kleinen Düsenflugzeug nach Auckland, Neuseeland. Dort charterten wir einen Privatjet, der uns direkt nach der Fidschi-Insel Vanua Levu brachte.

Nach der herbstlichen Kühle in Tasmanien machte mir die schwüle Hitze zu schaffen. Wir verbrachten die meiste Zeit am Strand, schwammen und tauchten. Aber selbst das wunderbar klare Meerwasser brachte keine Erfrischung. Es war fast genau so warm wie die feuchtheiße Luft.

Wir hatten nichts vorgebucht, und so konnten wir unsere Weiterreise frei planen. Ich wollte unbedingt nach Tuvalu und diese schon halb überschwemmten Inseln sehen, bevor sie vollständig unter dem Wasser verschwanden. Viele Inselgruppen im Pazifik sind vulkanischen Ursprungs und erheben sich hoch über dem Meer. Aber Korallenatolle wie Tuvalu sind auch an den höchsten Stellen kaum zehn Meter über dem Meeresspiegel.

Schon Ende des 20. Jahrhunderts war bekannt, dass die Meeresspiegel steigen. Grund dafür war der hemmungslose Energieverbrauch, anfangs nur in den westlichen Industriestaaten, vorneweg die USA, die pro Kopf der Bevölkerung viermal soviel Energie verbrauchten wie Europa. Als die Wirtschaft im fernen Osten boomte, verlangten eine Milliarde Chinesen nach Luxus und wollten sich nicht mehr zu Fuß oder mit Fahrrädern fortbewegen, sondern mit Autos. Wer wollte es ihnen verwehren?

Die Malediven im Indischen Ozean versuchten, ihre bewohnten Inseln mit Aufschüttungen aus Beton zu retten. Die meisten Einwohner von Tuvalu wanderten aus. Die restliche Bevölkerung lebt auf ausgedienten Bohrinseln; denn die Teile der Inseln, die nicht ständig unter Wasser liegen, werden bei jedem Sturm überflutet. Viele Bewohner sind zu Seenomaden geworden und leben auf ihren Booten.

Oma hatte mir viel von Tuvalu erzählt. Sie hatte die Inseln gesehen, als die Katastrophe ihren Anfang nahm. Der ganze Staat bestand aus neun Inseln – nun sind es nur noch sechs – und hatte ursprünglich um die achttausend Einwohner. Schon damals konnten die Bewohner der Inseln nicht mehr vom Fischfang leben, weil die japanischen Fangflotten das Meer leergefischt hatten. Die 1600 übrig gebliebenen Einwohner, die sich auf fünf alten Bohrinseln häuslich eingerichtet haben, müssen nun mit gespendeten Lebensmitteln und Kleidern auskommen. Meerwasserentsalzungsanlagen liefern das Trinkwasser. An Energie herrscht kein Mangel, denn Tuvalu liegt nur wenige Grade südlich des Äquators und bezieht den Strom aus Solaranlagen. Der Tourismus bietet einen kleinen Zusatzverdienst. Aber die Inseln sind nur noch mit Schiffen, Wasserflugzeugen oder Hubschraubern erreichbar. Der ehemalige Flugplatz liegt unter Wasser.

Als unser Frachter sich der Hauptinsel Funafuti näherte, sahen wir die riesigen Stahlkolosse der Bohrinseln über dem Horizont erscheinen. Erst als wir ganz nah waren, erblickten wir ein paar Palmenwipfel und ein Fleckchen Sand mit zerfallenden Gebäuden. Um die Bohrinseln herum waren Hunderte von kleineren und größeren Booten verankert, darunter auch viele Auslegerboote nach traditioneller Bauart.

Unser Schiff legte an einer schwimmenden Stahlplattform an, von der schwankende Gitterstege in alle Richtungen führten. Wir kletterten mit unserem Gepäck beladen hinunter auf die Plattform, auf der sich offenbar sämtliche Insulaner versammelt hatten. Ein wohlbeleibter Mann mittleren Alters mit krausen schwarzen Haaren und einem Pareo um die Hüften gewickelt kam auf uns zu. „Welcome to Funafuti", begrüßte er uns, „my name is Kiseli Uatali. I'm the chief of Funafuti." Kiseli war also der Häuptling dieser Insel. Wie wir später erfuhren, wählten sich die Bewohner jeder Bohrinsel ihren Häuptling, der sein Amt bis zum Lebensende behalten konnte, wenn er nicht vorher freiwillig zurücktrat oder per Mehrheitsbeschluss abgewählt wurde. Finanzielle Vorteile hatte ein Häuptling nicht von seinem Amt, und so drängte sich niemand zu dieser verantwortungsvollen Aufgabe.

Häuptling Kiseli führte uns zu unserem Quartier. Überall standen Kübel mit Grünpflanzen, üppig blühenden Blumen, Gemüse und Kräutern. Die ganze Bohrinsel sah aus wie ein tropischer Garten. Ich wunderte mich, woher die Pflanzerde kommt, da es auf den Inseln ja nur salzigen Sand gibt. Kiseli erklärte uns, dass anfangs große Mengen Humus importiert wurden. Aber jetzt werden alle Fäkalien und organischen Abfälle kompostiert und die Ausbeute ist ausreichend für die Kübelgärten. Es gibt sogar einen richtigen Gemüsegarten in der ehemaligen Mannschaftsmesse. Zur Zeit wird an der Entwicklung von schwimmenden Gärten gearbeitet, auf denen nicht nur Gemüse und Blumen, sondern auch Obstbäume und Kokospalmen wachsen sollen.

Wir blieben vier Wochen in Tuvalu. Manutoga, der Schwiegersohn des Häuptlings, fuhr uns mit seinem Segelboot zu den anderen Inseln. Wir fanden viele neue Freunde und luden sie ein, uns in Deutschland zu besuchen. Die Einwohner Tuvalus haben den christlichen Glauben abgelegt, den ihnen verbohrte Missionare mit Gewalt aufgepfropft hatten. Nun verehren sie wieder ihre alten Naturgötter und leben in einer Art ethischem Heidentum, bei dem „liebe deinen Nächsten" das höchste Gebot ist. Sie zeigten großes Interesse an den Veränderungen, die in Europa stattgefunden hatten, und stellten tausend Fragen über den Islam und dessen Werte. Heute, wo das Kind sozusagen schon in den Brunnen gefallen ist, überschlägt sich die Welt, den Bürgern der abgesoffenen Inseln Hilfe anzubieten. Das Restvölkchen von Tuvalu hat sich entschlossen, so unabhängig wie möglich zu werden.

Die Bewohner des nördlichsten Atolls, Nanumea, haben eine Perlenzucht begonnen. Sie versuchen, die begehrten schwarzen Perlen zu züchten. Sie sind noch in der Versuchsphase. Der Handel mit schwarzen Perlen ist in festen Händen und die Erzeuger weigern sich, ihr know-how preiszugeben. Sie wollen ihr Monopol behalten, so wie deBeers im 20. Jahrhundert den Diamantenhandel kontrollierte. Das DeBeers-Imperium ist letzten Endes doch den Bach hinunter gegangen, denn künstliche Diamanten sind schöner und größer als Naturdiamanten und dazu spottbillig. Wer heute Diamantschmuck trägt, wird als Prolet belächelt. Aber schwarze Perlen sind nach wie vor rar und begehrt.

Auf Funafuti beschäftigt man sich mit Computertechnik, auf Vaitupu mit Ökologie und der Energiegewinnung aus Meereswellen, auf Niutao mit Meeresbiologie. Die besten Wissenschaftler und Lehrer der Welt stehen dem Volk von Tuvalu zur Verfügung. Die

Regierungen reißen sich förmlich darum, ihre klügsten Köpfe und besten Künstler nach Tuvalu zu entsenden und tragen großzügig alle Kosten dafür.

Niemand weiß, wie das Experiment Tuvalu weitergehen wird, aber es zeichnet sich jetzt schon ab, dass immer mehr Tuvaluaner aus dem Exil zurückkehren wollen. Bald werden die Bohrinseln zu klein sein, um alle aufnehmen zu können. Natürlich wird Tuvalu weiter auf die Lieferung von Nahrung und Rohstoffen angewiesen sein. Kommunikation, also Satellitenzeit, und Transporte sind für alle Bürger Tuvalus frei. Die Kosten trägt die Weltgemeinschaft. Auch die Exilbürger dürfen gratis die Verkehrsmittel und Hotels der ganzen Welt benutzen und für den Lebensbedarf erhalten sie soviel Geld wie nötig. Die Kosten dieser Unterstützung fallen kaum ins Gewicht.

Zur Verblüffung vieler Kritiker ist aus den Insulanern nicht eine Horde von Müßiggängern geworden, sondern betriebsame, gebildete Menschen, von denen viele auf eigenen Füßen stehen und keine fremde Hilfe mehr annehmen. Unter www.TuvaluIslands.com kann man die Entwicklung der Inseln verfolgen.

## Kapitel 29

Mitte Juni nahm uns ein Frachtschiff mit, das über Samoa nach den Cook-Inseln fuhr. Osama hatte von Tuvalu aus mehrere Videokonferenzen mit seiner Firma geführt und mir noch einmal versichert, dass Zeit keine Rolle spiele. Mir gefiel unsere Bummelreise durch die Südsee. Ich hatte wieder Fleisch auf den Rippen und meine Haut war so braun gebrannt, dass ich mich kaum von den polynesischen Frauen unterschied. In Äquatornähe ist die Ozonschicht noch vorhanden.

Die See war ruhig. Doch kaum war der Bohrturm von Funafuti außer Sicht, als mir speiübel wurde. „Was ist denn los, Sonja? Hast du dir den Magen verdorben?" fragte Osama, als ich an der Leeseite über die Reling hing. Ich war noch nie seekrank geworden, also konnte meine plötzliche Übelkeit nur einen Grund haben. „Vielleicht bin ich schwanger", sagte ich, während sich mein Magen schon wieder zusammenkrampfte. Osama wurde ganz aufgeregt: „Glaubst du wirklich? Ach, wäre das schön." Er strahlte mich an, und ich merkte schuldbewusst, dass ich gar nicht so begeistert war. Warum gerade jetzt, fragte ich mich. Auf Samoa machte ich einen Schwangerschaftstest, der meine Befürchtung bestätigte: Ich war tatsächlich schwanger.

Nach langer Zeit musste ich wieder an Layla denken. Als ich mit ihr schwanger war, hatte ich nie so heftige Übelkeitsanfälle. „Aber warum weinst du denn, Sonja? Ich dachte, du freust dich", rief Osama bestürzt aus. Ich hatte gar nicht bemerkt, dass mir die Tränen über die Wangen liefen. „Wie soll ich mich denn freuen, wenn mir dauernd übel ist? Unser ganzer Urlaub ist versaut", beklagte ich mich. Während der Schiffsreise war mir von früh bis spät schlecht gewesen und auch jetzt im Hotel ging es mir nicht besser. Das Schiff war ohne uns weitergefahren. Wir entschlossen uns, ein paar Tage auf Samoa zu bleiben und abzuwarten, ob es mir besser gehen würde.

Die meiste Zeit blieb ich im Hotel. Es wäre mir peinlich gewesen, vor fremden Leuten meinem Brechreiz nachzugeben. Schließlich bat ich Osama: „Lass uns nach Hause fahren." „Ja, vielleicht ist das besser", stimmte er zu. „Wir haben ja noch Zeit genug, die Südsee zu erkunden."

**Kapitel 30**

Anfang Juli waren wir wieder zu Hause. Meine Sonnenbräune erregte allgemeines Aufsehen, nicht immer im positiven Sinne, und meine Schwangerschaft ließ sich nicht verheimlichen, weil mir nach wie vor dauernd übel war. Oma versuchte mich zu trösten: „Bei mir war es genauso, als ich mit deinem Papa schwanger war. Es wird bestimmt ein Junge. Dein Körper wehrt sich gegen die männlichen Hormone. Wenn es ein Mädchen wäre, ginge es dir besser." Solche Weisheiten war ich aus Omas Munde gar nicht gewöhnt. Dieser Spruch hätte eher von Mutter Liese stammen können. Andererseits...

„Warst du denn schon beim Arzt?" unterbrach Oma meinen Gedankengang. „Warum das denn?" entfuhr es mir. Ein Arzt würde feststellen, dass ich schon einmal geboren hatte, und der ärztlichen Schweigepflicht traute ich nicht so recht. Ich wollte nicht zum Arzt. Schließlich hatte ich bei meiner ersten Schwangerschaft auch keinen Arzt gebraucht. „Na hör mal", rief Oma entrüstet, „Vorsorgeuntersuchungen sind wichtig. Und außerdem willst du doch wissen, ob es ein Mädchen oder ein Junge wird, oder nicht?" „Ach Omilein, du hast die Diagnose doch schon gestellt. Es wird ein Junge. Wozu brauche ich dann noch einen Arzt?" Kopfschüttelnd ließ sie mich in Ruhe.

Immer wieder schauten Oma und ich uns die Videos und Fotos aus der Südsee an. Oma wurde zu neuen Südseegemälden inspiriert. Ich fing auch wieder an zu malen. Nach einigen Südseebildern entstanden Szenen aus dem Dorfleben in Nieste, die mir noch so deutlich vor Augen standen. Oma wunderte sich: "Wo hast du das her?" Meine Erklärung, ich hätte im Internet nach historischen Abbildungen geforscht, war mehr als dürftig. Aber Oma nahm neuerdings meine Erklärungen und Ausflüchte hin, ohne nachzuhaken, was eigentlich gar nicht ihre Art war.

Gegen Ende des sechsten Schwangerschaftsmonats hörten die Übelkeitsanfälle allmählich auf. Es war Mitte Dezember, als ich mich endlich besser fühlte. Der normale Alltagstrott hatte sich wieder eingeschlichen. Osama bemühte sich zwar, früh nach Hause zu kommen, nahm sich hin und wieder auch mal einen Tag frei, um mit mir etwas zu unternehmen, aber oft genug blieb er bis spät abends in der Firma.

Es war noch immer herbstlich mild. Selbst die Blätter hingen noch an den Bäumen. In den Gärten blühten Rosen, Lupinen, Dahlien, Astern und Geranien. Selbst nachts fiel die Temperatur nicht unter 10 °C. Die Hügel waren dunstverhangen und den Himmel bedeckte eine nebelweiße Wolkenschicht. Ich wollte diese eigenartige Landschaftsstimmung auf mich wirken lassen und bekam plötzlich Lust auf eine ausgiebige Wanderung. Meine Wanderschuhe und all die anderen Sachen, die ich für meinen Ausflug in die Vergangenheit gekauft hatte, standen noch bei Oma.

Kurz entschlossen verließ ich das Haus, stieg in mein Auto und fuhr los. Ich fand Oma in der Galerie. Sie saß mit zwei Kunden an dem kleinen, runden Tisch und zeigte ihnen unseren Bilderkatalog. Unser Mitarbeiter hing am Telefon und weitere Kunden schlenderten herum und betrachteten die aufgehängten Gemälde. „Sonja, du kommst gerade recht. Kannst du dich um die Kundschaft kümmern?" rief sie mir zu. „Und bring uns doch bitte zwei Kaffee und für mich einen grünen Tee."

Unser Mitarbeiter war inzwischen damit beschäftigt, Bilder aus dem Lager herbeizuschleppen. Und so verschob ich meine Wanderung und half in der Ölquelle. In der Mittagspause gingen wir zu dem kleinen Restaurant an der Ecke. Oma eröffnete mir, dass sie unsere früheren Mitarbeiterinnen angerufen hatte. „Julia und Mira würden gern wieder für uns arbeiten, wenn sie ihre Arbeitszeiten selbst einteilen können. Mira möchte vormittags drei bis vier Stunden arbeiten und Julia lieber am Nachmittag. Ich habe ihnen gesagt, sie können sofort anfangen." „Haben sie denn keine Kinder?" wollte ich wissen. „Nein, keine von ihnen. Sie beneiden dich sehr um deine Schwangerschaft." „Wann fangen sie denn an?" fragte ich. „Mira kommt morgen und Julia fängt nächste Woche an."

Dann schien Oma etwas einzufallen: „Hattest du heute eigentlich was vor?" „Ich hatte Lust auf eine Wanderung", erwiderte ich. „Eine Wanderung?" Oma war erstaunt. „Ganz allein?" „Warum kommst du nicht mit?" schlug ich vor. „Sonjakind, ich bin eine alte Frau", sagte Oma lachend, „mir genügt ein Spaziergang durch den Park." Ich verbrachte auch den Nachmittag in der Ölquelle. Es war viel los. Da ich mir nun mal eine Wanderung in den Kopf gesetzt hatte, nahm ich abends die Wanderschuhe, den langen Wollrock und den warmen Pullover mit nach Hause.

Als ich ankam, war Osama schon zu Hause. „Wo warst du denn so lange?" erkundigte er sich. „Ich habe Oma den ganzen Tag in der Ölquelle geholfen." „Du solltest dich nicht überanstrengen", sorgte sich mein lieber Gatte. „Ich bin doch nicht krank, nur schwanger", bemerkte ich leichthin. „NUR schwanger?" wiederholte Osama mit dramatischer Betonung auf „nur". Und dann hielt er mir einen Vortrag, dass ich zu sorglos sei und er wünsche, dass ich nun endlich zur Untersuchung gehe. „Liebster, ich weiß, dass es mir gut geht. Du brauchst dir keine Sorgen zu machen. Aber wenn du darauf bestehst, werde ich gleich morgen anrufen und mir einen Termin geben lassen." Damit war das leidige Thema fürs Erste vom Tisch.

Am nächsten Morgen zog ich meine Wanderschuhe und die rustikalen Klamotten an. Ich hatte das dringende Bedürfnis nach Bewegung und frischer Luft. Als ich losfuhr, überlegte ich, wo ich wandern wollte, und entschloss mich spontan, meine „alte Heimat" zu besuchen. Eine Wanderung durch das Niestetal zu machen, war ein verlockender Gedanke.

Ich schlug die Straße zur Autobahn ein und mein schneller Flitzer brachte mich in einer knappen Dreiviertelstunde ans Ziel. Ich stellte das Auto an unserer kleinen Wiese ab. Dort ist ein Grillplatz mit Tischen und Bänken und einer kleinen Holzbrücke über den Bach. Unsere Wiesen sind jetzt Bestandteil des Naturparks Kaufunger Wald. Die Wanderwege dürfen nicht verlassen werden und die meisten Wiesen sind verbuscht. Hier macht wohl niemand mehr Heu. Es sah alles so fremd aus, dass es mir nicht schwerfiel, schmerzhafte Erinnerungen zu verdrängen. Ich machte eine Unmenge Videos und Fotos.

Nach drei Stunden war ich zurück bei meinem Auto und fuhr zum „Wilden Eber". Der Wirt begrüßte mich wie eine alte Bekannte. „Möchten Sie ein Zimmer haben?" „Nein, danke. Ich fahre heute noch zurück. Aber ich möchte gerne etwas essen." Ich setzte mich an einen Tisch am Fenster. Die Gaststube war leer bis auf zwei Männer in Geschäftskleidung, die sich angeregt unterhielten.

Während ich auf das Essen wartete, holte ich den Monitor heraus und betrachtete mir meine Aufnahmen. Die Eingangstür öffnete sich und ein Mann mit einem Hund betrat die Gaststube. „Hallo Carsten!" rief ihm der Wirt zu. „Dich habe ich aber lange nicht gesehen." „Ja, ich hatte viel zu tun", hörte ich den neuen Gast erwidern. „Sieh dir meine gute Lena an, sie hat fünf Junge geworfen."

Ich starrte auf die Hündin. Sie erinnerte mich an Bismarck, nur die schwarzen Flecken im Fell fehlten. Ehe ich mich's versah, stand ich neben dem fremden Mann und fragte ihn: „Darf ich Ihre Hündin streicheln? Ich hatte auch mal einen Hund, der sah fast genauso aus." „Nur zu!" ermunterte er mich. Ich streichelte Lenas weiches Fell und sie fühlte sich an wie Bismarck. „Wenn Sie wollen, können sie sich einen Welpen aussuchen", bot der Hundebesitzer an und stellte sich vor: „Mein Name ist Carsten Roland. Ich wohne in Uschlag, das ist hier ganz in der Nähe." Ich stellte mich auch vor und wir schüttelten uns die Hände. „Kann ich sie mir gleich heute ansehen?" fragte ich eifrig. „Selbstverständlich. Ich will noch etwas essen und dann können wir losfahren." Ich lud ihn an meinen Tisch ein. Während des Essens unterhielten wir uns angeregt über Hunde. Ich konnte es kaum erwarten, die Welpen zu sehen.

Herr Roland wohnte mit Frau und Tochter in einem kleinen, schön restaurierten Fachwerkhaus, hinter dem sich eine große Wiese erstreckte. Die Welpen tobten im Zwinger herum und freuten sich über die Rückkehr ihrer Mutter. Eines der tollpatschigen Wollknäuel kam auf mich zu getappst und setzte sich auf meine Füße. Ich hob ihn hoch und betrachtete ihn. Es war ein Rüde. Er hatte das gelblichweiße Fell seiner Mutter, ein schwarzes Ohr und eine schwarze Pfote. „Hat er schon einen Namen?" fragte ich. „Nein, wir haben den Welpen noch keine Namen gegeben", sagte Frau Roland, die uns gefolgt war. „Was soll er denn kosten?" erkundigte ich mich. Herr Roland erklärte mir, der Hund sei entwurmt und geimpft und für 150 € könne ich ihn mitnehmen. Dann gab er mir auch noch einen verschließbaren Transportkorb. „Wenn Sie mal wieder in der Gegend sind, bringen sie ihn zurück", sagte er dazu, „er wird sowieso bald zu klein sein für den Burschen."

Nun hatte mich die Vergangenheit doch wieder eingeholt. Es konnte einfach kein Zufall sein, dass ich auf diesen Hund gestoßen war. Wäre ich – wie geplant – einen Tag früher nach Nieste gefahren, hätte ich Herrn Roland nicht getroffen. Ich hielt das für einen Hinweis des Schicksals, dass ich die Vergangenheit akzeptieren, aber nicht vergessen soll. Neugier und jugendlicher Leichtsinn hatten mich dazu getrieben, den TGap auszuprobieren. Mir waren fünf unvergleichliche Jahre geschenkt worden. Doch für jede Dummheit muss man früher oder später bezahlen. Ich hatte teuer bezahlt. Ich konnte nicht in die Vergangenheit zurückkehren. Wilhelm und Layla würde ich nie wiedersehen. Aber in meiner Erinnerung sollten sie bewahrt bleiben. Und bald würde ich einen Sohn haben. Ich zweifelte nicht an Omas Prognose. Und ich hatte einen neuen Bismarck, ein fiependes kleines Fellbündel, das nach seiner Mutter winselte.

In Kassel besorgte ich schnell einen großen Schlafkorb für Bismarck, ein paar Spielsachen und

Welpenfutter. Bevor ich mich auf den Heimweg machte, spielte ich eine Weile mit ihm und versuchte, ihn zu beruhigen.

## Kapitel 31

Osama war erst mal sprachlos, als ich mit Bismarck in den Armen unseren Salon betrat, gefolgt von unserem Hausdiener mit Hundekorb und Zubehör. Mein Mann schaute entgeistert auf meine Klamotten und die Wanderschuhe und stellte tausend Fragen. Ich ließ den Diener die Sachen in meine Räume bringen. Als er verschwunden war, erzählte ich Osama alles so wahrheitsgetreu wie möglich.

Er wollte keinen Hund im Haus haben. Die meisten Araber halten Hunde für unreine Tiere. Nach einer längeren Diskussion einigten wir uns darauf, Bismarck außerhalb des Hauses unterzubringen, sobald er groß genug war. Bis dahin durfte er in meinen Räumen bleiben. „Was wirst du als nächstes anschleppen?" fragte Osama. „Einen Elefanten? Oder ein Kamel?" Aber das klang schon gar nicht mehr ärgerlich.

Am nächsten Tag lud ich Oma ein und stellte ihr Bismarck vor. „Wie bist du nur auf diesen Namen gekommen?" wollte sie wissen. Es drängte mich, ihr mein Herz auszuschütten, aber ich brachte es nicht fertig. „Ach, ich weiß auch nicht. Der ist mir einfach so eingefallen", erklärte ich schließlich.

Bismarck gewöhnte sich schnell an seine neue Umgebung. Ich besorgte mir jede Menge Bücher über Hundehaltung. Alle paar Stunden – auch nachts – musste ich mit Bismarck raus in den Garten, damit er sein Geschäft erledigen konnte. Die Hundehäufchen schaufelte ich selbst weg, das wollte ich unserem Gärtner nicht zumuten.

Bismarck wurde schnell stubenrein und war sehr lernbegierig. Osama wunderte sich, dass der Kleine so gut gehorchte. Ich zeichnete Pläne für ein Gartenhaus, das am hinteren Ende unseres großen Gartens auf umzäuntem Gelände stehen sollte. Dort wollte ich mir ein Atelier einrichten und Bismarck sollte eine komfortable Hundehütte kriegen. Ich war mittlerweile auch in der Klinik gewesen und hatte mich durchchecken lassen. Wie ich nicht anders erwartet hatte, war alles in Ordnung. Auf die Frage, ob dies meine erste Schwangerschaft sei, hatte ich schlichtweg mit „ja" geantwortet. Die Ärztin zog die Augenbrauen hoch, sagte aber nichts. Nun war es amtlich: Wir würden einen Sohn haben.

Die Araber hatten die christliche Zeitrechnung in Europa beibehalten und feierten die christlichen Feiertage parallel zu den islamischen. Den Papst hatten sie allerdings abgesetzt. Eine Institution, die sich selbstherrlich als einzig wahren Vertreter Gottes auf Erden bezeichnete, konnten selbst die toleranten Moslems nicht akzeptieren. So feierten wir also Weihnachten im Kreise der Familie als Christi Geburt, der ja in den Augen der Moslems immerhin als Prophet anerkannt wird. Zum christlichen Jahreswechsel plante Osama eine große Silvesterparty, bei der sich alle Gäste verkleiden sollten. Kurz vor Weihnachten saß ich abends bei Oma und wir machten uns Gedanken über unsere Kostümierung. Ich war im siebten Monat und hatte schon ein sichtbares Bäuchlein. Oma schlug vor: „Lass uns mal in meinem Abstellraum nachsehen. Da sind noch viele alte Kleider."

Oma brachte es nicht fertig, etwas wegzuwerfen. Ihr Haus hatte einen Anbau, dessen Dachgeschoss als Abstellraum diente, eine wahre Fundgrube, vollgestellt und sehr unübersichtlich. Wir durchstöberten Schränke und Kisten. Schließlich stießen wir auf uralte Kleidungsstücke aus den zwanziger Jahren des vorigen Jahrhunderts, fanden eine Federboa und verrückte Hüte. Wir würden beide im Charlestonstil der Roaring Twentieth auftreten. Die Kleider mussten vorher noch in die Reinigung. Wir hofften, dass die Stoffe noch nicht so mürbe waren, dass sie dabei in Fetzen gingen.

Die Silvesterparty wurde ein rauschendes Fest. Selbst Oma tanzte. Sie konnte sogar den Charleston. Die folgenden Wochen war ich meistens bei Oma, half ein bisschen im Laden, malte hin und wieder, lag ansonsten faul auf ihrem Sofa herum und kraulte Bismarck. Ich war rund und unbeweglich geworden. Irgendwie strengte mich diese Schwangerschaft viel mehr an als meine erste. Ich begann, mich zu langweilen.

Der März war kühl und regnerisch. An manchen Tagen war es ungemütlicher als zuvor im Dezember. Aber wir hatten den ganzen Winter über keinen Schnee und kaum Frost. Der Schmerz über den Verlust von Wilhelm und Layla war so groß, dass ich mich innerlich immer noch wie betäubt fühlte. Diesen Teil meiner Seele hatte ich lahmgelegt, abgekapselt, dick in Watte verpackt. Ich weiß nicht, wie ich es besser beschreiben soll. Das war nicht ich, sondern eine fremde Frau, die vor 150 Jahren in Nieste gelebt hatte. Ich bemühte mich, alle Gedanken an die Zeit mit Wilhelm zu verdrängen und malte auch keine dörflichen Bilder mehr. Mein Leben fand hier und jetzt statt und ich hangelte mich von einer Stunde zur anderen, beschäftigte mich mit Bismarck, überwachte den Bau des Gartenhauses und half Oma in der Ölquelle.

Es gelang mir, Osama die fröhliche Sonja vorzugaukeln. Aber Oma durchschaute mich wohl; denn hin und wieder sah sie mich recht merkwürdig an. Am Sonntag, dem 12. März 2045, packte ich zu Hause die Kleidungsstücke von unserer Silvesterparty ein, die immer noch in meinem Schrank hingen, und brachte sie zu Oma zurück. Ich war hochschwanger und fühlte mich wie ein gestrandeter Wal. Ich fand Oma beim Kramen in ihrer riesigen Abstellkammer. „Hallo Omilein", begrüßte ich sie, „suchst du etwas?" „Ach Sonja, hier steht soviel Kram herum. Eigentlich müsste ich mal gründlich ausmisten", seufzte sie. „Irgendwie sind die Hinterlassenschaften von Generationen bei mir gelandet."

Nachdem wir die Kleider in einen schönen alten Schrank gehängt hatten, fanden wir einen Koffer voller Fotos aus Omas Kinderzeit, eine alte Familienbibel, verstaubte dicke Bücher und andere Kostbarkeiten. Ich zog ein Spinnrad aus einer Ecke. Dabei stieß ich ein kleines, rundes Tischchen an, und die Vase, die darauf stand, fiel zu Boden. Es klirrte laut und die Vase zersprang in Scherben. Erschrocken blickte ich zu Oma. Sie sah sich die Bescherung an. „Macht nix", meinte sie, „eine Altlast weniger." Oma klaubte die Scherben auf, weil ich Mühe hatte, mich zu bücken. „Oh!" rief sie plötzlich, „sieh mal! Der verschwundene Schlüssel!" und zeigte mir einen großen alten Schlüssel. „Weißt du denn, wozu der gehört?" fragte ich neugierig. „Ja, ich glaube schon. Hier müsste noch irgendwo eine alte Truhe stehen."

Wir suchten und fanden im hintersten Winkel, nachdem wir Koffer und Kartons weggeräumt hatten, eine große Eichentruhe mit rundem Deckel und Eisenbeschlägen. Oma probierte den Schlüssel aus und er passte. Sie klappte den schweren Deckel hoch und fing gleich an, den Inhalt zu entnehmen. Mir wurde ganz komisch, als ich sah, was da alles zum Vorschein kam. Das konnte doch nicht die Truhe aus Nieste sein? Mir wurden die Knie weich und ich setzte mich auf eine

Kiste. Ganz unten in der Truhe fand Oma einen Pappdeckel mit Dokumenten, ein schwarzes Büchlein und ein großes Paket, das in Ölpapier eingewickelt war. Aus einem Seitenfach der Truhe holte sie noch ein mit Ölpapier umwickeltes Päckchen. Dann erst fiel Oma auf, dass ich die ganze Zeit nichts gesagt hatte. „Sonja, du siehst müde aus. Du solltest dich jetzt ein bisschen ausruhen. Stöbern können wir immer noch."

Oma nahm das schwarze Buch und die anderen Sachen mit und wir gingen zurück in ihr Wohnzimmer. „Leg dich hin!" ordnete sie an. „Soll ich uns einen Tee kochen?" „Oh ja, Tee wäre fein", sagte ich und hievte mich vorsichtig auf das Sofa, während Oma in die Küche verschwand. Aber dann siegte die Neugier. Ich erhob mich wieder und ging zu dem Tisch, auf den Oma unsere Fundstücke gelegt hatte. Ich befreite das kleinere Päckchen von dem Ölpapier und stieß auf hellgrünes Seidenpapier, das etwas Weiches umschloss. Vorsichtig entfaltete ich das Seidenpapier und schaute entgeistert auf meine Zöpfe, die ich mir vor so langer Zeit abgeschnitten hatte. Ich stand wie erstarrt. Und plötzlich schoss mir ein Schmerz durch den Rücken, der meine Knie einknicken ließ. „Aua!" schrie ich auf und klammerte mich am Tisch fest. Oma kam aus der Küche gerannt. „Ganz ruhig, Sonja. Du hast noch viel Zeit. Es ist ja dein erstes Kind", sagte Oma. „Ist es nicht!" entfuhr es mir. „Wir müssen sofort los. Fährst du mich in die Klinik?" „Sollten wir nicht zuerst deinen Mann anrufen?" fragte Oma. „Ich will nicht, dass er mitkommt." „Sei nicht albern, Sonja!" Oma rief in der Firma an.

Keine zwanzig Minuten später kam Osama. Er hatte sogar daran gedacht, mein Köfferchen mitzubringen. Oma begleitete uns in die Klinik. Zwei Stunden später hielt ich unseren Sohn im Arm. „Sie erzählen meinem Mann doch nichts?" fragte ich die Ärztin. „Was soll ich nicht erzählen?" „Keine Einzelheiten über die Geburt", sagte ich drohend, „es war eine ganz normale Erstgeburt. Denken Sie an Ihre Schweigepflicht!" Sie tätschelte meine Hand und lächelte mich an: „Nur keine Bange. Das Arztgeheimnis ist mir heilig."

Wir nannten unseren Sohn Mohamad Ali, nach Osamas Vater.

## Kapitel 32

Ich saß vor dem Gartenhaus unter dem Sonnenschirm und genoss die warme Junisonne. Neben mir lag Ali in einem Körbchen und Bismarck schnüffelte im Garten herum, als Oma mich besuchte. Sie setzte sich zu mir und kam gleich auf den Punkt: „Liebe Sonja, mir ist so einiges durch den Kopf gegangen. Die roten Zöpfe in der Truhe, das waren doch deine Haare, nicht wahr?" „Ach, Omilein", seufzte ich nur. „Liebes, du brauchst mir nichts zu erzählen", sagte Oma, „aber du sollst wissen, was wir noch gefunden haben. In dem großen Paket waren deine Bilder. Es können nur deine Bilder sein, ich kenne doch deinen Stil. In der Mappe sind eine Menge Dokumente. Und das schwarze Büchlein ist vollgeschrieben mit einer Schrift, die ich nicht lesen kann." Mir schossen die Tränen aus den Augen und schluchzend warf ich mich Oma an den Hals. Oma tätschelte mir den Rücken und murmelte beruhigende Worte.

Es dauerte eine ganze Weile, bis ich mich ausgeheult hatte, und ich war froh, dass das Gartenhaus so abgelegen war und uns niemand sehen konnte. Schließlich schnaubte ich mir die Nase und trocknete mein tränennasses Gesicht. „Oma, ich will gleich mit dir fahren. Bismarck lasse ich hier und Ali kann bei der Kinderfrau bleiben." Bei Oma angekommen, sahen wir uns zuerst meine Bilder an. Wilhelm hatte sie alle aufgehoben. Oma hatte mir nicht gesagt, dass sie auch Fotos gefunden hatte. Wilhelm hatte nach meinem

Verschwinden jedes Jahr zur Zeit um Laylas Geburtstag von einem Fotografen in Kassel Fotos machen lassen. Von 1895 bis 1913. Auf einigen Fotos war sein Vater abgebildet. Von Mutter Liese gab es nur drei Fotos, auf denen sie mit feierlicher Miene in die Kamera schaute. In den Kriegsjahren gab es keine Fotos. Aber von 1919 gab es ein Hochzeitsfoto von Layla.

Alle Bilder waren auf den Rückseiten sorgfältig mit Namen und Daten beschriftet. Ach, mein Wilhelm, er hatte mich nicht vergessen und mir diese Botschaften aus der Vergangenheit geschickt. Es tat so weh, mir vorzustellen, dass er genauso unter unserer Trennung gelitten hatte wie ich. Vielleicht noch viel mehr; denn er konnte sich ja nicht erklären, warum ich nicht zurückgekommen war. Vielleicht hatte er gedacht, ich sei an der Blutvergiftung gestorben.

Während Oma mich mit Tee und Keksen versorgte, kriegte ich immer wieder das heulende Elend. Ich nahm das schwarze Büchlein mit nach Hause und ging mit Bismarck zum Gartenhaus. Unter Tränen begann ich zu lesen. Es war eine einzige Liebeserklärung von Wilhelm an mich. Seine Aufzeichnungen fingen drei Monate nach meinem Verschwinden an und endeten im Jahr 1920 mit der

Mitteilung, dass er nach Amerika auswandern wird. Die Aufbewahrung und Weitergabe der Truhe hatte er unserer Tochter ans Herz gelegt. Er hatte Layla alles über uns erzählt und sie gebeten, das Geheimnis gut zu hüten. Wer hätte so eine irre Geschichte auch geglaubt? Man hätte sie für verrückt erklärt.

Der erste Eintrag war von Sonntag, dem 29.4.1894. Wilhelm schrieb:

„Liebste Sonja, Nun sind drei Monate ins Land gegangen und du bist nicht zurückgekommen. Ich habe gesehen, wie du vor meinen Augen verschwunden bist, genau so, wie du es mir erklärt hast. Ich habe lange gewartet und warte jetzt immer noch. Ich weiß, dass es nicht an dir liegt, wenn du nicht zurück kommst. Die Gerüchte im Dorf sind immer noch nicht verstummt. Sie ist doch eine Hexe, sagen die Leute. Ich wollte nicht, dass Layla dieses Gerede hört und bin vor zwei Wochen mit ihr nach Kassel gezogen, wo ich eine Anstellung als Anstreicher gefunden habe. Ich streiche Strommasten und das wird gut bezahlt. Layla habe ich erklärt, dass du krank geworden bist und deshalb zu deiner Familie nach Hannover zurückfahren musstest, um dort gesund gemacht zu werden. Wenn sie groß genug ist, will ich ihr die Wahrheit sagen. Den Leuten im Dorf haben wir erzählt, dass wir dich an jenem Tag ganz früh morgens nach Kassel ins Krankenhaus gebracht haben mit deiner Blutvergiftung und dass du dort immer noch bist. All diese Lügen. Aber was sollten wir machen. Du fehlst mir so sehr. Und Layla fragt jeden Tag nach ihrer Mama. Ich werde den Leuten wohl vormachen müssen, dass du gestorben bist. Aber ich glaube fest daran, dass du lebst. Wenn auch in ferner Zukunft. Und dass du gesund und glücklich bist. Das jedenfalls wünsche ich dir.“

Meine Tränen ließen die Schrift verschwimmen und ich konnte nicht weiter lesen. Ich schloss die Augen und stellte mir vor, wieder auf unserer Wiese zu sein. Die Vorstellung war so real, dass ich sogar eine Grille zirpen hörte. Ich sah Wilhelm vor mir im Gras hocken und für mich eine Grille fangen.

Langsam kehrte ich in die Gegenwart zurück – und hörte immer noch das Lied der Grille. Ich fürchtete schon, mein Verstand würde entgleisen. Vorsichtig ging ich auf das Geräusch zu. Und es verstummte. Eine Wahnvorstellung konnte das nicht sein. Regungslos blieb ich stehen. Und nach einer Weile fing die Grille wieder an, ihre Beinchen aneinander zu reiben. Ich war so glücklich, dass mir schon wieder die Tränen in die Augen stiegen. Es kam mir vor wie ein Gruß aus der

Vergangenheit. Auf seltsame Weise fühlte ich mich getröstet und konnte weiterlesen.

Später schrieb Wilhelm: „Layla konnte ich nicht in Nieste lassen, obwohl Mutter sie gerne behalten hätte. Aber das Gerede der Leute. Ich habe hier in der Nachbarschaft eine gute Frau gefunden. Sie ist Witwe und hat drei kleine Kinder. Sie passt auf Layla auf, wenn ich arbeite. Oft muss ich außerhalb arbeiten und bin dann tagelang weg. Aber die Frau, sie heißt Mariechen Körner, ist gut zu unserer Tochter. Sie hat zwei Töchter, 8 und 10, und einen Sohn von 3 Jahren. Frau Körner kann das Geld von mir gut gebrauchen. Zum Heuen nehme ich mir Urlaub und die Felder sind verpachtet. Nun müssen sich die Eltern Kartoffeln und Mehl kaufen. Aber wir haben soviel Geld auf dem Sparbuch, dass es für lange Zeit reicht. Von meinem Verdienst lege ich auch jeden Monat etwas zurück. Ich will die Meisterprüfung machen und dann ein eigenes Malergeschäft eröffnen. Dann kann ich hoffentlich meine Zeit freier einteilen und mich mehr um Layla kümmern."

Und so berichtete mir Wilhelm getreulich vom weiteren Verlauf seines Lebens und von Laylas Entwicklung. Er hatte tatsächlich seine Meisterprüfung bestanden und sich selbstständig gemacht, sich ein

Haus in einem Vorort von Kassel gemietet und Frau Körner als Haushälterin zu sich genommen, mitsamt ihren Kindern.

Unter einem sehr viel späteren Datum schrieb er, dass er mit Mariechen wie Mann und Frau zusammenlebt, aber eine Heirat käme nicht in Frage, da sie 11 Jahre älter sei als er. Offensichtlich waren sie beide zufrieden so wie es war. Und ich war froh, dass meine kleine Layla in einer richtigen Familie mit Geschwistern aufwuchs.

Wilhelm wies darauf hin, dass er jedes Jahr ein Foto von sich und Layla machen will und dass er auch Fotos von Mariechen und ihren Kindern in die Truhe legt, damit ich, wenn ich sie finde, an seinem Leben teilhaben kann. Mariechens Sohn, Ludwig Körner, war als Soldat im 1. Weltkrieg. Nach seiner Rückkehr heiratete er Layla. Danach ist Wilhelm nach Amerika ausgewandert.

Als ich am nächsten Tag zur Ölquelle fuhr, sagte ich zu Oma: „Es muss noch andere Fotos geben, vielleicht hat auch Layla ihr Leben für mich aufgeschrieben. Wir müssen deine Abstellkammer noch mal gründlich durchgraben." „Ganz bestimmt", meinte Oma, „da sind noch kistenweise alte Fotoalben und Papierkram. Die Fotos habe ich mir schon lange nicht mehr angesehen. Und die Aufzeichnungen konnte ich nicht entziffern. Wieso kannst du das eigentlich?"

Ich wollte ihr von unserem Schreibunterricht erzählen, aber mir war die Kehle wie zugeschnürt. „Lass gut sein, Liebes", sagte Oma, „mach es wie Wilhelm. Schreib alles auf. Du musst es verarbeiten, auch wenn es schwerfällt. Bestimmt geht es dir danach besser."

Aber ich fürchte, diesmal hat Oma sich geirrt. Ich habe viele Tage im Gartenhaus gesessen und heimlich meine Erinnerungen in den Computer eingetippt und die Zeit mit Wilhelm und Layla noch einmal durchlebt. Wenn es Zeit war aufzuhören und wieder in die Gegenwart zurückzukommen, bin ich oft zu Oma gefahren und habe ihr mein Herz ausgeschüttet. So erfuhr sie nach und nach die ganze Geschichte. Sie tat ihr Bestes, mich aufzumuntern. „Wein dich nur aus, Liebes", sagte sie dann, „aber denk daran, dass du jetzt stark sein musst. Dein Sohn braucht dich, und Osama hat deine Liebe doch mindestens genauso verdient wie Wilhelm."

Beim Schreiben traten immer wieder neue Erlebnisse mit Wilhelm zutage. Aber ich will jetzt die Vergangenheit endgültig ruhen lassen. Meine Aufzeichnungen werde ich ausdrucken und im

Geheimfach der alten Truhe verstecken. Es fällt mir immer noch schwer, meine Erinnerungen zu verdrängen, und so sitze ich hier vor meinem Notebook und sehne mich nach Wilhelm und unserer Tochter, nach dem Leben in freier, unverdorbener Natur, nach dem Duft des Heus, dem Gesang der Grillen und dem Murmeln des Baches. Und Bismarck fehlt mir auch, obwohl ich jetzt einen neuen Bismarck habe. Wie soll ich nur weiterleben? Allah möge mir verzeihen, ich bin meine eigene Urgroßmutter.

\*\*\*\*\*\*\*\*\*\*\*\* E N D E \*\*\*\*\*\*\*\*\*\*\*\*